에드거 앨런 포

Edgar Allan Poe 1809.1.19.~1849.10.7

19세기 가장 독창적인 시인, 소설가, 비평가. 추리소설의 창시자이자 공포소설의 완성자, 새로운 시 이론의 개척자로서 후대 문학계에 지대한 영향력을 미친 미국 근대문학의 선구자이다.

1809년 보스턴에서 태어났으며, 두 살 무렵 아버지와 어머니가 모두 세상을 떠나자 버지니아의 부유한 상인 존 앨런에게 입양되었다. 버지니아 대학에 입학해 고대어를 현대어를 공부했지만 도박에 빠져 빚을 지면서 양부와의 관계가 소원해졌다. 1년 만에 학교를 그만두고 가명으로 시집 《테멀레인 외 다른 시들》(1827)을 출간했으나 주목받지 못했고, 두 번째 시집 《알 아라프, 테멀레인 외 다른 시들》 역시 큰 주목을 받지 못했다. 웨스트포인트사관학교에 입학한 후 계속되는 양부와의 불화로 파양당하고, 학교에서도 일부러 퇴학당했다. 그 후 단편 집필을 시작, 1832년 필라델피아 신문에 처음으로 다섯 편의 단편이 실리고, 이듬해 단편 〈병 속의 수기〉가 볼티모어 주간지 소설 공모전에 입상하면서 두각을 나타내기 시작했다. 양부 존 앨런이 유산을 전혀 남기지 않고 사망하자 경제적 궁핍으로 인해 잡지사 편집자로 취직했고, 이 무렵 사촌여동생인 버지니아 클렘과 결혼했다. 음주 문제로 잡지사를 그만두고, 장편 《낸터킷의 아서 고든 핌 이야기》(1838)와 단편집 《기괴하고 기이한 이야기들》(1839)을 발표했다. 새로운 잡지사에서 일자리를 구했으나 곧 해고당하고 아내 버지니아도 폐결핵에 걸리자 절망으로 폭음에 빠져들었다. 이 시기에 〈모르그 가의 살인〉, 〈검은 고양이〉, 〈황금 벌레〉 등 다수의 유명 단편들을 집중적으로 발표했고, 1845년 시 〈까마귀〉로 화제가 되면서 같은 해 시 창작에 관한 에세이 〈작법의 철학〉을 발표했다. 소설과 시뿐 아니라 비평 활동도 활발히 했으며, 신랄한 비판으로 문단과 마찰이 심했다. 1847년 버지니아가 병으로 세상을 떠나자 정신적으로 더욱 피폐해졌다. 1849년 10월 볼티모어 거리에서 인사불성 상태로 발견되어 병원으로 이송되었으나 의식을 회복하지 못하고 40세의 나이로 사망했다.

20년이 채 안 되는 활동 기간 동안 포가 남긴 문학적 유산은 훗날 아서 코넌 도일, 쥘 베른, 프란츠 카프카, 스티븐 킹, 호르헤 루이스 보르헤스, 에도가와 란포 등 시대와 국적을 초월한 수많은 대가들에게 지대한 영향을 미쳤다. 현대 장르문학의 개척자일 뿐 아니라 지금도 영화, 뮤지컬, 음악 등 대중문화 전반에 끊임없이 영감을 주는 에드거 앨런 포를 기리기 위해 미국에서는 '에드거 상'을 제정해 매년 그의 업적을 기리고 있다.

낸터킷의 아서 고든 핌 이야기

EDGAR ALLAN POE

낸터킷의 아서 고든 핌 이야기

에드거 앨런 포

권진아 옮김

시공사

일러두기

1. 이 책은 에드거 앨런 포의 장편소설 《The Narrative of Arthur Gordon Pym of Nantucket》(1838)을 우리말로 옮긴 것이다.
2. 번역 대본으로는 미국 랜덤하우스 빈티지 출판사에서 나온 《The Complete Tales and Poems of Edgar Allan Poe》(1975)를 사용했다.
3. 지은이의 주와 옮긴이의 주는 본문 하단에 숫자로 표시했으며, 머리에 [원주]라고 밝힌 것은 지은이 주이고, 그 밖의 것은 옮긴이 주이다.

차 례

서문 7

1장 11

2장 24

3장 43

4장 54

5장 64

6장 74

7장 86

8장 95

9장 106

10장 116

11장 123

12장 132

13장 143

14장 156

15장 167

16장 173

17장 180

18장 187

19장 196

20장 203

21장 211

22장 217

23장 226

24장 234

25장 243

부록 250

해설 255

에드거 앨런 포 연보 265

서문

　남태평양 등지에서 일련의 놀라운 모험(모험 이야기는 서문에 이어 하겠다)을 하고 몇 달 전 미국으로 돌아온 나는 우연히 버지니아 주 리치먼드에서 몇몇 신사들을 알게 되었는데, 그분들은 내가 갔던 지역과 관련된 모든 일에 깊은 관심을 보이며 내 이야기를 사람들에게 들려줘야 한다고 끊임없이 종용했다. 하지만 나는 몇 가지 이유로 거절했다. 그 일부는 전적으로 사적인, 나를 제외한 누구와도 관계없는 이유였고, 일부는 별로 그렇지는 않았다. 내가 머뭇거린 이유 중 하나는, 떠나 있는 동안 일기를 쓴 적이 거의 없어서였다. 상상력을 강력히 자극하는 사건들을 상술할 때 다들 빠지기 쉬운 자연적이고도 필연적인 과장은 막으면서도 그 이야기에 진짜로 담겨 있는 진실의 모습은 보여줄 수 있을 정도로 상세하고 조리 있는 진술을 그저 기억에 의존해서만은 쓸 수 없을 것 같았기 때문이다. 또 다른 이유는, 앞으로 들려줄 사건들이 너무나 불가사의한 탓이다. 또한 내 주장은 (단 한 사람, 인디언 혼혈인의 증언 외에는) 증거도 없을 수밖에 없는 터라, 살아오면서 내 진실성을 믿게 된 가족과 친구들의 믿음을 기대하는 것 말고는 대부분의 사람들에게 그저 뻔뻔하고 교묘한 허구로 보일 가능성이 농후했기 때문이다. 그렇지만 그 조언자들의 제안에 응하지 못한 가장 주요한 원인은 내 글재주를 믿지 못했기 때문이다.

버지니아 신사들 중 내 이야기, 특히 남극해와 관련된 부분에 가장 큰 관심을 보인 사람은 《서던 리터러리 메신저》의 최근 편집인인 포 씨로, 이 잡지는 토머스 W. 화이트 씨가 리치먼드에서 발행하는 월간지였다. 포 씨는 당장 내가 보고 겪은 일들을 상세히 적어 대중들의 통찰력과 상식에 내맡겨보라고 강력히 권유했다. 글솜씨 면에서 내 책이 아무리 거칠다 해도, 혹여 존재할 그 세련되지 못한 면 때문에 오히려 진실로 받아들여질 가능성이 더 커질 수 있다는 게 그의 그럴듯한 주장이었다.

그러한 주장에도 불구하고 나는 그 제안을 따를 결심을 하지 못했다. (그 문제에 있어 내 마음이 움직이지 않으리라는 것을 안) 그는 나중에는 내가 들려준 사실들을 토대로 자기가 내 모험의 첫 부분을 써서 《서던 리터러리 메신저》에 소설 형식으로 발표할 수 있게 허락해달라고 청했다. 여기에는 반대할 이유가 없어서 나는 내 이름을 그대로 써야 한다는 조건으로 동의했다. 그 결과 1837년 1월 호와 2월 호 《메신저》에 이 위장 소설 2회분이 실렸고, 확실히 소설로 보일 수 있도록 잡지 목차에는 포 씨의 이름을 저자로 붙였다.

이 전략에 대한 반응이 호의적이자 마침내 나는 문제의 모험담을 정기적으로 편집, 발표하게 되었다. (단 하나의 사실도 바꾸거나 왜곡하지 않았지만)《메신저》발표분에 교묘하게 흩뿌려놓은 허구의 분위기에도 불구하고, 대중들은 여전히 그걸 허구로 받아들일 마음이 전혀 없었고 그 반대의 확신을 표명하는 편지도 여러 통 포 씨의 주소로 배달됐다. 그리하여 나는 내 이야기 속 사실들이 자체적으로 충분히 신빙성을 담고 있다는 것이 입증되었다고 결론 내렸고, 따라서 대중들의 불신을 별로 두려워하지 않게 되었다.

이렇게 밝혀놓았으니 앞으로 할 이야기 중 어느 만큼이 내가 직접 쓴 것인지는 금세 보일 것이다. 또한 포 씨가 쓴 처음 몇 페이지에서도 왜곡된 사실은 전혀 없다는 걸 알게 될 것이다.《메신저》를 읽지 않은 독자들에게도 굳이 어디에서 포 씨의 글이 끝나고 내 글이 시작되는지 지적할 필요는 없을 것 같다. 문체의 차이가 즉시 보일 것이다.

A. G. 핌

1장

내 이름은 아서 고든 핌이다. 우리 아버지는 내가 태어난 낸터킷에서 항해용 물자를 취급하는 존경받는 상인이었고, 외할아버지는 잘나가는 개업 변호사였다. 할아버지는 운수대통의 인물이어서 예전에는 에드거턴 뉴뱅크라고 불렸던 주식에 투자를 해서 큰 수익을 올렸고, 이런저런 방법으로 꽤 많은 재산을 축적했다. 내 생각에 그분은 세상 누구보다 나를 총애해서, 돌아가시고 나면 내가 최대치의 유산을 물려받을 것 같았다. 할아버지는 여섯 살 때 나를 괴팍한 외팔이 노신사 리케츠 씨의 학교에 보냈다. 뉴베드퍼드에 와본 사람들이라면 거의 모두가 잘 아는 사람이다. 나는 열여섯 살 때까지 그 학교를 다니다가 산 위에 있는 E. 로널드 씨의 아카데미로 옮겼다. 그곳에서는 주로 로이드앤드브레덴버그 회사 소속으로 배를 타던 선장 바너드 씨의 아들과 친구가 됐다. 바너드 씨 또한 뉴베드퍼드에서는 아주 유명했고 분명 에드거턴에도 친척들이 많았다. 아들의 이름은 어거스터스였고 나보다 두 살 정도 많았다. 그 친구는 존 도널드슨 호를 타고 아버지와 함께 고래잡이를 하러 간 적도 있어서 항상 내게 남태평양에서의 모험 이야기를 들려줬다. 나는 자주 그 집에 갔고, 하루 종일, 때로는 밤새 있기도 했다. 우리는 같은 침대에서 잤고, 그럴 때마다 어거스터스는 여행 중 들렀던 티니언 섬과 다른 곳들의 원주민 이야기를 거의 동이 틀 때까지 들려주었다. 결국 나는 그 이야기에 흥미를 가지지 않을 수 없게 되었고 점차 바다로 나가고 싶어 못 견딜 지경이 됐다. 나는 75달러 정도의 가치[1]가 있는 에어리얼이라는 배를 한 척 소유하고 있었다. 배에는 반갑판 내지 작은 선실이 하나 있고, 범선 식으로 돛대가 달려 있었다. 용적 톤수는 잊어버렸지만 열 사람이 타도 별로 비좁지 않을 정도였다. 우리는 그 배를 타고 세상에서 가장 미친 기행을 벌이곤 했다. 돌이켜 생각해보면 오늘날 내가 살아 있는 게 기적일 정도다.

더 길고 더 중요한 이야기의 서두 격으로 그 모험들 중 하나에 대해 이야기하겠다. 어느 날 밤 바너드 씨 댁에서 파티가 있었고, 그 파티가 끝날 무렵 어거스터스와 나는 적잖이 취했다. 그런 경우 여느 때와 마찬가지로 난 집에 가기보다 친구의 침대를 택했다. (파티가 끝났을 때는 거의 새벽 1시였는데) 어거스터스는 좋아하는 모험 담도 늘어놓지 않고 아주 조용히 잠이 든 기색이었다. 자리에 누운 지 30분쯤 지났을까, 나도 막 설핏 잠이 들려던 참이었는데 갑자기

---

1   현재의 가치로 환산하면 약 2천 달러 전후.

이 친구가 벌떡 일어나더니 이렇게 멋진 남서풍이 불고 있는데 천하의 어떤 아서 핌이 와도 잠이나 자고 있을 수는 없다고 고래고래 욕설을 해대는 것이었다. 살면서 그렇게 놀라본 적은 처음이었다. 도대체 무슨 작정인지 알 수도 없었고, 와인이니 위스키니 마셔댄 술 때문에 완전히 돌아버린 게 아닌가 싶었다. 하지만 그는 자기가 취한 걸로 보인다는 걸 알고 있지만 자신은 더할 나위 없이 맑은 정신이라고 아주 차분하게 말했다. 그리고 덧붙이길, 그저 이렇게 좋은 밤에 개처럼 침대에 누워 있는 데 질려서 일어나 옷을 입고 배를 타고 나가 신나게 놀아볼 작정이라는 것이다. 무슨 귀신에 홀렸는지 모르겠지만 그 말이 떨어지기 무섭게 엄청난 흥분과 기쁨의 전율이 나를 감쌌고, 그 미친 아이디어가 세상에서 가장 유쾌하고 이성적인 생각 같았다. 바깥에서는 강풍이 불어대고 있었고, 날씨는 몹시 추웠다. 때는 10월 하순이었다. 하지만 나는 황홀경에 빠진 듯이 침대에서 뛰쳐나와, 나도 그만큼이나 용감하고, 개처럼 침대에 누워 있는 데 질렸고, 낸터킷의 어느 어거스터스 바너드 못지않게 신나게 놀아볼 준비가 되어 있다고 말했다.

우리는 당장 옷을 주워 입고 부리나케 배로 갔다. 배는 팬키 사^社 저목장^{貯木場} 옆에 위치한 썩어가는 낡은 부두에 정박해 있었고, 거친 통나무들에 거의 옆구리를 부딪칠 기세였다. 어거스터스가 배 안으로 들어가 물을 퍼냈다. 배가 거의 반쯤 물속에 잠겨 있었던 것이다. 작업을 마친 후 우리는 삼각돛과 주돛을 올려 펴고 대담하게 바다로 나갔다.

앞서 말했듯이 바람은 남동쪽에서 상쾌하게 불고 있었다. 밤은 매우 맑고 추웠다. 어거스터스는 키를 잡고, 나는 선실 갑판 위 돛대 옆에 자리를 잡았다. 우리는 무서운 속도로 달려 나갔고, 부두에서 밧줄을 푼 이래 둘 다 한마디도 하지 않았다. 그제야 나는 친구에게 어디로 갈 작정이며 언제쯤 돌아올 수 있을 것 같으냐고 물었다. 그는 몇 분간 휘파람을 불더니 심술궂게 대답했다. "바다로 나갈 거야. 원한다면 넌 집으로 돌아가." 시선을 돌려 그를 보니, 태연한 척하고 있지만 사실은 엄청나게 흥분한 상태라는 걸 즉시 알 수 있었다. 달빛 아래 친구의 모습이 똑똑히 보였다. 얼굴은 대리석보다도 창백했고 손은 걷잡을 수 없이 떨려서 키 손잡이조차 제대로 잡지 못하고 있었다. 난 뭔가 잘못되었다는 것을 깨닫고 정신을 바짝 차렸다. 당시 나는 배 조종법에 대해서는 아는 바가 거의 없었기에 친구의 항해 기술에 전적으로 의존하고 있던 형편이었다. 급속도로 육지에서 멀어지는 와중에 바람도 갑자기 세졌다. 그래도 난 겁에 질린 모습을 보이는 게 부끄러워 거의 30분 동안이나 입을 꾹 다물고 있었다. 하지만 더 이상은 견딜 수가 없어서 어거스터스에게 돌아가야 하지 않겠느냐고 말했다. 전과 마찬가지로 그는 거의 1분이 지나서야 비로소 대답을 했다, 아니 내 말을 들었다는 기적을 보였다. "조만간." 드디어 그가 말했다. "시간 충분해. 조만간 가." 그 비슷한 대답을 기대하기는 했지만, 그 말의 어조에서 나는 형언할 수 없는 두려움을 느꼈다. 나는 다시 그를 자세히 쳐다보았다. 어거스터스는 입술이 완전 납빛이었고 제대로 서 있지도 못할 지경으로 무릎을 사정없이 떨고 있었다. "제발, 어거스터스." 나는 이제 완전히 공포에 질려 고함을 질렀다. "어떻게 된 거야? 무슨 문제야? 어쩌려고 그래?" "문제라고!" 그는 대경실색하면서 키 손잡이를 놓더니 뱃바닥으로 쓰러지면서 더듬거렸다. "문제…… 왜, 아무…… 문제도 없어…… 돌아가잖아…… 모, 모르겠어?" 순간 사태가 완전히 파악됐다. 나는 달려가 친구를 일으켰다. 그는 취해 있었다. 완전히 고주망태가 되어 있었다. 이제는 일어서지도, 보지도, 말하지도 못했다. 눈은 완전히 초점을 잃었고, 극도로 절망한 내가 손을 놓자 그는 통나무처럼 굴러 뱃바닥에 고인 더러운 물속에 처박혔다. 그날 저녁 그는 내가 생각했던 것보다 훨씬 더 많은 술을 마셨고, 침대에서의 행동도 만취 상태—광기와 마찬가지로 종종 겉으로는 완전히 정신이 멀쩡한 사람처럼 행동하게 하는 상태—에서 비롯된 게 분명했다. 하지만 차가운 밤공기가 평소의 영향력을 발휘해 정신적 흥분이 가라앉기 시작했지만 아직 혼란스러운 상태에서 자신의 상황이 얼마나 위험한지를 분명 제대로 인지하지 못한 통에 파국을 재촉하게 된 것이다. 이제 그는 완전히 인사불성이 됐고, 앞으로 몇 시간 내에 깨어날 가능성은 없어 보였다.

내가 느낀 극도의 공포심은 거의 상상조차 할 수 없다. 좀 전에 마신 술기운도 다 날아가버리고 나자 난 곱절로 겁에 질린 채 어찌할 바를 몰랐다. 분명한 것은 내가 배를 전혀 몰 줄 모른다는 것, 사나운 바람과 거센 썰물이 우리를 파멸로 몰아가고 있다는 사실이었다. 뒤쪽에서는 폭풍우가 몰려오고, 수중에는 나침반도 식량도 없고,

현재 진로대로 간다면 동이 트기 전 육지가 보이지 않을 정도로 멀어질 게 뻔했다. 이런 생각들과 그 못지않게 무서운 온갖 생각들이 순식간에 머릿속을 어지럽게 헤집고 지나가는 바람에 나는 잠시 동안 얼어붙은 채 꼼짝달싹하지 못했다. 배는 뱃머리를 거품 이는 바닷속에 완전히 담근 채 순풍을 받으며—삼각돛도 주돛도 있는 대로 다 편 상태였다—무시무시한 속력으로 물살을 가르고 있었다. 배가 뒤집어지지 않은 게 기적이었다. 아까 말한 대로 어거스터스는 이미 키 손잡이를 놓아버렸고, 나는 너무 동요해서 키를 잡을 생각조차 못 하고 있었으니 말이다. 하지만 다행히도 배는 안정을 유지했고, 점차 나도 마음의 안정을 조금 되찾았다. 그래도 바람은 무시무시하게 거세지고 있었다. 물에 잠겼던 뱃머리가 솟아오를 때마다 배 뒤쪽 바닷물이 선미 턱을 넘어 휩쓸고 들어와 우리에게 물세례를 퍼부었다. 내 팔다리는 완전히 마비되어 거의 아무런 감각도 느껴지지 않았다. 마침내 나는 절망적 결의를 그러모아 주돛대로 달려가서는 재빨리 돛을 풀었다. 예상했겠지만 돛은 이물 쪽으로 날아갔고 물에 잠기면서 돛대를 배 밖으로 끌고 갔다. 이것만으로도 즉사의 위험에서는 벗어났다. 이제 난 삼각돛만 단 채 이따금씩 무거운 바닷물을 선미 턱 너머로 퍼내며 순풍에 밀려 질주하고 있었지만 당장 죽는다는 공포에서는 벗어나 안도했다. 나는 키를 잡고 아직은 탈출할 가능성이 있다는 생각에 좀 더 편히 숨을 쉬었다. 어거스터스는 여전히 의식 없이 뱃바닥에 누워 있었다. (그가 쓰러져 있는 곳에 물이 거의 1피트나 고여 있어서) 당장에라도 익사할 위험이 있었기 때문에, 나는 어찌어찌 그를 엉거주춤하게 일으켜놓고 허리에 밧줄을 묶은 후 그 끝을 선실 갑판의 고리에 동여매어 계속 앉은 자세를 유지하게 해놓았다. 오한과 불안에 시달리는 상황에서도 그렇게 모든 것들을 최대한 정리해놓은 다음 나는 하느님께 자신을 의탁했고 무슨 일이 벌어지건 온 힘을 다해 견디리라고 결심했다.

그렇게 결심을 하자마자 갑자기 천 마리 악마의 목구멍에서 나오는 듯한 길고 커다란 비명 소리, 아니 고함 소리가 배 주위와 위의 대기를 가득 채우는 것 같았다. 그 순간 내가 경험한 강렬한 공포의 고통은 죽을 때까지 잊을 수 없다. 내 머리카락은 빳빳하게 곤두섰고, 피는 혈관 속에서 얼어붙었고, 심장은 박동을 멈췄다. 나는 눈을 들어 그 공포의 진원지를 알아내지도 못한 채 쓰러져 있는 친구의 몸 위로 정신을 잃고 고꾸라졌다.

정신이 들어보니 낸터킷으로 가는 대형 포경선(펭귄 호)의 선실 안에 있었다. 사람들 몇 명이 나를 내려다보고 있었고, 시체보다 더 창백한 어거스터스가 부지런히 내 손을 비비고 있었다. 내가 눈을 뜨는 것을 보고 그가 감사와 기쁨의 고함을 내지르자, 그 자리에 있던 억센 인상의 사람들도 덩달아 웃다 울다 했다. 우리 생존의 수수께끼는 곧 풀렸다. 돛이란 돛은 다 올리고 활짝 편 채 낸터킷으로 전속력으로 달려가던 포경선이 결과적으로 우리 항로와 거의 직각으로 만나는 바람에 우리 배를 들이받은 것이다. 전방 망루에 몇 사람이 올라가 있긴 했지만, 그들이 우리 배를 발견했을 때는 이미 충돌이 불가피한 시점이었다. 그 사람들이 지른 경고의 고함이 바로 나를 소스라치게 만들었던 소리였다. 그 거대한 배는 조그만 우리 배가 깃털 위를 지나가듯 거뜬하게, 진로에 티끌만 한 방해도 받지 않고 곧장 우리 배를 밟고 지나갔다. 피해자의 갑판에서는 비명 소리조차 들리지 않았다. 꿀꺽 삼켜진 연약한 돛배가 파괴자의 용골과 잠시 스치는 순간 으르렁대는 바람과 파도 소리에 뒤섞여 마찰음이 희미하게 들렸지만, 그게 다였다. (기억하겠지만 돛대가 사라진) 우리 배가 줄이 끊겨 떠돌아다니는 쓸모없는 조각배라고 생각한 선장(뉴런던 출신의 E. T. V. 블록 선장)은 더 이상 신경 쓰지 않고 가던 길을 계속 가려고 했다. 다행히도 망루에 있던 두 선원이 우리 배에서 키를 잡고 있는 사람을 분명히 봤다고 맹세하면서 아직 구조할 가능성이 있다고 주장했다. 논의가 계속되자 블록 선장은 화가 났고, 잠시 후에는 "그런 계란껍질 같은 걸 끊임없이 살피는 건 자기 일이 아니고, 그런 말도 안 되는 이유로 항로를 변경할 수는 없으며, 혹여 사람을 들이받았다고 해도 그것은 다른 누구도 아닌 그 사람 잘못이니 물에 빠져 죽건 말건"이라는 식의 주장을 했다. 일등항해사 헨더슨이 너무나 저열하게 인정머리 없는 잔혹한 말에 분개해서 나섰다. 다른 모든 선원들도 마찬가지였다. 선원들의 지지를 확인한 항해사는 선장은 교수대에 매달려 마땅한 사람이라고, 자기는 육지에 발을 내딛는 순간 교수형을 당하게 된다 하더라도 선장의 명령에 따를 수 없다고 분명히 말했다. 그는 (새파랗게 질려 말문이 막힌) 블록 선장을 옆으로 밀치고 고물 쪽으로 성큼성큼 걸어가 키를 잡더니 "역풍 방향으로!" 하고 단호하게 명령을 내렸다. 선원들은 서

둘러 각자의 위치로 달려갔고, 배는 솜씨 좋게 방향을 틀었다. 그러는 데 거의 5분이 걸렸다. 그 조각배에 혹여 사람이 타고 있었다 해도 구출 가능성은 거의 없어 보였다. 하지만 독자 여러분이 보았듯이 나와 어거스터스는 구조되었고, 우리가 구조된 것은 지혜롭고 경건한 사람들이 신의 특별한 간섭이라고 부르는, 상상조차 할 수 없는 두 가지 행운 덕분이었다.

배가 아직 방향을 돌리고 있는 동안, 항해사는 보트를 내리고 내가 키를 잡고 있는 것을 봤다고 주장한 선원 둘과 함께 보트 안으로 뛰어내렸다. (여전히 밝은 달빛 아래) 그들이 막 바람을 등지고 있는 뱃전을 떠났을 때 배가 바람 부는 쪽으로 서서히 둔중하게 회전했고, 그와 동시에 헨더슨이 놀라서 벌떡 일어나며 선원들에게 보트를 후진시키라고 소리 질렀다. 그는 다른 어떤 말도 없이 다급하게 "후진! 후진!"이라는 명령만 되풀이했다. 선원들은 최대한 빠르게 보트를 후진시켰으나, 그때쯤에는 모든 선원들이 돛을 내리려고 기를 쓰고 있는데도 배는 이미 한 바퀴 돌아서 전진하고 있었다. 항해사는 위험한 시도임에도 주사슬이 손 닿는 거리에 들어오자 거기 매달렸다. 다시 한 번 배가 크게 기우뚱하면서 우현 쪽이 거의 용골 부분까지 물 밖으로 드러났고, 그 순간 항해사가 우려하던 이유가 분명해졌다. 한 남자의 몸이 아주 괴상한 모양새로 매끄럽고 빛나는 바닥(펭귄 호에는 구리판이 대어져 있었고 연결 장치도 구리였다)에 붙어서 동체가 움직일 때마다 격렬하게 부딪치고 있었다. 배가 기우뚱거리는 동안 보트가 당장에라도 침몰할 위험을 무릅쓰면서 몇 번이나 실패한 끝에 그들은 마침내 그 사람을 위급한 상황에서 끌어내 배 위로 올렸다. 그 남자는 바로 나였다. 나무볼트 중 하나가 빠져서 구리판 사이로 튀어나와 있다가 내가 배 밑으로 지나가는 순간 붙들어 몹시 이상한 방식으로 바닥에 붙여놓은 모양이었다. 볼트 머리가 내가 입고 있던 녹색 베이즈 재킷 칼라와 뒷목을 뚫고 지나가 오른쪽 귀 바로 아래 두 힘줄 사이를 뚫고 나와 있었다. 숨이 완전히 끊어져버린 것처럼 보였지만, 그들은 나를 즉시 침대에 눕혔다. 배에는 외과 의사가 없었다. 하지만 선장은 좀 전에 선원들 앞에서 보였던 잔학한 행동을 보상하기 위해서였는지 나를 극진히 대우했다.

그러는 동안, 이제는 바람이 거의 허리케인 급으로 불고 있는데도 헨더슨은 다시 배에서 떠났다. 몇 분 안 가서 그는 우리 배의 파편들을 발견했고, 그 직후 한 선원이 폭풍의 포효 사이로 간간이 구조 요청 소리를 들었다고 주장했다. 그래서 그 대담한 선원들은 귀환하라는 선장의 거듭된 신호에도 불구하고, 또한 그런 약한 보트를 타고 바다에 나가 있는 매 순간이 위험천만한 일임에도 불구하고, 30분 이상 더 버티며 수색했다. 정말이지 그 사람들이 타고 있던 그 조그만 보트가 어떻게 부서지지 않고 버텼는지 상상조차 할 수 없다. 하지만 그 보트는 고래잡이용으로 건조되었고, 후에 짐작하게 된 바이지만 웨일스 해안에서 사용되는 구명보트 방식으로 에어박스를 장착한 보트였던 것 같다.

방금 말한 시간 동안 헛된 수색을 벌이고 나서 그들은 배로 돌아가기로 결정했다. 그런 결정을 내리기 무섭게, 빠른 속도로 떠내려가는 어떤 시커먼 물체에서 희미한 고함 소리가 들려왔다. 그들은 그 물체를 뒤쫓아 따라잡았다. 그것은 에어리얼 호 선실의 갑판이었고, 어거스터스는 그 옆에서 마지막 사투를 벌이며 발버둥 치고 있었다. 붙잡고 보니 그는 떠 있는 판자에 밧줄로 묶여 있었다. 기억하겠지만 그 밧줄은 그를 똑바로 앉혀놓을 작정으로 내가 허리에 묶은 다음 볼트에 매어놓은 것이었는데, 그렇게 한 게 결국은 그의 목숨을 지켜준 셈이 되었다. 에어리얼 호는 약하게 만들어진 배여서 침몰하자 당연히 산산조각이 나버렸고, 예상 가능하듯이 선실 갑판은 쏟아져 들어오는 물의 압력 때문에 선체에서 완전히 떨어져 나가 (분명 다른 파편들과 함께) 수면으로 떠올랐다. 어거스터스는 그 갑판과 함께 떠올라 끔찍한 죽음에서 벗어났던 것이다.

펭귄 호에 끌어올려진 지 한 시간이 지나서야 그는 그나마 자기에 대해 설명도 좀 하고 우리 배에 어떤 사고가 있었는지에 대해서도 이해할 수 있게 됐다. 마침내 그는 완전히 정신을 차리고는 바다에 빠졌을 때의 느낌에 대해 떠들어댔다. 처음 희미하게 정신이 들어서 보니, 그는 목에 밧줄을 서너 겹으로 칭칭 감은 채 물 밑에서 무시무시한 속도로 빙글빙글 소용돌이치며 돌고 있었다. 하지만 다음 순간 빠른 속도로 위로 솟구치다가 어떤 단단한 물체에 세게 머리를 부딪치고는 다시 의식을 잃었다. 다시 정신이 들었을 때는 이성을 좀 더 회복했지만 그래도 여전히 몹시 멍하고 혼란스러운 상태였다. 입이 물 밖에 나와 있어서 비교적 자유롭게 숨은 쉴 수 있었지만, 그는 그제야 무슨 사고가 있었고 자기가 물에 빠져 있다는 것을 깨달았다. 아마도 그때는 갑판이 바람에 밀려 그를 매단 채 빠른 속도로 표류하고 있었고, 그도 누운 채 떠내려가고 있었다. 물론 그런 자세를 유지할 수만 있었다면 익사할 가능성은 거의 없었을 것이다. 그때 커다란 파도가 그를 갑판 위로 내동댕이쳤고, 그는 기를 쓰고 그 자세를 유지하면서 간간이 살려달라고 고함을 질렀다. 헨더슨에게 발견되기 직전에는 탈진해서 손을 놓을 수밖에 없었고 모든 것을 포기한 채 바닷속으로 빠져들고 있었다. 그렇게 사투를 벌이는 내내 그는 에어리얼 호에 대해서도, 이런 재난을 겪게 된 경위에 대해서도 아무것도 기억하지 못했다. 막연한 공포와 절망이 모든 기능을 장악해버렸던 것이다. 드디어 구조된 순간 어거스터스는 완전히 정신을 놓아버렸고, 앞서 말했듯이 펭귄 호에 올라오고도 근 한 시간이 지나서야 자신의 상황을 완전히 깨닫게 됐다. 나로 말할 것 같으면, (세 시간 반 동안 온갖 방법을 속절없이 다 동원해본 끝에) 어거스터스의 제안에 따라 뜨거운 기름에 적신 플란넬로 열심히 문질러주자 죽음의 문턱까지 갔다가 간신히 의식을 찾았다. 목의 상처는 흉측하긴 했지만 전혀 심각하지 않아서 곧 회복했다.

펭귄 호는 낸터킷 역사상 가장 호된 폭풍 중 하나를 만난 후 아침 9시경 항구에 들어왔다. 어거스터스와 나는 아침 식사 시간에 늦지 않게 바너드 씨 댁에 등장할 수 있었다. 다행히도 전날 밤 파티 덕에 아침 식사가 약간 늦어졌기 때문이다. 식탁에 앉은 사람들은 자기들도 너무 피곤한 터라 피곤에 절은 우리의 몰골을 눈치채지 못했다. 물론 세밀한 관찰에는 버티지 못했겠지만. 하지만 학생들은 속임수에 있어서는 경이로운 능력이 있는 법이어서, 낸터킷의 우리 친구들 중 배와 충돌하는 바람에 30~40명이 익사했다는 몇몇 선원들의 끔찍한 이야기가 에어리얼 호나 내 동료, 나와 연관되었을 거라 의심하는 사람은 하나도 없었다. 우리 둘은 그 후 그 일에 대해 매우 자주 이야기했지만 그때마다 두려움에 떨었다. 한번은 어거스터스가 솔직히 고백하길, 그 조그만 배 위에서 자기가 얼마나 취했는지를 처음 깨닫고 그 취기에 속절없이 무너지고 있다는 걸 느꼈을 때만큼 고통스러운 절망을 경험해본 적은 없었노라고 했다.

2장

    찬성이건 반대건, 어떤 단순한 선입관의 문제에 있어서도 우리는 전적인 확신을 가지고 결론을 내리지 않는다. 심지어 데이터가 가장 단순한 경우에라도 말이다. 방금 이야기한 것 같은 재난을 겪었으니 바다를 향해 싹트고 있던 내 열정이 완전히 식어버렸을 것이라고 생각할지도 모르겠다. 하지만 그 반대로, 기적적으로 구조된 지 일주일도 지나지 않아서 뱃사람의 삶에 따라오기 마련인 거친 모험에 대한 나의 갈망은 그 어느 때보다 열렬히 불타올랐다. 그 짧은 시간 사이에 위험했던 최근 사고의 어두운 그림자는 내 기억에서 깨끗이 지워지고 오로지 유쾌하고 다채로운 흥분, 온갖 그림 같은 정경들만 남았다. 나와 어거스터스의 대화도 나날이 더 잦아지고 더욱 흥미로워졌다. 그에게는 (이제 보니 절반 이상이 순 날조였다는 의심이 드는) 자기의 바다 이야기들을 나의 열성적 기질과 강렬하기는 하지만 다소 음울한 상상력에 주효하도록 잘 맞춰 이야기하는 재주가 있었다. 또한 이상하게도, 고통스럽고 절망적인 끔찍한 순간들에 대한 묘사를 들을 때 뱃사람의 삶에 대한 내 갈망은 가장 간절해졌다. 그림의 밝은 면에는 그다지 공감하지 못했다. 내가 상상하는 그림은 파선과 기아, 야만인 떼 사이에서의 죽음과 감금, 접근 불가능한 미지의 바다 한가운데 황량한 잿빛 바위에서 평생 슬픔과 눈물에 젖은 채 이어가는 질긴 삶이었다. 나중에 확신하게 되었지만, 그런 상상과 욕망―그건 거의 욕망의 경지에 도달했다―은 우울한 기질을 가진 수많은 사람들에게 흔히 있는 일이었다. 하지만 그 당시에는 그런 것들이 어느 정도 이루도록 예정된 운명을 미리 슬쩍 들여다본 것이라고만 생각했다. 어거스터스는 완전히 내 마음을 사로잡았다. 정말이지 우정이 깊어질수록 우리의 성격까지 부분적으로 비슷해진 것 같았다.

에어리얼 호 재난이 있고 18개월 정도가 지났을 때, (리버풀의 메시유앤더비 사와 연계된) 로이드앤드브레덴버그 사에서 포경 항해를 앞둔 범선 그램퍼스 호의 수리와 준비 작업을 맡게 되었다. 그램퍼스 호는 낡은 배여서, 할 수 있는 모든 수리를 다 했는데도 항해를 견딜 수 있는 상태가 아니었다. 선주에게 속한 다른 좋은 배들을 다 두고 하필 왜 그 배를 선택했는지 알 수가 없었지만, 상황이 그러했다. 바너드 선장이 배의 지휘를 맡았고 어거스터스도 따라갈 예정이었다. 배가 준비되는 동안 어거스터스는 지금이 여행에 대한 나의 욕망을 충족시킬 수 있는 둘도 없는 기회라고 걸핏하면 재촉했다. 물론 나는 그 말에 절대 떨떠름하게 반응하지 않았지만, 그게 그리 쉽게 될 수 있는 일이 아니었다. 아버지는 직접적으로 반대하지는 않았다. 하지만 어머니는 그 계획을 입 밖에 내기만 내도 히스테리를 일으켰다. 무엇보다도 내가 상당히 기대했던 할아버지는 만약 그 이야기를 한 번만 더 꺼내면 동전 한 푼 물려주지 않겠다고 공언했다. 하지만 내 욕망은 그런 어려움들에 수그러지기는커녕 오히려 불에 기름을 부은 형국이 됐다. 나는 어떤 위험이 있더라도 떠나기로 굳게 다짐했고, 내 작정을 어거스터스에게 말한 후 둘이서 일을 성사시킬 계획을 짜기 시작했다. 그러는 동안 항해에 대한 이야기는 전혀 하지 않고 겉보기에는 공부하느라 바쁜 것처럼 굴었기 때문에 친척들은 다들 내가 그 계획을 포기한 것으로 여겼다. 훗날 나는 종종 그때의 내 행동을 불쾌하고 놀라운 심정으로 돌이켜보곤 했다. 그 계획을 추진하기 위해 이용한 지독한 위선—너무나 오랫동안 내 생활의 일거수일투족에 속속들이 배어 있던 위선—은 오랫동안 간직해온 항해의 꿈을 실현시키려는 간절하고 불타는 희망이 아니었다면 나조차 도저히 견딜 수 없었을 것이다.

이 기만 작전을 끌고 나가기 위해서는 어거스터스의 술책에 많은 것을 맡길 수밖에 없었다. 그는 선실 등지에서 아버지가 시킨 업무를 처리하느라 매일 대부분의 시간을 그램퍼스 호에서 일하고 있었지만 밤이면 어김없이 나와 협의를 하고 우리의 희망에 대해 이야기했다. 성공할 것 같은 계획을 전혀 내놓지 못하고 이런 식으로 거의 한 달을 보낸 후, 드디어 그가 필요한 모든 것을 결정했노라고 말했다. 뉴베드퍼드에 로스 씨라는 친척이 한 분 살고 있었는데, 나는 간간이 그 집에서 이삼 주씩 머물다 오곤 했다. 배는 6월 중순(1827년 6월)에 출항할 예정이었고, 배가 떠나기 하루 이틀 전쯤 우리 아버지는 여느 때처럼 로스 씨로부터 내가 와서 (그분의 아들들인) 로버트와 에밋과 함께 두 주를 보냈으면 한다는 편지를 받게 되어 있었다. 어거스터스가 그 편지를 써서 배달하는 임무를 떠맡았다. 나는 사람들이 생각하는 대로 뉴베드퍼드로 출발하는 척하다가 친구에게로 가고, 그는 그램퍼스 호에 내가 숨어 있을 곳을 만들어놓을 것이다. 어거스터스는 그 은닉 장소를 며칠 동안 지내기에는 충분히 편안하게 만들어놓겠다고 보증했다. 배가 멀리까지 항해해 나와서 회항이 완전히 불가능해지면 그때 나는 정식으로 안락한 선실에 자리 잡게 될 테고, 그의 아버지는 우리 장난을 그저 호탕하게 웃어넘길 거라고 했다. 중간에 마주치는 배들이 많을 테니 부모님께는 그 편에 나의 모험을 설명하는 편지를 보낼 수 있을 것이다.

드디어 6월 중순이 되었고, 모든 계획이 무르익었다. 편지는 써서 전달했고, 나는 예정대로 월요일 아침 뉴베드퍼드 정기선을 타러 집을 나섰다. 하지만 나는 곧장 길모퉁이에서 기다리고 있는 어거스터스에게 갔다. 원래 우리 계획은 어두워질 때까지 숨어 있다가 몰래 배에 올라타는 것이었다. 그러나 고맙게도 안개가 짙게 낀 덕분에 숨어 있느라 시간을 낭비하지 않아도 되었다. 어거스터스가 부두를 향해 앞장섰고, 나는 사람들이 쉽게 알아볼 수 없도록 어거스터스가 가져다준 두꺼운 선원용 외투로 몸을 푹 감싼 채 약간 뒤에서 따라갔다. 에드먼드 씨의 우물을 지나 두 번째 모퉁이를 돌았을 때 놀랍게도 우리는 피터슨 씨, 바로 내 할아버지와 정면으로 맞닥뜨렸다. "이런, 세상에, 고든." 할아버지는 한참 있다가 말을 이었다. "이런, 이런, 이 더러운 외투는 도대체 누구 거냐?" "나리!" 그 긴급한 상황에서 나는 느닷없이 모욕당한 사람인 양 상상할 수 있는 최대치의 퉁명스러운 말투로 대답했다. "나리! 사람을 잘못 보셨구먼요. 우선 내 이름은 고든과는 거리가 멀고요, 이 깡패 같은 양반아, 내 새 코트를 더럽다고 하다니 정신 똑바로 차리시구려!" 그 노신사가 내 멋들어진 꾸지람에 어찌나 당황하던지 나는 터져 나오는 박장대소를 참느라 진땀을 흘렸다. 할아버지는 놀라서 두세 걸음 뒷걸음질 쳤고, 처음에는 얼굴이 창백해졌고 다음 순간 시뻘게지더니 안경을 위로 올렸다가 다시 내리고는 우산을 치켜들고 전속력으로 나를 향해 달려왔다. 하지만 문득 무슨 생각이라도 난 듯 도중에 질주를 멈추더니, 분노로 부들부들 떨고 이를 악물고 중얼대면서 비틀비틀 거리를 내려갔다. "몹쓸 새 안경 같으니…… 고든인 줄 알았네…… 아무 짝에도 쓸모없는 빌어먹을 짠돌이 같으니." 아슬아슬하게 그 상황을 모면한 후 우리는 더욱 조심하며 걸어가 드디어 목적지에 무사히 도착했다. 배 위에는 한두 사람밖에 없었고, 그나마 선수루에다 뭔가를 하느라 저 앞에서 바빴다. 바너드 선장은 로이드앤드브레덴버그 회사 일로 거기서 늦게까지 있을 예정이라는 걸 잘 알고 있었으므로 선장 때문에 걱정할 필요는 없었다. 어거스터스가 먼저 배의 측면으로 갔고, 잠시 후 작업 중인 사람들 눈에 띄지 않고 나도 그 뒤를 따랐다. 우리는 즉시 선실 안으로 들어갔다. 선실에는 아무도 없었다. 포경선에서는 보기 드물게 엄청나게 안락하게 꾸며져 있는 곳으로, 넓고 편리한 간이침대가 있는 네 개의 전용실이 있었다. 또 커다란 난로도 하나 있었고, 선실과 전용실 바닥에는 모두 굉장히 두껍고 비싼 카펫이 깔려 있었다. 천장은 7피트는 족히 될 정도로 높았고, 간단히 말해서 모든 것이 내가 예상했던 것보다 더 넓고 쾌적해 보였다. 하지만 어거스터스는 내게 구경할 시간도 거의 주지 않고 최대한 빨리 숨어야 한다고 재촉했다. 그는 배의 좌현 격벽 옆에 있는 자기 전용실로 앞장서 가더니, 방에 들어가자마자 문을 닫고 잠갔다. 그보다 더 멋지고 아담한 방은 본 적이 없었다. 길이는 약 10피트쯤 되었고 간이침대는 딱 하나 있었지만, 앞서 말했듯이 넓고 편리한 침대였다. 격벽 바로 옆에는 4평방피트 정도의 사실私室이 있었는데, 거기에는 책상과 의자가 놓여 있었고 주로 항해와 여행에 관한 책들이 가득 꽂힌 선반들이 벽에 붙어 있었다. 다른 안락한 것들도 많았다. 그중에서 잊을 수 없는 것은 일종의 금고나 냉장고 같은 것으로, 어거스터스가 열어 보여주자 먹을 것과 마실 것이 잔뜩 들어 있었다.

그가 방금 말한 공간의 한쪽 구석 카펫 위를 손가락 마디들로 꾹 눌렀다. 보니 마루의 일부분이 가로세로 16인치 정도로 깔끔하게 절단됐다가 다시 맞춰져 있었다. 그곳을 누르자 한쪽 끝부분이 올라오면서 손가락이 들어갈 만큼의 공간이 생겼다. 그런 식으로 (압정으로 여전히 카펫을 붙여놓은) 그 뚜껑문을 들어 올리면 후부선창으로 이어지게 되어 있었다. 그는 인 성냥으로 초를 켜서 각

등²에 넣은 다음, 따라오라고 하면서 그 구멍을 통과해 아래로 내려갔다. 나는 그 뒤를 따랐고, 그는 뚜껑 바닥에 박아 넣은 못을 잡고 뚜껑을 당겨 구멍을 덮었다. 그러면 물론 카펫이 전용실 바닥 원래의 자리로 돌아가고 구멍의 흔적은 온데간데없이 사라지는 것이다.

촛불 빛이 너무 희미해서 나는 어지럽게 쌓인 통나무들 사이를 더듬더듬 헤집으며 간신히 앞으로 나아갔다. 하지만 눈이 점점 어둠에 익숙해지자 친구의 코트 자락을 잡고 좀 더 수월하게 전진할 수 있었다. 수많은 좁은 통로를 이리저리 돌며 기어간 끝에 마침내 섬세한 토기를 포장할 때 간혹 쓰는, 쇠테 두른 궤짝에 다다랐다. 궤짝은 높이가 거의 4피트에 길이는 족히 6피트는 됐지만 폭은 굉장히 좁았다. 궤짝 위에는 텅 빈 기름통이 두 개 있었고, 또 그 위에는 선실 바닥에 닿을 정도로 볏짚단이 수북이 쌓여 있었다. 주위에는 거의 모든 종류의 선박용 비품들과 온갖 잡다한 상자, 바구니, 통, 잡동사니 화물들이 천장까지 입추의 여지없이 가득 차 있어서, 상자까지 길을 찾아온 게 거의 기적 같았다. 나중에 안 일이지만, 나를 철저하게 숨길 작정으로 어거스터스가 항해에 따라가지 않는 조수 하나만 데리고 이 선창의 짐을 일부러 그렇게 선적한 것이었다.

이제 내 동료는 그 궤짝의 한쪽 끝을 마음대로 뗄 수 있다는 것을 보여주었다. 그 끝 쪽을 옆으로 밀자 내부가 드러났는데 몹시 흥미로운 광경이었다. 선실 간이침대에서 가져온 매트리스가 궤짝 바

---

2   미닫이 덮개로 빛을 가릴 수 있는 등.

닥을 꽉 채우고 있었고 그 좁은 공간에 비집고 들어갈 수 있는 최대치의 온갖 편의용품들이 들어 있으면서도 동시에 내가 다리를 죽 펴고 눕거나 앉을 공간이 충분했다. 여러 물건들 가운데, 책 몇 권과 펜, 잉크, 종이, 담요 석 장, 물이 가득 든 커다란 물통 세 통, 선원용 비스킷 한 통, 큼직한 볼로냐소시지 서너 개, 엄청나게 큰 햄, 차가운 구운 양다리, 그리고 강심제와 독주 여섯 병이 보였다. 나는 즉시 내 조그만 거처로 들어갔고, 분명 새 왕궁으로 들어가는 어떤 군주도 나보다 더 큰 만족감을 느끼지는 않았을 것 같았다. 어거스터스는 열린 궤짝 끝부분을 닫는 방법을 가르쳐준 후, 갑판 가까이 촛불을 가져다 대고는 바닥에 놓인 시커먼 채찍끈을 보여줬다. 그 끈은 내 은신처에서부터 잡동사니 사이로 구불구불 이어진 통로를 거쳐 자신의 전용실로 올라가는 뚜껑문 바로 밑에 있는 선창 갑판에 박힌 못까지 이어져 있다고 했다. 예기치 못한 사태로 인해 필요한 경우에는, 그가 안내해주지 않아도 이 끈을 이용해서 즉시 길을 되짚어 나올 수 있다는 것이다. 그는 나에게 각등과 충분한 양의 초와 인을 남겨놓고는 눈에 띄지 않는 한 최대한 자주 들르겠다고 약속하고 떠났다. 그때가 6월 17일이었다.

나는 틈 바로 맞은편에 놓인 통 두 개 사이에서 팔다리를 좀 펴볼 목적으로 두 번 나온 것을 제외하고는 은신처에서 전혀 나오지 않고 (내 추측으로는) 사흘 밤낮을 머물렀다. 그러는 내내 어거스터스를 한 번도 보지 못했지만 조금도 불안하지 않았다. 배가 곧 출항할 예정이라 그 북새통에 내게 내려올 기회를 찾는 게 쉽지 않으리라는 걸 잘 알고 있었기 때문이다. 마침내 뚜껑이 열리고 닫히는 소리가 들리더니 곧 그가 나지막한 목소리로 다 괜찮냐고, 필요한 건 없냐고 물었다. "전혀 없어." 나는 대답했다. "난 아주 편안해. 배는 언제 출항해?" "30분 내에 닻을 올릴 거야." 그가 대답했다. "그걸 알려주려고 왔어. 그리고 내가 안 와서 불안해할까 봐 걱정돼서. 얼마 동안, 한 사나흘 정도는 다시 못 올지도 몰라. 위에서는 일이 다 잘되어 가고 있어. 내가 올라가서 뚜껑문을 닫고 나면, 줄을 따라서 못이 박힌 곳까지 기어와. 거기 내 시계가 있을 거야. 햇빛이 안 들어와서 시간을 알 수가 없을 테니 시계가 유용할 거야. 얼마 동안 여기 숨어 있었는지 모르겠지? 겨우 사흘이야. 오늘이 20일이거든. 궤짝까지 시계를 갖다주고 싶지만 누가 날 찾을까 봐 걱정돼서." 그렇게 말하고 그는 올라갔다.

친구가 떠나고 한 시간쯤 지나자 배가 움직이는 기척이 분명하게 느껴졌고, 나는 마침내 실제로 항해를 시작하게 된 것을 자축했다. 그 생각을 하니 기분이 좋아서, 이 궤짝을 떠나 더 편할 것까지는 없어도 더 넓은 선실로 옮겨도 좋다는 허락을 받을 때까지 가능한 한 마음을 편하게 먹고 기다리기로 했다. 우선 할 일은 시계를 가져오는 것이었다. 나는 촛불을 켜둔 채 어둠 속에서 줄을 따라 수없이 굽이진 통로를 기어갔다. 어떨 때는 힘겹게 먼 거리를 가고 나서 보니 원래 있던 곳에서 겨우 1~2피트 떨어진 곳으로 되돌아와 있기도 했다. 드디어 나는 못이 있는 곳까지 와서 여행의 목적을 달성하고 무사히 다시 돌아왔다. 그러고는 사려 깊게 마련된 책들을 훑어보고 콜롬비아 입구까지 갔던 루이스와 클라크의 탐험기를 골라 들었다. 얼마 동안 즐겁게 책을 읽다가 졸음이 쏟아져서 조심스럽게 불을 끄고 깊은 잠에 빠져들었다.

잠에서 깨자 이상하게 머리가 혼란스러웠고, 얼마간 시간이 지나서야 내가 있는 곳의 상황들이 기억났다. 하지만 점차 모든 게 기억났다. 나는 불을 켜고 시계를 보았다. 그러나 시계는 멈춰 있었고, 따라서 내가 얼마나 오랫동안 잠들어 있었는지 알 길이 없었다. 팔다리에 심하게 쥐가 나서 상자 두 개 사이에 서서 근육을 풀어줘야만 했다. 곧 걸신들린 듯이 식욕이 맹렬히 솟구쳐서 잠들기 직전 조금 먹었던 맛있는 양고기가 생각났다. 하지만 경악스럽게도 그 고기는 완전히 부패해 있었다! 그 상황에 마음이 몹시 불안해졌다. 잠에서 깼을 때의 혼란스러움과 이 일을 연결해서 생각해보니 터무니없이 오랫동안 잠들었던 게 틀림없다는 생각이 들기 시작했던 것이다. 선창의 밀폐된 공기 탓이었을 수도 있고, 결국에는 그것 때문에 심각한 결과가 생길지도 모른다. 머리가 깨질 듯이 아팠다. 숨쉬기가 힘겨운 것 같은 느낌이 들었다. 한마디로 수많은 우울한 생각이 나를 짓눌렀다. 그래도 뚜껑문을 열거나 뭔가를 해서 소동을 일으킬 엄두는 나지 않아서 시계태엽을 감은 다음 최대한 마음을 가라앉혔다.

지루한 24시간이 흐르는 동안 여기 와서 나를 안심시켜주는 사람은 아무도 없었다. 어거스터스의 극심한 무관심을 저주하지 않을 수 없었다. 나를 가장 불안하게 하는 것은, 물통의 물은 거의 반 파인트로 줄었는데 심한 갈증에 시달리고 있다는 사실이었다. 양고기를 잃은 후 볼로냐소시지를 마음대로 먹어버린 탓이었다. 마음이 너무 불안해서 더 이상 책을 읽고 싶지도 않았다. 또한 걷잡을 수 없이 졸음이 몰려왔지만, 선창의 밀폐된 공기 속에 타는 숯 같은 해로운 물질이 있지 않을까 두려워 마음대로 잔다는 것은 생각조차 할 수 없었다. 그러는 동안 배가 흔들리는 모양으로 볼 때 우리 배는 먼 바다까지 나왔고, 아주 먼 곳에서 들려오는 듯한 윙윙거리는 단조로운 소리로 보아 심상찮은 강풍이 불어오고 있는 게 틀림없어 보였다. 어거스터스가 오지 않는 이유가 상상이 되지 않았다. 이제는 내가 올라가도 좋을 만큼 멀리까지 항해해 나온 것은 확실했다. 어쩌면 어거스터스에게 무슨 사고가 생겼을지도 모른다. 하지만 정말이지 갑자기 죽었거나 바다에 빠진 게 아니고서야 나를 이렇게 오랫동안 갇힌 신세로 내버려둘 리가 없다 싶었고 그런 생각이 들자 더 이상 참을 수가 없었다. 어쩌면 역풍과 사투를 벌이느라 아직도 낸터킷 연안에 있는지도 몰랐다. 하지만 그 생각은 곧 접을 수밖에 없었다. 만약 그런 상황이었다면 배의 방향이 자주 바뀌었어야 했는데, 계속해서 좌현 쪽으로 기울어져 있는 것으로 보아 우현에서 불어오는 순풍을 타고 계속 항해하고 있는 게 분명했기 때문이다. 게다가 아직도 낸터킷 섬 근처라면 왜 어거스터스가 와서 상황을 알려주지 않았겠는가? 그런 식으로 외롭고 처량한 내 곤궁한 처지를 생각하다 24시간을 더 기다려보기로 결심했다. 그때도 아무도 오지 않으면 뚜껑문 쪽으로 가서 친구와 협상을 해보든가, 아니면 적어도 구멍을 통해 신선한 공기를 마시고 전용실에서 물이라도 더 얻어 와야겠다

고 생각했다. 하지만 이런 생각에 빠져 있던 중, 자지 않으려고 안간
힘을 썼음에도 나는 자기도 모르게 깊은 잠, 아니 거의 혼수상태에
빠져들었다. 있을 수 없이 끔찍한 꿈을 꾸었다. 온갖 재난과 공포가
나를 덮쳤다. 소름 끼치는 잔인한 악마들에 의해 거대한 베개들 사
이에 끼어 질식해 죽는 고통도 겪었다. 어마어마하게 큰 뱀들이 나
를 칭칭 감고 섬뜩하게 번득거리는 눈으로 내 얼굴을 물끄러미 바라
봤다. 다음 순간, 끝없이 광대하고 쓸쓸하고 압도적인 사막이 눈앞
에 펼쳐졌다. 엄청난 높이의 앙상한 회색 나무들이 저 멀리 아득한
곳까지 계속해서 끝도 없이 솟아났다. 그 뿌리들은 광활한 늪지에
잠겨 보이지 않았고, 음산한 늪은 칠흑같이 검고 고요하고 끔찍했
다. 그 이상한 나무들은 마치 인간의 생명력이라도 깃들어 있는 듯
이 앙상한 가지들을 이리저리 흔들고 극도의 고통과 절망이 담긴 비
명을 찢어질 듯이 지르며 말없는 늪을 향해 자비를 구하고 있었다.
장면이 바뀌었다. 나는 타는 듯이 뜨거운 사하라 사막에 벌거벗은
채 홀로 서 있었다. 내 발치에는 광포한 열대 사자가 웅크리고 있었
다. 갑자기 사자가 사나운 눈을 번쩍 뜨더니 나를 쳐다봤다. 사자는
몸을 부르르 떨며 펄쩍 뛰어오르면서 무시무시한 이빨을 드러냈다.
다음 순간 사자의 새빨간 목구멍에서 창공의 우레 같은 포효가 터
져 나왔고, 나는 땅바닥에 털썩 쓰러졌다. 나는 발작과도 같은 공포
에 숨이 막힌 채 희미하게 정신이 들었다. 그런데 내 꿈은 꿈이 아니
었다. 지금은 적어도 의식이 있었다. 어느 거대한 진짜 괴물의 앞발
이 내 가슴을 무겁게 짓누르고 있었다. 녀석의 뜨거운 숨결이 귓전

에 닿았고, 소름 끼치는 하얀 어금니가 어둑어둑한 빛 사이로 번득이고 있었다.

　내 손짓 하나 혹은 말 한마디에 천 명의 목숨이 달려 있다 해도 나는 꼼짝하지도 입을 떼지도 못했을 것이다. 내가 녀석 밑에서 완전히 무력하게, (그리고 내 생각에는) 사경을 헤매며 누워 있는 동안, 뭔지 모를 그 야수는 당장은 어떤 위해도 가할 생각 없이 똑같은 자세를 지키고 있었다. 몸과 마음에서 기운이 급속히 빠져나가는 게 느껴졌다. 한마디로 나는 죽어가고 있었다, 순전히 공포 때문에 죽어가고 있었다. 머리가 빙빙 돌고, 속이 미칠 듯이 울렁대고, 눈도 안 보여서 심지어 내 위에서 번득이는 눈동자마저도 흐릿해졌다. 나는 마지막 있는 힘을 다해 한숨을 토해내듯 하느님을 부르며 죽음을 맞이할 준비를 했다. 내 목소리가 그 짐승 속에 잠들어 있던 분노를 몽땅 불러일으킨 것 같았다. 녀석이 온몸으로 나를 덮쳤다. 하지만 놀랍게도 녀석은 길고 낮은 소리로 낑낑대고 애정과 기쁨을 온몸으로 발산하면서 내 얼굴과 손을 열렬히 핥기 시작했다! 어리둥절하고 놀라서 정신이 하나도 없었지만, 내 애완견 뉴펀들랜드 종 타이거 특유의 낑낑대는 소리와 치대는 방식은 절대 잊을 리가 없었다. 바로 그 녀석이었다. 관자놀이에 갑자기 피가 확 몰려오면서 이제 구조됐고 다시 살았다는 아찔하고도 압도적인 감각이 온몸을 휘감았다. 나는 누워 있던 매트리스에서 벌떡 일어나 내 충직한 부하이자 친구의 목을 얼싸안고 대성통곡하면서 오랫동안 가슴을 짓눌러온 불안을 털어냈다.

지난번과 마찬가지로 매트리스에서 일어난 후 내 머릿속은 극도로 흐릿하고 혼란스러운 상태였다. 한참 동안은 상황이 거의 파악되지 않았지만 아주 서서히 사고력이 되돌아오면서 내가 처한 상황에서 일어난 몇몇 사건들이 다시 떠올랐다. 하지만 타이거가 왜 여기 있는지는 도대체 설명이 되지 않았다. 수천 가지 추측들을 분주히 내놓아봤지만, 결국 타이거가 옆에서 내 끔찍한 고독을 나누고 안아주며 위안을 준다는 데 기뻐하며 만족할 수밖에 없었다. 대부분 자기 개는 다 사랑하지만 타이거에 대한 내 애정은 보통 넘게 열렬했고, 사실 타이거만큼 그런 애정을 받을 자격이 있는 동물도 없었다. 녀석은 7년 동안 나와 뗄 수 없는 단짝이었고 개들이 가진 고결한 품성의 증거를 수많은 상황에서 보여주었다. 강아지 시절 낸터킷의 한 꼬마 악당이 녀석의 목에 밧줄을 묶어 물속으로 끌고 들어가려고 했을 때 내가 구해줬는데, 그로부터 약 3년 후 성견이 된 녀석이 노상강도의 곤봉에서 나를 구해 그 은혜를 갚았던 것이다.

시계를 들어 귀에 갖다 대어보니 또 멈춰 있었다. 하지만 나는 전혀 놀라지 않았다. 이상한 느낌으로 볼 때, 얼마 동안인지는 알 수 없지만 전과 마찬가지로 굉장히 오랫동안 잠들었던 게 분명했기 때문이다. 몸에는 열이 펄펄 끓었고 견딜 수 없이 목이 탔다. 초는 각등 바닥까지 다 타버렸고 인 상자는 금세 손에 닿지 않아 불빛이 없었기 때문에 궤짝 안을 더듬거리며 얼마 안 남은 물을 찾았다. 하지만 물통을 찾아서 보니 통은 텅 비어 있었다. 살이 다 발린 양 뼈가 궤짝 입구 옆에 놓여 있는 걸로 보아 분명 타이거가 남은 양고기를 먹어치웠을 뿐 아니라 물까지 넘본 것이다. 상한 고기야 얼마든지 줄 수 있지만 물 생각을 하니 가슴이 철렁 내려앉았다. 나는 극도로 쇠약해져서 조금만 움직이거나 힘을 써도 학질이라도 걸린 것처럼 온몸이 덜덜 떨렸다. 설상가상으로 배까지 격렬하게 요동치고 흔들리고 있어서, 한순간 궤짝 위에 놓인 기름통들이 떨어지면서 유일한 출입구가 막힐 뻔했다. 거기에다 뱃멀미도 끔찍했다. 이런 점들을 고려하자, 시도 자체가 불가능해지기 전에 어떤 위험을 무릅쓰고라도 뚜껑문까지 가서 즉각 구조 요청을 해야겠다는 결심이 섰다. 그렇게 결심하고 나는 다시 한 번 인 상자와 초를 찾아 사방을 더듬었다. 인 상자는 별로 어렵지 않게 찾았지만, (전에 초를 놓아뒀던 장소를 거의 정확하게 기억하고 있었는데도) 예상했던 것만큼 빨리 초가 발견되지 않자 일단 찾기를 포기하고 타이거에게 가만히 있으라고 한 다음 즉시 뚜껑문을 향해 출발했다.

그렇게 가고 있자니 내 상태가 얼마나 쇠약한지가 점점 더 분명해졌다. 기어가는 게 극도로 힘들었고, 팔다리가 걸핏하면 갑자기 푹 꺾이는 통에 얼굴을 처박고 엎어지면 몇 분 동안 거의 의식을 잃고 쓰러져 있곤 했다. 그래도 잡동사니들 사이 좁고 꼬불꼬불한 통로에서 기절할까 봐 순간순간 두려움에 떨며 조금씩 앞으로 힘들게 기어갔다. 혹시 기절이라도 한다면 결과는 죽음일 수밖에 없었다. 그러던 중 마침내 있는 힘을 다 짜내 앞으로 몸을 휙 내밀었다가 나는 어느 쇠테 두른 궤짝의 날카로운 모서리에 이마를 세게 부딪쳤다. 결과는 몇 분 동안 기절하는 것에 불과했지만, 비통하게도 알고 보니 배가 빠르고 격하게 흔들리는 바람에 그 궤짝이 정통으로 내 앞에 떨어져 앞길을 완전히 막아버린 상태였다. 아무리 기를 써봐도 궤짝은 주위의 상자들과 선박 비품들 사이에 꼭 끼어 꿈쩍도 하지 않았다. 따라서 아무리 기운이 없다 해도 안내용 줄을 놓고 다른 경로를 찾아보거나 장애물을 넘어 같은 길로 계속 전진하는 수밖에 없었다. 첫 번째 대안은 너무나 어렵고 위험해서 생각만 해도 몸이 떨렸다. 지금처럼 약해빠진 정신과 육체로 그런 시도를 했다가는 틀림없이 길을 잃고 이 우울하고 지겨운 선창 미로에서 비참하게 죽고 말 것이다. 그래서 나는 주저하지 않고 남은 힘과 용기를 있는 대로 그러모아 그 궤짝을 넘으려고 앞으로 전진했다.

그런 목표를 가지고 똑바로 일어서서 보니 그 일은 내가 두려워하며 상상하던 것보다 훨씬 더 어려운 과제였다. 좁은 통로 양편에는 조금만 실수해도 머리 위로 쏟아져 내릴 것 같은 온갖 무거운 잡동사니들이 완전히 벽을 이루고 있었다. 혹여 그런 사고가 일어나지 않는다 해도 저기 장애물에 막혀 있는 앞길처럼 떨어지는 짐으로 인해 돌아가는 길이 완전히 막혀버릴 수도 있다. 궤짝은 길쭉하고 거대해서 발 디딜 곳이라고는 없었다. 윗면에 손이 닿으면 몸을 끌어올릴 수 있을 것 같아 혼신의 힘을 다해 팔을 뻗어보았지만 소용없었다. 혹여 손이 닿았다 해도 기어오르기에는 기운이 절대적으로 모자랐을 게 분명하니, 어느 모로 보나 실패한 게 더 나았다. 결국 궤짝을 억지로 밀어보려고 필사적으로 힘을 쓰던 중 옆에서 강한 진동이 느껴졌다. 널빤지들 가장자리로 간절히 손을 뻗었더니 큼직한 조각 하나가 헐겁게 붙어 있었다. 다행히 갖고 있던 주머니칼로 안간힘을 쓴 끝에 널빤지를 완전히 떼어내는 데 성공했다. 그 틈으로 들어가서 보니 기쁘게도 반대쪽에는 널빤지들이 없었다. 말하자면, 내가 억지로 빠져나온 곳은 뚜껑 없는 궤짝의 바닥이었던 것이다. 이제 나는 그다지 어려움 없이 줄을 따라가서 마침내 못까지 도착했다. 두근거리는 가슴을 안고 일어서서 뚜껑문을 살며시 밀었다. 하지만 문은 예상했던 것처럼 금세 열리지 않았다. 전용실에 어거스터스가 아닌 다른 사람이 있을지도 모른다는 생각에 여전히 두렵기는 했지만 조금 더 단호하게 문을 밀었다. 하지만 놀랍게도 문은 꼼짝도 하지 않았다. 전에는 거의 아무 힘도 안 들었다는 걸 알고 있었기 때문에 나는 조금 불안해졌다. 세게 밀었지만 그럼에도 문은 요지부동이었다. 있는 힘을 다해 밀어보았지만 여전히 열리지 않았다. 분노하고, 화내고, 절망하며 밀어보아도, 문은 내 안간힘을 무시했다. 꼼짝도 하지 않고 버티는 것으로 보아, 구멍이 발견되어 못질을 당했든지 엄청나게 무거운 물건이 그 위에 놓여 있어서 치울 수 없는 게 분명했다.

극도의 공포와 절망이 나를 감쌌다. 내가 왜 그런 식으로 매장된 건지 그럴듯한 원인을 생각해보려 했지만 허사였다. 어떤 논리적 사고도 떠오르지 않았다. 나는 바닥에 주저앉은 채 극도로 암울한 상상에 속절없이 무너져 내렸다. 머릿속에는 온통 갈증, 기아, 질식, 생매장으로 인한 끔찍한 죽음, 앞으로 닥쳐올 재난의 모습만 가득했다. 이윽고 마음이 조금이나마 진정됐다. 나는 일어나서 틈이나 갈라진 곳이 있는지 손가락으로 더듬어보았다. 틈을 발견해 혹시 그 사이로 전용실에서 빛이 새어 나오지 않는지 면밀히 살펴보았지만 아무런 빛줄기도 보이지 않았다. 주머니칼 칼날을 틈새에 억지로 쑤셔 넣자 뭔가 딱딱한 장애물에 닿았다. 긁어보니 단단한 쇳덩어리였는데, 칼날이 지나갈 때의 독특한 흔들리는 느낌으로 볼 때 사슬닻줄인 것 같았다. 이제 남은 유일한 길은 궤짝까지 다시 온 길을 거슬러 간 후 거기서 슬픈 운명에 순응하거나, 길을 거슬러 가면서 마음을 진정하고 탈출 계획을 세울 여지를 찾아보는 것뿐이었다. 나는 이 계획에 즉시 착수했고, 수많은 난관 끝에 제자리로 돌아오는 데 성공했다. 내가 완전히 탈진해서 매트리스 위에 쓰러지자 타이거가 내 옆에 와서 온몸을 기댔다. 마치 고통에 빠진 나를 위로하고 굳게 견디라고 격려라도 해주고 싶어 하는 것 같았다.

그러던 중 타이거의 이상한 행동이 마침내 확실히 내 주의를 끌었다. 녀석이 얼마 동안 내 얼굴과 손을 핥은 후에 갑자기 동작을 멈추고 나지막하게 낑낑대는 것이었다. 손을 갖다 대보면 어김없이 네 발을 치켜든 채 발라당 드러누워 있었다. 이런 이상한 행동을 너무 자주 반복하는 게 도무지 이해가 되지 않았다. 괴로워 보이길래 상처를 입었다고 생각하고 발을 잡고 하나하나 살펴보았지만 상처 입은 흔적은 전혀 없었다. 그래서 배가 고픈가 싶어 커다란 햄 조각을 주었더니 게걸스럽게 삼키고는 그 이상한 행동을 또 하는 것이었다. 이제 타이거도 나처럼 고통스러운 갈증에 시달리는 모양이라고 생각하며 이 결론을 사실로 받아들이려는 순간, 이제껏 발만 살펴봤는데 혹시 몸이나 머리 쪽에 상처가 있을지도 모른다는 생각이 문득 들었다. 머리를 세심하게 만져봤지만 아무 상처도 없었다. 하지만 등을 쓸어봤더니 완전히 엇갈리는 방향으로 털들이 약간 곤두서 있었다. 손가락으로 만져보니 무슨 끈이 있었고, 그 끈을 따라가보니 끈이 개의 몸을 온통 감고 있었다. 더 자세히 살펴보자 편지지 재질의 조그만 쪽지가 있었는데, 끈은 쪽지가 왼쪽 어깨 바로 밑에 오도록 개의 몸을 묶고 있었다.

3장

그 쪽지는 어거스터스가 보냈으며, 무슨 말 못 할 일이 생기는 바람에 나를 이 지하 감옥에서 구하지 못해서 사정을 알리기 위해 고안한 방법이라는 생각이 즉시 머리를 스쳤다. 나는 마음이 급해서 손을 덜덜 떨면서 다시 인 성냥과 초를 더듬거리며 찾기 시작했다. 잠들기 직전 조심스럽게 치워두었던 기억이 흐릿하게 있었고, 실제로 아까 뚜껑문에 가기 전까지는 그것들을 어디 뒀는지 정확한 위치도 기억하고 있었다. 하지만 지금은 아무리 애써도 생각이 나지 않았다. 짜증을 내면서 사라진 물건들을 족히 한 시간은 분주히 찾아봤지만 허사였다. 정말이지 이렇게 감질나게 불안하고 긴장된 적은 한 번도 없었다. 바닥짐에 머리를 바짝 붙이고 궤짝 입구 근처와 바깥쪽을 더듬거리던 중 선미 쪽에서 희미하게 어른거리는 불빛이 보였다. 불빛이 내가 있는 곳에서 겨우 몇 피트밖에 떨어져 있지 않은 것처럼 보여 깜짝 놀라 그쪽으로 가려고 힘겹게 움직였다. 하지만 그럴 작정으로 움직이자마자 불빛이 완전히 사라져버렸고, 궤짝을 더듬어가며 원래 있던 자리에 정확히 돌아오자 그제야 불빛이 다시 보였다. 고개를 조심스레 앞뒤로 움직이면서 처음 갔던 방향과 반대로 조심스레 천천히 앞으로 가자 불빛을 계속 바라보면서 가까이 다가갈 수 있었다. (몸을 웅크린 채 비좁고 구불구불한 통로를 수없이 지나) 곧 불빛 앞에 다다라서 보니, 불빛은 옆으로 쓰러진 빈 통 위에 놓인 내 성냥 조각에서 나오고 있었다. 성냥이 어떻게 그런 곳에 있는지 의아해하고 있던 내 손에 문득 초 두세 동강이 닿았다. 개가 씹은 게 분명했다. 곧 타이거가 내 초들을 몽땅 먹어치웠다는 것을 알게 된 나는 어거스터스의 쪽지를 읽을 수 없게 되었다는 데 절망했다. 그나마 조금 남아 있는 초 동강들은 통 안의 다른 잡동사니들과 마찬가지로 엉망진창이 되어 있어서 아무 쓸모도 기대할 수 없는 형편이라 그냥 버렸다. 한두 조각만 남은 인은 최대한 잘 챙겨서 고생 끝에 다시 타이거가 기다리고 있는 내 궤짝으로 돌아왔다.

이제 무엇을 해야 할지 알 수가 없었다. 선창은 손을 얼굴에 바싹 갖다 붙여도 보이지 않을 정도로 지독하게 캄캄했다. 하얀 종잇조각은 간신히 식별은 할 수 있었지만 그조차 똑바로 보면 보이지 않았다. 망막 바깥쪽을 그쪽으로 돌려야만, 다시 말해 약간 곁눈질로 흘겨봐야만 어느 정도 눈에 보였다. 그러니 내 감옥이 얼마나 어두운지 상상할 수 있을 것이다. 친구의 쪽지—만약 그게 정말로 어거스터스가 보낸 쪽지라면—는 이미 약해지고 불안에 시달리는 내 마음을 속절없이 동요하게 만들어 오히려 문제만 더 키우는 것 같았다. 불을 밝힐 수 있는 얼토당토않은 방법을 속절없이 닥치는 대로 생각해보았지만 딱 아편에 취해 어지러운 잠에 빠진 사람이나 생각해낼 법한 방법들이어서, 마치 꿈속에서 이성과 상상력이 깜박거리며 번갈아 우위를 점할 때처럼 어느 순간은 가장 합리적인 착상 같았다가 다음 순간 가장 터무니없는 착상으로 바뀌는 것들이었다. 마침내 그럴듯해 보이는 생각이 하나 떠올랐다. 왜 진작 그런 생각을 하지 못했는지 놀라울 정도였다. 나는 쪽지를 책 위에 놓은 다음, 통에서 가져온 인 조각들을 모아 종이 위에 올렸다. 그런 다음 손바닥으로 그것들을 꾸준히 빠른 속도로 문질렀다. 즉시 환한 빛이 표면 전체에 퍼져나갔다. 쪽지에 글이 있었다면 분명히 아무런 어려움 없이 읽을 수 있었을 것이다. 하지만 쪽지에 글자라고는 한 자도 없었다. 음울하고 불만스러운 백지뿐이었다. 빛은 몇 초 만에 사라져버렸고, 불빛이 사라지면서 내 마음도 죽어버렸다.

앞에서 몇 번이나 이 직전 얼마 동안 내 머리가 거의 백치 상태였다는 말을 한 바 있다. 물론 간혹 가다 잠깐 동안은 정신이 완전히 멀쩡했고 가끔은 심지어 기운이 날 때도 있었지만 그런 때는 드물었다. 내가 분명 여러 날 동안 포경선의 밀폐된 선창에서 유해한 공기를 마셨고 그중 많은 시간은 물도 제대로 마시지 못했다는 사실을 기억해야만 한다. 지난 열넷 혹은 열다섯 시간 동안은 전혀 물을 마시지 못했고 잠도 자지 못했다. 주식이라고는 짜디짠 염장식품뿐이었고, 사실 양고기가 없어진 후로는 선원용 비스킷을 제외하고는 그게 유일한 양식이었다. 비스킷은 나에겐 완전히 무용지물인 게, 너무 메마르고 딱딱해서 붓고 바싹 말라붙은 내 목구멍으로는 삼킬 수가 없었기 때문이다. 이제는 온몸에 열이 펄펄 끓었고, 어느 모로 보나 중환자였다. 그런 까닭에 인을 사용한 후 낙담에 빠져 비참한 몇 시간을 보내고서야 종이의 한쪽 면만 살펴봤다는 생각이 들었다. 얼마나 터무니없는 실수를 저질렀는지 갑자기 깨달았을 때 내가 느낀 분노는 형언할 수 없었다(그렇게 화가 나본 적은 없었다). 어리석고 성급한 마음에 저지른 짓만 없었다면 그 실수 자체는 별로 중요하지 않을 수도 있었다. 쪽지에 아무 글도 없는 것을 보고 실망한 나머지 어린애처럼 종이를 갈가리 찢어 던져버렸던 것이다. 어디 버렸는지도 알 수 없었다.

이 최악의 딜레마에서 나를 구해준 것은 총명한 타이거였다. 나는 오랫동안 찾아 헤맨 끝에 조그만 조각 하나를 찾아 개의 코에 갖다 대고는 나머지 조각들을 가져오라는 뜻을 전달하려고 애썼다. (타이거와 같은 품종의 개들이 잘하기로 유명한 기술들을 하나도 가르쳐준 적이 없었는데도) 놀랍게도 녀석은 내 뜻을 당장 알아듣고 잠시 여기저기를 살살이 뒤지고 다니더니 곧 꽤 커다란 조각 하나를 찾아왔다. 종잇조각을 물고 온 녀석은 잠시 서서 코를 내 손에 비비며 잘했다는 칭찬을 기다리는 것 같았다. 내가 머리를 쓰다듬어주자 타이거는 곧장 다시 출발했다. 녀석은 몇 분이 지나고야 이번에는 커다란 조각을 가지고 돌아왔는데 알고 보니 그게 사라진 종이 몽땅 다였다. 찢어지긴 했지만 세 조각으로만 찢어졌던 것 같았다. 다행히도 알갱이 한두 개에서 여전히 나오는 희미한 빛을 안

내 삼아 남은 인 조각들도 어렵지 않게 찾아냈다. 이 곤경을 통해 나는 신중할 필요가 있다는 것을 배웠고, 이제 앞으로 어떻게 해야 할 것인지 곰곰이 생각했다. 내가 살펴보지 않은 면에 글자가 쓰여 있을 가능성이 컸지만 그게 어느 쪽일까? 조각들을 맞춰봐도 도무지 알 수가 없었다. 다만 확실한 것은 (뭐라도 쓰여 있다면) 글자는 모두 한 면에 있을 테고 쓰인 대로 제대로 맞춰져 있을 것이라는 점이었다. 그 문제를 한 치의 의심도 없이 확실하게 하는 게 절실했다. 이번에 실패해 세 번째 시도를 해야 할 경우, 그만큼 인이 충분하지 않았기 때문이다. 나는 전처럼 쪽지를 책 위에 올려놓고 앉아서 몇 분 동안 심사숙고했다. 마침내 글씨가 쓰여 있는 면은 표면이 약간 매끄럽지 않을 가능성이 있고, 섬세하게 만져보면 감지할 수도 있겠다는 생각이 들었다. 나는 실험을 해보기로 하고 펼쳐진 면 위를 손가락으로 조심스레 만져보았다. 하지만 아무것도 느껴지지 않았다. 종이를 뒤집어 책 위에 올렸다. 다시 한 번 집게손가락으로 신중하게 만져보는데, 미약하기 짝이 없는 희미한 빛이 손가락이 가는 대로 따라오는 게 보였다. 조금 전의 시도 때 종이 위에 놓았던 자잘한 인 부스러기에서 나오는 게 틀림없었다. 그렇다면 반대쪽, 즉 아랫면이 글자가 있는 쪽이라는 말이다. 정말로 글이 있다면 말이다. 나는 다시 쪽지를 뒤집어 좀 전에 했던 작업을 시작했다. 인을 문지르자 전처럼 환한 빛이 생겨났고 이번에는 커다랗게 붉은 잉크로 쓴 몇 줄의 글이 똑똑히 드러났다. 어른거리는 빛은 충분히 밝긴 했지만 오래가지는 않았다. 그래도 너무 흥분하지만 않았더라면 눈앞에 나타난 세 줄—세 줄이 있는 걸 보았기 때문이다—을 몽땅 정독할 시간이 충분했을 것이다. 하지만 나는 세 줄을 한꺼번에 읽으려고 조바심을 치다가 겨우 마지막 일곱 단어를 읽는 데 그치고 말았다. "피…… 목숨을 부지하고 싶으면 가만히 엎드려 있어."

쪽지의 전문, 내 친구가 그런 식으로 전달하고자 한 경고의 완전한 의미를 확인할 수 있었다면, 비록 차마 입에 담을 수 없는 이야기를 보여주는 경고라 하더라도, 지금의 이 파편적 경고가 내 마음에 불러일으킨 끔찍하지만 막연한 공포의 10분의 1도 심어주지 못했을 것이다. 게다가 세상의 하고많은 단어 중 '피', 언제나 신비와 고통과 공포로 차 있는 그 단어라니. 지금 그 말은 세 배는 더 의미심장해 보였고, 그 모호한 음절은 너무나 오싹하고 무겁게 이 감옥의 깊은 어둠과 내 영혼 가장 깊숙한 곳을 파고들었다.

분명 어거스터스가 내게 숨어 있으라고 한 데는 그럴 만한 이유가 있었을 것이다. 그 이유를 천 가지는 추측해봤지만 그 수수께끼에 만족스러운 해답을 주는 대답은 하나도 없었다. 지난번 뚜껑문에 다녀온 이후, 그리고 타이거의 이상한 행동 때문에 정신이 팔리기 전까지는, 무슨 일이 있어도 소리를 질러 배 안의 사람들에게 내 존재를 알리겠다고, 그 시도가 성공하지 못하면 최하갑판을 자르고 나가겠다고 결심했었다. 최후의 위기 상황에서 이 두 가지 목적 중하나는 이룰 수 있으리라는 절반 정도의 확신 덕분에 나는 끔찍한 상황을 견딜 (그렇지 않았다면 도저히 가질 수 없었을) 용기를 낼수 있었다. 하지만 그 몇 마디 말로 인해 마지막 수단마저 불가능해졌고, 이제 처음으로 내 운명의 비참함이 고스란히 느껴졌다. 절망한 나머지 나는 발작하듯 다시 매트리스에 몸을 던졌고, 잠깐씩 이성과 기억이 돌아오는 순간을 제외하고는 거의 하루 밤낮을 망연자실한 상태로 누워 있었다.

마침내 나는 다시 일어나 나를 둘러싼 끔찍한 상황에 대해 곰곰이 생각해봤다. 앞으로 24시간 정도는 물 없이도 버틸 수 있을지 모르나 그 이상은 불가능했다. 여기 갇히고 처음 얼마 동안은 어거스터스가 넣어준 강심제를 마음대로 마셨지만, 그걸 마시면 흥분되기만 할 뿐 갈증은 전혀 달래주지 않았다. 그것도 이제는 0.1리터 정도밖에 없는 데다 속이 뒤집히는 독한 복숭아주였다. 소시지는 몽땅 다 먹었고, 햄은 껍질 조금밖에 남지 않았고, 선원용 비스킷은 부스러기 조금을 제외하고는 타이거가 다 먹어버렸다. 설상가상으로 두통도 시시각각 심해졌다. 그와 더불어 처음 자고 난 이후로 나를 괴롭혀왔던 착란 증세도 심해졌다. 지난 몇 시간 동안 숨 쉬는 게 지독하게 힘들더니 이제는 숨을 쉴 때마다 가슴이 발작하듯 들썩거렸다. 하지만 전혀 다른 종류의 또 다른 불안 요소가 있었으니, 사실 그 무시무시한 공포로 인해 나는 매트리스에 멍하게 누워 있지도 못하고 일어날 수밖에 없었다. 개의 공포스러운 행동 때문이었다.

처음 녀석의 행동 변화를 눈치챈 것은 마지막으로 종이 위에 인을 문지르고 있을 때였다. 인을 문지르고 있는데 녀석이 나지막이 으르렁대면서 내 손에 코를 들이댔지만 그때는 너무 흥분해서 거기에는 신경도 쓰지 않았다. 기억하겠지만, 그 직후 나는 매트리스에 몸을 던지고 무기력 상태에 빠져들었다. 곧 귓가에서 이상하게 씩씩대는 소리가 들려서 보니 타이거가 어둠 속에서 사납게 눈을 번득이면서 극도로 흥분해서 숨을 헐떡이고 씨근거리고 있었다. 말을 거니까 녀석은 나지막이 으르렁대며 답하더니 잠잠해졌다. 나는 곧 다시 혼미 상태에 빠져들었다가 비슷한 방식으로 다시 정신이 들었다. 이런 일이 서너 번 반복되다 보니 마침내 그 행동이 너무 무서워서 정신이 바짝 들었다. 타이거는 궤짝 입구 가까이 누워서 나지막하지만 무섭게 으르렁대면서 경련하듯 이를 갈아댔다. 물이 없어서인지 선창의 밀폐된 공기 때문인지 미쳐버린 게 분명했다. 나는 어찌할 바를 몰랐다. 녀석을 죽인다는 건 생각만 해도 견딜 수 없었지만 나 자신의 안전을 위해서는 절대 그래야만 할 것 같았다. 살벌한 적개심을 담은 채 나를 뚫어져라 바라보고 있는 눈이 똑똑히 보였다. 녀석은 당장이라도 나를 덮칠 것만 같았다. 마침내 나는 이 끔찍한 상황을 더 이상 견디지 못하고 어떤 위험을 무릅쓰고라도 궤짝에서 나가기로 했고, 만약 녀석이 나를 막는 경우에는 어쩔 수 없이 없애버리기로 결심했다. 궤짝에서 나가려면 그 몸을 타넘고 갈 수밖에 없었는데, 녀석은 이미 내 계획을 간파한 듯이 앞발을 좍 펴고 몸을 일으키더니—눈의 위치가 달라진 것을 보고 알 수 있었다—하얀 엄니를 완전히 드러냈다. 그 엄니가 똑똑히 보였다. 나는 남은 햄껍질과 술병, 어거스터스가 준 커다란 칼을 야무지게 몸에 챙긴 후 코트를 최대한 단단히 여미고 궤짝 입구 쪽으로 갔다. 내가 움직이자마자 개가 커다란 소리로 으르렁대며 내 목을 향해 달려들었다. 녀석의 체중이 고스란히 내 오른쪽 어깨에 부딪치는 바람에 나는 왼쪽으로 꽈당 넘어졌고, 성난 개는 완전히 내 위에 올라탔다. 나는 담요에 머리를 처박은 채 무릎을 꿇고 넘어졌는데, 덕분에 두 번째 사나운 공격에서 무사할 수 있었다. 날카로운 이빨이 내 목을 감싸고 있는 울 담요를 미친 듯이 물었지만 다행히도 몇 겹의 담요를 다 뚫고 들어오지는 못했다. 이제 나는 개 밑에 깔려 있었고, 몇 분 지나지 않아 완전히 녀석에게 제압당할 처지였다. 절망이 내게 힘을 줬다. 나는 벌떡 일어나 혼신의 힘을 다해 녀석을 떨궈내고 매트리스에서 담요를 잡아당겼다. 그리고 그 담요를 녀석의 몸 위로 집어 던진 뒤 녀석이 담요에서 빠져나오기 전에 입구를 빠져나가 나를 쫓아오지 못하도록 완전히 닫아버렸다. 하지만 사투를 벌이는 와중에 얼마 안 되는 햄껍질을 떨어뜨려버려서, 이제 남은 식량이라고는 0.1리터 정도의 술밖에 없었다. 그 생각이 머리를 스치자 비슷한 상황에 놓인 버릇없는 아이가 보일 법한 빙퉁그러진 심술이 터져 나와 나는 술병을 들어 마지막 한 방울까지 다 마셔버린 뒤 바닥에 냅다 내동댕이쳤다.

쨍그랑하는 울림이 잦아들자마자, 숨죽여 간절하게 내 이름을 부르는 소리가 고물 쪽 방향에서 들려왔다. 전혀 기대도 하지 않은 일인 데다가 그 소리에 감정이 너무 울컥한 나머지 대답을 하려고 용을 썼지만 할 수가 없었다. 목소리가 전혀 나오지 않았다. 내가 죽은 줄 알고 친구가 이쪽으로 오려는 시도조차 하지 않고 돌아가버릴까봐 나는 궤짝 문 근처 상자들 사이에 서서 발작하듯 몸을 떨면서 소리를 내보려고 헐떡대고 안간힘을 썼다. 단 한 음절로 천 마디 말을 할 수 있다 하더라도 입을 떼지 못했을 것이다. 그때 내 앞쪽 잡동사니들 사이 어딘가에서 약간 움직이는 소리가 들렸다. 소리는 곧 조금 더 약해지더니 다시 조금 더, 조금 더 약해졌다. 그 순간 내 기분을 과연 잊을 수 있을까? 그가 가버리고 있었다, 저쪽으로, 나를 버리고. 그러더니 사라져버렸다! 내가 이 무시무시하고 증오스러운 지하 감옥에서 숨을 거두도록, 비참하게 죽도록 내버려두고. 한마디, 단 한 자만 말할 수 있었어도 구출되었을 텐데, 그 한 자를 말하지 못한 것이다! 정말이지 죽음 그 자체보다 만 배는 더한 고통이 나를 덮쳤다. 머리가 빙빙 돌았고, 나는 고통을 이기지 못하고 궤짝 끝에 털썩 쓰러졌다.

넘어지면서 바지 허리띠에서 칼이 떨어져 나와 덜그럭하고 바닥에 떨어졌다. 어떤 화려한 선율도 내 귀에 그보다 더 달콤하게 들린 적은 없었다! 나는 미칠 것 같은 조바심을 안고 어거스터스가 이 소리를 들었는지 확인하려고 귀를 기울였다. 잠시 동안은 사방이 고요했다. 마침내 나지막한 소리로 "아서!" 하고 되풀이해 부르는 소리가 다시 들렸다! 희망이 되살아나면서 동시에 말문도 터졌고, 나는 목청 높여 "어거스터스! 아, 어거스터스!" 하고 소리 질렀다. "쉿, 제발 조용히 해!" 그가 동요해서 떨리는 목소리로 대답했다. "금방 그쪽으로 갈게. 선창을 가로지르자마자 곧." 잡동사니들 사이로 그가 움직이는 소리가 한참 동안 들렸다. 일각이 여삼추 같았다. 마침내 어거스터스의 손이 내 어깨를 잡는 것과 동시에 내 입에 물병을 갖다 댔다. 무덤 입구에서 갑자기 되살아났거나 이 끔찍한 감옥 비슷한 괴로운 상황에서 견딜 수 없는 갈증의 고통에 시달려본 사람만이 그 최고의 물질적 사치를 한 모금 길게 들이켤 때의 말할 수 없이 황홀한 기분을 짐작할 수 있을 것이다.

내 갈증이 어느 정도 해소되고 나자 어거스터스는 주머니에서 구운 감자 서너 개를 꺼냈고, 나는 그 감자를 게걸스럽게 먹어치웠다. 그는 각등에 불을 밝혀 가져왔는데, 그 고마운 불빛도 음식과 물 못지않게 위로가 됐다. 하지만 나는 그가 이렇게 오랫동안 오지 않은 이유를 얼른 알고 싶었고, 그는 내가 갇혀 있는 동안 배 위에서 벌어진 일에 대해 이야기하기 시작했다.

4장

배는 내 예상대로 어거스터스가 시계를 두고 간 뒤 한 시간 후쯤 출항했다. 그게 6월 20일이었다. 기억하겠지만 그때 나는 이미 선창에 사흘 동안 있었고 그동안 배 위, 특히 선실과 전용실은 늘 부산하고 사람들이 왔다 갔다 해대는 통에 비밀 뚜껑문이 들통날 위험을 무릅쓰지 않고서는 어거스터스가 나에게 올 만한 상황이 전혀 아니었다. 겨우 날 찾아왔을 때는 내가 최대한 잘 지내고 있다고 안심시켰기 때문에, 다시 찾아올 기회를 계속 노리기는 했어도 그 후 이틀 동안은 내 문제로 거의 불안해하지 않았다. **나흘째가 되어서야** 기회가 찾아왔다. 그사이 그는 몇 번이나 아버지께 이 모험 이야기를 털어놓고 당장 날 불러 올려야겠다고 마음을 먹었지만, 배가 아직 낸터킷에서 멀리 떨어지지 않은 곳에 있는 데다 바너드 선장이 간혹 짓는 표정들로 가늠해볼 때 내가 배에 타고 있다는 것을 발견할 경우 곧장 배를 돌리지 않으리라고는 장담할 수가 없었다. 게다가 아무리 생각해봐도 내가 당장 절박한 처지에 있다거나 혹시라도 그런 상황에 처하면 당연히 뚜껑문에 와서 소리를 지를 거라고 생각했다고 했다. 그래서 심사숙고 끝에 사람들 눈에 띄지 않고 찾아올 수 있는 기회가 생길 때까지 나를 그대로 두기로 결론 내렸다. 앞서 말했듯이 그런 기회는 어거스터스가 내게 시계를 가져다주고 나서 나흘, 그리고 내가 처음 선창에 들어간 후 이레가 지나고서야 찾아왔다. 그때 그는 우선 그저 나를 불러서 궤짝에서 뚜껑문까지 오게 한 다음 자기가 전용실로 올라가서 거기서 보급품을 건네줄 작정으로 물이나 식량 같은 걸 챙기지 않고 내려왔다. 그럴 생각으로 내려와서 보니 나는 잠들어 있었다. 코를 고는 소리가 들렸기 때문이다. 어떻게 꼽아봐도 그건 뚜껑문에서 시계를 가지고 돌아온 직후 곯아떨어졌던 때인 게 분명하고, 결과적으로 그 잠은 적어도 꼬박 사흘 밤낮 이상 계속됐던 게 틀림없다. 나중에 직접 경험한 바와 다른 이들의 확신을 통해 나는 밀폐된 상황에 있을 때 오래된 생선기름에서 나오는 악취에 강력한 최면 효과가 있다는 것을 알게 됐다. 내가 갇혀 있던 선창의 상태와 그 배가 포경선으로 사용된 오랜 기간을 생각하면 위에서 말한 기간 내내 잠잤다는 사실보다 일단 한번 잠이 든 후에 깨어났다는 게 더 놀라울 지경이다.

어거스터스는 처음에는 뚜껑문을 닫지 않고 나지막한 소리로 나를 불렀지만 내 쪽에서 아무런 대답이 없었다. 그래서 그는 문을 닫고 좀 더 큰 소리로, 결국에는 커다랗게 소리 높여 불러보았지만 나는 계속해서 코만 골 뿐이었다. 이제 그는 뭘 해야 좋을지 몰랐다.

잡동사니를 뚫고 내가 있는 궤짝까지 가자면 시간이 한참 걸릴 테고, 그러는 사이에 항해와 관련된 서류들을 정리하고 베껴 쓰느라 1분이 멀다 하고 그의 도움을 청하는 바너드 선장이 그가 없어진 것을 눈치챌 수도 있다. 그래서 그는 고심 끝에 올라가서 다음 기회를 기다려 나를 찾기로 결심했다. 내가 평온하기 그지없게 자는 것 같았고, 그래서 갇힌 처지 때문에 무슨 불편을 겪고 있으리라고는 짐작도 할 수 없었기에 그는 나름 쉽게 이런 결심을 할 수 있었다. 막 그런 결정을 했을 때 갑자기 유별나게 떠들썩한 소리가 들렸고, 그 소리의 진원지는 분명 선실 쪽이었다. 그는 득달같이 뚜껑문을 열고 뛰쳐나와 문을 닫아놓고 자기 전용실의 문을 열었다. 문지방을 넘자마자 눈앞에 권총이 휙 나타났고, 동시에 나무지렛대가 그를 강타해 쓰러뜨렸다.

억센 손이 그의 목덜미를 꽉 붙들어 선실 바닥에 누르고 있었다. 그래도 주위에서 무슨 일이 벌어지고 있는지는 보였다. 그의 아버지는 손발이 묶인 채 승강계단 위에 머리를 아래쪽으로 한 채 쓰러져 있었는데, 이마에 난 깊은 상처에서 피가 계속 흐르고 있었다. 아버지는 아무 말도 하지 않았다. 빈사 상태 같았다. 일등항해사가 그 위에 서서 사악한 조롱을 담은 눈길로 아버지를 내려다보며 유유히 주머니를 뒤져 커다란 지갑과 항해용 시계를 꺼냈다. (흑인 요리사를 포함한) 선원 일곱 명이 무기를 찾아 좌현 쪽 전용실들을 샅샅이 뒤지더니 곧 장총과 탄약으로 무장했다. 어거스터스와 바너드 선장을 제외하면 선실에는 총 아홉 명이 있었는데, 그들은 선원들 중에서도 가장 흉포한 자들이었다. 그 악당들은 내 친구의 팔을 등 뒤로 묶은 후 갑판으로 데리고 나갔다. 그러고는 곧장 봉쇄해놓은 선원 선실로 갔다. 폭도 둘이 도끼를 들고 버티고 서 있었고, 주승강구에도 두 놈이 서 있었다. 항해사가 커다랗게 고함질렀다. "거기 아래 들리나? 당장 올라와라, 하나씩. 알겠나. 구시렁대지 말고!" 몇 분 동안은 아무도 올라오지 않았다. 마침내 풋내기 선원으로 승선한 영국인이 처량하게 울면서 목숨만 살려달라고 항해사에게 굽실굽실 사정하며 올라왔다. 유일한 대답은 이마에 가해진 도끼의 일격이었다. 그 가엾은 친구는 신음 소리 한 번 내지 못하고 갑판에 쓰러졌고, 흑인 요리사는 그를 마치 어린아이처럼 안아 올리더니 유유히 바다에 던져버렸다. 도끼로 내리찍는 소리와 풍덩 시체가 빠지는 소리를 들은 아래쪽 사람들이 이제 아무리 위협하고 얼러도 갑판에 나올 생각을 하지 않자 마침내 그들은 연기를 피워 몰아내겠다고 말했다. 그러자 사람들이 우르르 몰려나왔고, 잠깐 동안은 배를 다시 장악하는 것도 가능하지 않을까 싶었다. 하지만 폭도들은 적들이 여섯 이상 나오기 전에 선수루 문을 효과적으로 잠가버렸다. 이 여섯 사람은 자기들이 수적으로 엄청나게 열세인 데다 무기도 없다는 걸 알게 되자 조금 싸우다 포기했다. 항해사는 그들에게 그럴듯한 감언을 날렸는데, 그건 말할 것도 없이 아래쪽에 있는 사람들을 항복하게 하려는 수작이었다. 갑판에서 하는 말이 아래쪽에 똑똑히 다 들렸기 때문이다. 그 결과는 그의 총명함이 악마적 사악함에 못지않다는 것을 증명했다. 선수루 안의 모든 사람들이 즉시 항복 의

사를 밝히고 하나씩 올라왔고, 그들은 결박당한 후 처음 여섯 사람과 나란히 갑판에 똑바로 눕혀졌다. 선상 반란에 가담하지 않은 선원은 총 스물일곱 명이었다.

끔찍하기 짝이 없는 도살이 시작됐다. 묶인 선원들은 선내 통로로 끌려갔다. 거기서 요리사가 도끼를 들고 서 있다가, 다른 폭도들이 희생자들을 붙들어 배 옆구리 위로 몸을 숙이고 있게 하면 그 머리를 내리쳤다. 이런 식으로 스물두 명이 죽어갔고, 어거스터스는 매 순간 다음은 자기 차례라고 생각하며 이제는 다 끝이라고 포기했다. 그러나 악당들은 선혈 낭자한 노동에 지쳤거나 어느 정도 넌더리가 난 것 같았다. 나머지 선원들과 함께 갑판에 던져졌던 내 친구를 포함해 그때까지 남아 있던 포로 넷의 집행은 유예됐다. 항해사는 배 아래에서 럼주를 가져오게 하더니 그 흉악무도한 놈들과 시끌벅적하게 술판을 벌였다. 술판은 해 질 때까지 계속됐다. 이제 그들은 생존자들의 운명을 놓고 갑론을박을 벌이기 시작했는데, 그들은 네 발자국도 채 안 떨어진 곳에 쓰러져 있어서 그 말을 다 알아들을 수 있는 처지였다. 몇몇 폭도들이 술 때문에 마음이 너그러워졌는지, 반란에 동참해서 이익을 나누는 조건으로 포로들을 다 풀어주자는 목소리도 들렸다. 하지만 (모든 면에서 철저한 악마이자, 항해사보다 더하진 않아도 그 못지않게 영향력을 행사하는 듯한) 흑인 요리사는 그런 제안 따위는 들으려고도 하지 않고 선내 통로에서 하던 일을 계속할 작정으로 자꾸만 일어섰다. 다행히도 그는 너무 만취 상태라 그중 피에 덜 굶주린 자들에게 쉽게 제지당했는데, 그 말리던 사람들 중에 더크 피터스라 불리는 일선관리자가 있었다. 이자는 미주리 강 수원 근처에 있는 블랙힐스의 산채에서 사는 업사로카 부족 인디언 여자의 아들이었다. 아버지는 모피 상인이거나, 적어도 루이스 강 인디언 교역소들과 어떤 식으로 연관된 사람이었던 것 같다. 피터스는 내가 본 중 가장 흉포하게 생긴 사람이었다. 키는 작아서 4피트 8인치[3]도 되지 않았지만 팔다리는 헤라클레스와 같은 틀에서 찍어낸 것 같았다. 특히 그 손은 어찌나 두껍고 넓적한지 인간의 손처럼 보이지가 않았다. 다리뿐만 아니라 팔도 이상하기 짝이 없게 휘어져서 유연성이라고는 조금도 없어 보였다. 머리도 그 못지않게 기형이어서, 어마어마하게 크고 (대부분 흑인들의 머리처럼) 정수리가 움푹 들어가고 머리카락이라고는 하나도 없었다. 노화로 인한 것이 아닌 이 결점을 감추기 위해 보통 그는 털 비슷한 소재만 손에 들어오면 아무것으로나 가발을 만들어 쓰고 다녔는데, 때로는 스페인 개나 미국 회색곰 가죽이 그 재료가 되기도 했다. 그 당시 그는 곰 가죽을 쓰고 있었고, 덕분에 업사로카 족 특유의 타고난 잔악한 인상이 한층 더해졌다. 입은 거의 귀에서 귀까지 찢어져 있었고, 얇은 입술은 신체의 다른 부분들과 마찬가지로 타고난 유연성이라고는 전혀 없어 보여서 어떤 감정을 느끼고 있건 간에 그의 통상적 표정은 전혀 변하지 않았다. 이 통상적 표정이라는 것은 치아가 어마어마하게 길고 툭 튀어나와 있어서 입술을 어떻게

---

3   약 150센티미터.

해봐도 부분적으로조차 전혀 가려지지 않는다는 걸 고려하면 아마 상상할 수 있을 것이다. 그냥 지나치며 슬쩍 보면 마치 발작적으로 웃고 있는 것처럼 보이지만, 다시 보면 저런 표정이 즐거움을 표현하는 것이라면 그건 분명 악마들이나 느낄 즐거움이라고 두려움에 몸을 떨면서 인정하게 될 것이다. 이 기이한 사람에 대해서는 낸터킷 선원들 사이에 수많은 일화가 떠돌았다. 그 일화들에 따르면, 그는 흥분하면 어마어마한 괴력을 발휘했고 어떤 일화들에서는 과연 제정신인지 의심이 들 정도였다. 그러나 선상 반란 당시 그램퍼스 호에서 그는 웃음거리에 불과해 보였다. 더크 피터스에 대해 이렇게 자세하게 이야기하는 이유는, 비록 인상은 흉포해도 어거스터스의 목숨을 살리는 데 그가 결정적인 역할을 했고, 또 이 이야기를 하는 동안 앞으로 그 사람을 언급할 일이 많기 때문이다. 여기서 말하지만, 이 이야기의 후반부에는 인간 경험을 완전히 벗어나는, 그런고로 사람들이 믿을 수 있는 한계를 넘어가는 사건들이 등장하기 때문에 앞으로 내가 할 이야기들을 믿어주리라는 기대 같은 건 전혀 품지 않고 말하겠지만, 시간이 흐르고 과학이 발전하면 내 이야기에서 가장 중요하고 가장 있을 법하지 않은 부분들이 증명될 것이라고 굳게 믿는다.

이랬다저랬다 하며 두세 번 심한 말다툼을 벌인 끝에 그들은 결국 (피터스가 농담하듯 서기로 쓰겠다고 고집한 어거스터스만 빼고) 모든 포로들을 제일 작은 구명용 보트에 태워서 표류시키기로 결정했다. 항해사는 바너드 선장이 아직 살아 있는지 살펴보러 선실로 내려갔다. 알다시피 폭도들이 올라올 때 그를 그냥 아래에 내버려두고 왔기 때문이다. 곧 두 사람이 모습을 나타냈다. 선장은 시체처럼 창백했지만 상처의 충격에서는 조금 회복된 것 같았다. 그는 거의 알아들을 수 없는 목소리로 폭도들에게 자기를 표류시키지 말고 각자의 위치로 돌아가라고 간청하며, 원하는 곳 어디든 내려주고 법적 처벌을 위한 절차를 밟는 일은 결코 없을 거라고 약속했다. 그것은 바람에 대고 말하는 것이나 진배없었다. 악당 둘이 그의 팔을 잡더니 선체 너머로 휙 던져 항해사가 선실에 내려간 사이에 내려놓은 보트에 내동댕이쳤다. 그러고는 갑판에 쓰러져 있던 네 사람에게도 결박을 풀어준 후 선장을 따라가라고 명령했다. 그들은 조금도 저항하지 않고 그 말에 따랐다. 어거스터스는 여전히 고통스러운 자세 그대로 방치되어 있었지만 아버지께 작별인사만이라도 하게 허락해달라고 빌면서 몸부림쳤다. 선원용 비스킷 조금과 물 한 통은 보트에 내려졌지만, 돛대도 돛도 나침반도 주어지지 않았다. 보트는 몇 분 동안 배를 따라 끌려왔고, 그사이 폭도들은 또 한 번 회의를 하더니 결국 줄을 끊어 표류시켰다. 그때는 이미 밤이었다. 달도 별도 보이지 않았고, 바람은 세지 않았지만 급하고 사나운 파도가 치고 있었다. 보트는 순식간에 시야에서 사라졌다. 그 배에 탄 불행한 사람들에게는 희망이라곤 거의 없었다. 하지만 이 일이 벌어진 곳은 북위 35도 30분, 서경 61도 20분 해상이었고, 따라서 버뮤다 군도에서 그리 멀지 않은 곳이었다. 그래서 어거스터스는 그 보트가 육지에 가 닿거나 해안에서 나온 배와 마주칠 만큼 육지 가까이 갈 수 있을 거라고 애써 위안했다.

배는 이제 모든 돛을 다 올리고 원래 항로대로 계속해서 남서쪽으로 나아갔다. 폭도들은 해적질 계획에 열중해 있었는데, 들은 이야기들을 종합해보면 케이프버드 군도에서 포르토리코로 가는 배를 낚아챌 작정이었다. 아무도 어거스터스에게는 신경 쓰지 않아서 그는 결박에서 풀린 채 선실 승강계단 앞쪽은 어디든 돌아다닐 수 있었다. 더크 피터스는 그럭저럭 친절하게 대해줬고 한번은 흑인 요리사의 폭력에서 구해주기도 했다. 그래도 그의 처지는 여전히 위태롭기 그지없었다. 그 인간들이 걸핏하면 술에 취하는 통에 지속적인 호의나 무관심을 기대할 수 없었기 때문이다.

하지만 그 상황에서 가장 괴로운 것은 나에 대한 걱정이었다. 정말이지 나는 한 번도 그 우정의 진심을 의심해본 적이 없었다. 그는 몇 번이나 폭도들에게 내가 몰래 배에 타고 있다는 사실을 알리려고 결심했다가, 이미 목격한 바 있는 잔악한 광경의 기억 때문에, 또 머지않아 내게 구조 물자를 가져다줄 수 있으리라는 희망 때문에 꾹 참고 말하지 않았다. 이 두 번째 목적을 이루려고 그는 끊임없이 망을 봤다. 하지만 불철주야 망을 보는데도 보트를 표류시킨 지 사흘이 지나고서야 비로소 기회가 생겼다. 사흘째 밤 마침내 동쪽에서 강풍이 불어와 모든 사람들이 돛을 내리는 데 불려갔다. 뒤이은 혼란을 틈타 그는 사람들의 시선을 피해 아래로 내려와 전용실로 들어갔다. 그 방은 갖가지 항해 물자와 선박용 가구를 넣어두는 창고가 되어 있었고, 게다가 승강계단 아래 넣어두던 수십 피트 길이의 낡은 쇠사슬이 상자 둘 자리를 확보하느라 뚜껑문 바로 위로 옮겨져 있었다. 그가 느낀 슬픔과 공포는 이루 말할 수 없었다. 들키지 않고 그걸 옮기는 것은 불가능했기 때문에 그는 최대한 신속하게 다시 갑판으로 돌아왔다. 올라오자마자 항해사가 그의 멱살을 틀어쥐고는 선실에서 뭘 했냐고 다그치며 좌현 뱃전 너머로 내던지는 순간, 더크 피터스가 끼어들어 그의 목숨을 또다시 구해줬다. 어거스터스는 이제 (배에 몇 벌 있던) 수갑을 차게 되었고 다리도 밧줄로 꽁꽁 묶였다. 그런 다음 하급객실로 끌려가 "영창이 더 이상 영창이 아닐 때까지는" 절대 다시 갑판에 발 디딜 생각도 말라는 엄포와 함께 선수루 격벽 옆 이층 침대 아래 칸에 내동댕이쳐졌다. 그건 그를 침대에 내동댕이친 흑인 요리사가 한 말이었는데, 정확히 무슨 뜻으로 한 건지는 도무지 알 수가 없었다. 그래도 이제 곧 알게 되겠지만 이 모든 일은 결국 나를 구할 수 있는 수단이 되었다.

5장

요리사가 선수루에서 나가고 몇 분 동안 어거스터스는 살아서 그 침대에서 나갈 수 없으리라는 절망에 빠졌다. 갈증으로 선창에서 죽게 내버려두는 것보다는 폭도들과 마주하는 위험을 감수하게 하는 게 더 나으리라는 생각에서 그는 이제 누구든 다음에 내려오는 사람에게 내 상황을 알리기로 결심했다. 내가 갇힌 지도 열흘이 지났는데 물통의 물은 나흘 치도 안 됐기 때문이다. 그런 생각을 하던 그에게 갑자기 어쩌면 선창 중심부를 통해 나와 이야기를 할 수 있지 않을까 하는 생각이 떠올랐다. 다른 상황에서라면 어렵고 위험한 일이라 아예 시도조차 하지 않았겠지만, 이제는 어찌 됐건 목숨을 부지할 전망도 없다시피 하고 따라서 잃을 것도 없는 판이라 그는 그 일에 전력을 다했다.

우선 수갑이 문제였다. 처음에는 수갑을 풀 방법을 찾지 못해서 이렇게 초장부터 좌절하는 게 아닌가 싶었다. 하지만 자세히 살펴보니 별로 힘들이거나 불편할 것도 없이 손을 잘 오므리기만 하면 마음대로 수갑을 벗고 찰 수 있다는 것을 알게 되었다. 이런 종류의 수갑은 압력을 가하면 잔뼈들이 쉽게 움직이는 젊은이들을 구속하는 데는 완전히 무용지물이었다. 이제 그는 묶인 발도 풀어서 밧줄은 누가 내려올 경우 얼른 다시 제 위치로 돌려놓을 수 있도록 해두고 침대와 맞닿아 있는 격벽을 살펴보기 시작했다. 여기 칸막이는 1인치 정도 두께의 무른 소나무 판자여서 자르고 나가는 게 별로 어려울 것 없어 보였다. 그때 선수루 승강계단에서 말소리가 들렸다. (왼쪽 수갑은 벗지 않았기 때문에) 오른손을 다시 수갑 속에 끼우고 풀매듭 지은 밧줄을 발목까지 끌어올리는 순간 더크 피터스가 타이거를 이끌고 내려왔고, 녀석은 냉큼 침대로 올라와 엎드렸다. 타이거에 대한 나의 애정을 잘 아는 어거스터스가 항해하는 동안 데리고 있으면 내가 좋아할 거라고 생각해서 배에 태운 것이었다. 나를 선창에 데려다 놓고 곧장 우리 집에 개를 데리러 가놓고서는 시계를 가져다줄 때 말한다는 걸 깜박 잊었던 것이다. 반란이 일어난 후 더크 피터스와 함께 나타나기 전까지 타이거를 한 번도 보지 못한 어거스터스는 항해사 패거리에 속한 사악한 악당이 바다로 던져버린 줄만 알고 죽은 걸로 포기하고 있었다. 나중에 보니 타이거는 구명용 보트 아래 있는 구멍으로 기어 들어갔다가 몸을 돌릴 틈이 없어서 빠져나오지 못하고 갇혀 있었던 것 같았다. 피터스가 마침내 개를 꺼내 동무로 삼으라고 선수루에 데리고 온 것이었는데, 그런 호의에 어떻게 감사해야 하는지 친구는 잘 알고 있었다. 그는 소금에 절인

고기와 감자, 물 한 통도 같이 갖다 놓고는 다음 날 먹을 걸 더 가져 오겠다고 약속하며 갑판으로 올라갔다.

그가 사라지자 어거스터스는 양손을 수갑에서 다 빼고 발의 밧줄도 풀었다. 그러고 나서 누워 있던 매트리스의 머리 쪽을 뒤집어 놓고 (악당들이 그는 몸수색을 할 가치가 없다고 생각한 덕분에 가지고 있었던) 주머니칼을 꺼내 침대 바닥에서 가능한 한 가장 가까운 곳의 판자를 열심히 자르기 시작했다. 여기를 자르기로 한 이유는 누가 갑자기 들어올 경우 매트리스 머리 쪽을 다시 제자리에 돌려놓으면 해놓은 일을 가릴 수 있기 때문이었다. 하지만 밤이 될 때까지 어떤 방해도 없어서 밤까지 판자를 완전히 자를 수 있었다. 반란 이후 폭도들은 아무도 선수루에서 잠을 자지 않고 선실에 모여 지내면서 와인을 마시고 바너드 선장의 저장품으로 주연을 벌여대느라 항해에 꼭 필요한 일 외에는 아무런 신경도 쓰지 않았다. 이건 나와 어거스터스 모두에게 다행스러운 상황이었다. 그러지 않았더라면 그는 내가 있는 곳으로 가는 게 불가능하다고 생각했을 것이다. 그런고로 어거스터스는 자신감을 가지고 계획을 진행해나갔다. 하지만 (첫 번째 자른 곳보다 1피트 정도 위에 있는) 두 번째 판자를 완전히 다 잘라서 최하갑판으로 수월하게 빠져나갈 수 있을 정도 크기의 구멍을 냈을 때는 거의 새벽이 다 된 시점이었다. 최하갑판에는 몸 하나 지나갈 틈조차 거의 없어서 상갑판에 닿을 정도로 높이 쌓여 있는 기름통들 위로 기어 올라가야 하긴 했지만, 일단 여기까지 오자 별문제 없이 하층 주승강구로 갈 수 있었다.

승강구에 도착한 그는 타이거가 두 줄로 늘어선 기름통 사이 좁은 틈을 이용해 아래쪽에서 그를 따라왔다는 것을 발견했다. 하지만 아래쪽 선창에 빽빽이 쌓인 물건들 사이를 비집고 가는 게 몹시 힘든 일이라 날이 밝기 전에 나에게 가기로 시도하기에는 이미 시간이 너무 늦었다. 그래서 그는 돌아가서 다음 날 밤까지 기다리기로 했다. 그럴 계획을 세워놓고는 다시 왔을 때 시간을 최대한 벌 수 있도록 승강구를 살짝 열어놓았다. 그렇게 해놓자마자 타이거가 그 좁은 틈으로 달려들어 잠시 킁킁 냄새를 맡더니 덮개를 없애버리려는 것처럼 앞발로 긁어대며 길게 낑낑거렸다. 그 행동으로 보아 내가 선창에 있다는 것을 타이거가 알아챈 게 분명해서, 개를 내려보내면 나한테 갈 수 있으리라는 생각이 들었다. 적어도 현재 상황에서는 내가 억지로 나오지 않는 게 더 나았고, 또 계획대로 내일 나한테 간다는 것도 장담할 수 없는 일이라 쪽지를 쓰는 게 상책이겠다는 생각이 떠올랐다. 나중 상황을 보면 그 생각을 한 게 얼마나 다행이었는지 모른다. 그 쪽지를 받지 않았더라면 나는 틀림없이 선원들에게 위급을 알릴 무모한 계획에 착수했을 테고, 그 결과 아마 우리 둘 다 목숨을 잃고 말았을 것이다.

쪽지를 쓰려고 결정하고 나자 이제 문제는 쪽지를 쓸 재료를 구하는 것이었다. 낡은 이쑤시개가 곧 펜이 됐다. 갑판 사이가 칠흑처럼 어두운 까닭에 순전히 손으로 더듬어서 찾아낸 것이었다. 종이는 편지—로스 씨에게서 온 가짜 편지의 사본—의 뒷면을 이용했다. 이 편지가 원래 쓴 편지였지만 글씨를 제대로 흉내 내지 못해서

한 통을 더 쓴 다음 처음 편지를 다행히 코트 주머니 속에 쑤셔 넣어뒀는데, 시기적절하게도 마침 그 순간에 발견한 것이다. 그래서 이젠 잉크만 있으면 됐는데, 그 대체품도 주머니칼로 손톱 바로 위를 살짝 찔러서 곧 해결했다. 그 근처 상처가 그렇듯이 많은 양의 피가 흘러나왔다. 그런 상황에서 그는 이제 어둠 속에서 최대한 정성껏 쪽지를 썼다. 쪽지에는 선상 반란이 일어났고, 바너드 선장은 표류당했고, 식량 문제에 관해서라면 곧 도움을 주겠지만 소란을 일으키는 일은 절대 하지 말라고 간략하게 썼다. 쪽지는 다음과 같은 말로 끝났다. "이 쪽지는 피로 썼어. 목숨을 부지하고 싶으면 가만히 엎드려 있어."

이 쪽지를 개에게 묶어 승강구 아래로 내려보낸 후 어거스터스는 최대한 빨리 선수루로 돌아왔다. 자리를 비운 동안 선원들이 다녀간 흔적은 전혀 없었다. 그는 칸막이의 구멍을 감추기 위해 구멍 바로 위에 주머니칼을 꽂고 침대에서 발견한 피코트[4]를 걸어놓았다. 그런 다음 다시 수갑을 차고 발목을 밧줄로 묶었다.

정리를 마치기가 무섭게 술에 만취해 기분이 거나해진 더크 피터스가 그날 치 식량을 가지고 내려왔다. 커다란 구운 아일랜드 감자 열두 개와 물 한 주전자였다. 피터스는 침대 옆 상자에 걸터앉아 항해사와 배의 전반적 상황에 대해 얼마 동안 기탄없이 이야기했다. 그 태도는 아주 변덕스럽고 심지어 기괴하기까지 했다. 한번은 이상

---

4   선원들의 방한용 코트.

한 행동으로 어거스터스를 깜짝 놀라게 하기도 했다. 하지만 마침내 그는 내일은 포로에게 더 좋은 저녁 식사거리를 가져다주겠다고 중얼거리며 갑판으로 올라갔다. 낮 동안에는 요리사와 함께 (작살잡이) 선원 두 명이 모두 술이 머리끝까지 취해서 내려왔다. 피터스와 마찬가지로 그들도 자기들의 계획에 대해 아무런 거리낌 없이 떠들어댔다. 한 시간 후에 마주칠 케이프버드 군도발 배를 공격하는 것 외에는 궁극적으로 어떤 방향을 택해야 할지에 대해 자기들 사이에서도 이견이 분분한 모양이었다. 최대한 확신할 수 있는 것은 이 반란이 순전히 전리품만을 노린 것은 아닌 것 같다는 점이었다. 주원인은 바너드 선장에 대한 일등항해사의 개인적인 불만 같았다. 이제 선원들은 크게 두 파, 항해사가 이끄는 무리와 요리사가 이끄는 무리로 나뉜 듯했다. 첫 번째 파의 주장은 가장 먼저 나타나는 적당한 배를 탈취해 서인도 제도로 가서 해적질을 하자는 것이었다. 하지만 세력이 더 크고 더크 피터스를 포함하고 있는 두 번째 파는 원래 계획된 항로를 따라 남태평양으로 가서 상황에 따라 고래잡이를 하든지 다른 것을 하자고 주장했다. 그 지역에 자주 가본 피터스의 설명은 어렴풋한 이익과 즐거움 사이에서 갈팡질팡하고 있던 폭도들에게 커다란 영향을 미쳤다. 피터스는 태평양의 수많은 섬들에서 찾을 수 있는 새로움과 즐거움에 대해, 온갖 속박에서 벗어나 누릴 수 있는 완벽한 안전과 자유에 대해, 무엇보다도 달콤한 기후, 풍요로운 삶, 여인들의 풍만한 아름다움에 대해 자세히 설명했다. 아직 확실히 결정된 것은 아무것도 없었지만, 이 혼혈 일선관리자가 제시한 그림은 뱃사람들의 열렬한 상상력을 사로잡았고 그의 의도가 결국 이루어질 게 거의 확실했다.

그 세 사람은 한 시간 후쯤 나갔고, 그 외엔 선수루에 하루 종일 아무도 들어오지 않았다. 어거스터스는 거의 밤이 될 때까지 조용히 기다렸다. 그런 다음 수갑과 밧줄을 풀고 내려갈 준비를 했다. 한 침대 옆에서 병 하나를 찾아 피터스가 두고 간 물병의 물을 부으면서 주머니에는 식은 감자를 집어넣었다. 기쁘게도 토막 초가 들어 있는 등도 하나 발견했다. 성냥이 한 갑 있었기 때문에 어느 때고 불을 켤 수 있었다. 캄캄해지자 그는 사람이 이불을 뒤집어쓰고 있는 것처럼 보이도록 침구 모양새를 정리해 예방책을 강구해놓고 격벽 구멍으로 빠져나갔다. 빠져나간 후에는 전처럼 피코트를 주머니칼에 걸어놓아 구멍을 감추었다. 떼어낸 판자를 다시 붙여놓지 않았기 때문에 이 일은 수월하게 해치울 수 있었다. 이제 그는 최하갑판에 있었고 다시 지난번처럼 상갑판과 기름통들 사이 공간을 이용하여 주승강구 쪽으로 가기 시작했다. 주승강구에 도착하자 초에 불을 붙이고 선창에 빽빽이 쌓인 짐들 사이를 힘겹게 더듬거리며 내려갔다. 얼마 가지 않아서 견딜 수 없는 악취와 답답한 공기에 그는 깜짝 놀랐다. 내가 그런 답답한 공기 속에 갇혀서 그렇게 오랫동안 살아 있으리라고는 생각할 수도 없었다. 계속해서 내 이름을 불렀지만 아무런 대답이 없자 우려하던 일이 벌어진 게 맞는 것 같았다. 배가 미친 듯이 흔들리고 있는 상황이라 사방이 어마어마하게 시끄러워서 내 호흡 소리나 코골이 소리 같은 미약한 소리에 귀를 기울여봤자 소용없었다.

　만약 내가 살아 있다면 불빛을 보고 구원자가 다가오고 있다는 것을 알 수 있도록 어거스터스는 기회가 있을 때마다 등을 가능한 높이 쳐들었다. 하지만 아무런 소리도 들려오지 않아서 내가 죽었으리라는 가정을 확인시켜주는 것 같았다. 그래도 그는 가능하다면 궤짝까지 어떻게든 통로를 헤치고 가서 적어도 자신의 추측을 확실히 확인해보기로 결심했다. 잠시 동안 그는 처절한 불안에 시달리며 앞으로 나아갔지만 마침내 통로가 완전히 막힌 곳에 다다랐고 목적하던 방향으로 가는 것은 더 이상 불가능하다는 것을 깨달았다. 그는 감정이 북받쳐 절망한 나머지 짐짝 사이에 쓰러져 어린애처럼 엉엉 울었다. 어거스터스가 내가 던진 병이 깨지는 소리를 들은 것은 바로 그 순간이었다. 그 일이 일어난 건 정말이지 행운이었다. 하찮게 보일지 몰라도 그 사건에 내 운명이 달려 있었기 때문이다. 하지만 그런 사실을 알게 된 것은 수년이 흐른 뒤의 일이었다. 스스로의 약함과 우유부단함에 대한 당연한 수치심과 후회로 인해 어거스터스가 그때 당장은 솔직하게 말하지 못했고, 훗날 더 가깝고 솔직한 친교를 나누게 되면서 상황을 털어놓았기 때문이다. 도저히 넘을 수 없는 장애물들에 막혀 더 이상 앞으로 나아갈 수 없다는 것을 알게 되자 그는 내게 오려던 시도를 포기하고 즉시 선수루로 돌아가기로 마음먹었다. 이 문제로 그를 전적으로 탓하기 전에 그를 당황스럽게 한 괴로운 정황들을 고려해야만 한다. 밤은 급속히 물러가고 있었고 선수루에서 없어진 게 발각될 수도 있었다. 동이 틀 때까지 침대에 돌아가지 못하면 정말이지 그렇게 될 판이었다. 촛불도 거의 다 타들어가고 있었고, 그러면 어둠 속에서 승강구까지 길을 되짚어가기가 말도 못하게 힘들 것이다. 게다가 그로서는 내가 죽었을 거라고 믿을 수밖에 없는 상황이었다. 그 경우 궤짝까지 와봤자 내겐 어떤 도움도 되지 않고 그는 아무런 성과도 없이 엄청난 위험만 무릅쓸 판이었다. 그는 연거푸 내 이름을 불렀지만 내게서는 아무런 대답이 없었다. 그때 나는 그가 남겨두고 간 물통에 든 물만 가지고 꼬박 열하루 밤낮을 보낸 터였다. 감금 생활 초반에 내가 그 물을 아꼈을 리가 만무하다. 그때는 당연히 금세 나오리라고 생각하고 있었기 때문이다. 상대적으로 바깥 공기가 통하는 선실에서 온 그에게는 선창의 공기 또한 독하기 이를 데 없는 것 같았고, 내가 처음 궤짝 안에 자리를 잡던 당시보다 훨씬 더 참기 힘들게 느껴졌다. 왜냐하면 내가 처음 선창에 들어갔을 때는 승강구가 이전 몇 달 동안 계속 열려 있었기 때문이다. 거기에다 내 친구가 최근 목도한 살육과 공포의 광경을 더해보라. 감금당하고 핍박받고 구사일생으로 목숨을 건진 데다 여전히 여차하면 목이 날아갈 수 있는 어정쩡한 처지—모든 기력을 탈진할 수밖에 없도록 계산된 상황—에 있었다는 것을 생각하면, 독자들도 나처럼 우정과 신의를 저버린 듯한 그의 행동을 분노보다는 슬픈 마음으로 쉽게 이해하게 될 것이다.

그 병이 부딪치는 소리는 분명하게 들렸다. 하지만 어거스터스는 그것이 배 밑에서 나는 소리인지 확신할 수가 없었다. 하지만 그 의혹만으로도 계속 버티기에는 충분했다. 그는 짐들을 이용해 최하갑판 가까이까지 기어 올라가서 배 흔들리는 소리가 잠잠해지는 순간을 노려 있는 힘껏 소리 높여 내 이름을 불렀다. 그 순간만큼은 선원들에게 들리는 것도 개의치 않았다. 알다시피 그때 나는 그의 목소리를 들었지만 너무 격하게 흥분한 나머지 대답을 할 수가 없었다. 이제 자신의 최악의 두려움이 사실이라고 확신한 어거스터스는 더이상 시간을 낭비하지 않고 선수루로 되돌아가기 위해 위에서 내려왔다. 서두르다 그는 조그만 상자 몇 개를 떨어뜨렸고, 내가 들은 것은 그 소리였다. 그가 칼이 떨어지는 소리를 듣고 멈칫한 것은 온 길을 한참 다시 돌아갔을 때였다. 그는 즉시 발길을 돌려 다시 한 번 짐 위에 올라가 사방이 잠잠해지길 기다려 전처럼 목청 높여 내 이름을 불렀다. 이번에는 목청이 트여 대답이 나왔다. 내가 아직 살아 있다는 걸 발견하고 기쁨에 찬 그는 모든 난관과 위험을 무릅쓰고 내 쪽으로 오기로 결심했다. 주위를 에워싸고 있는 짐짝들의 미로를 최대한 빨리 빠져나온 그는 마침내 좀 더 가능성이 있어 보이는 공간으로 나왔고, 고생고생 끝에 완전히 탈진한 상태로 내가 있던 궤짝에 도착했다.

6장

　이 이야기의 주요 사항들은 모두 우리가 아직 궤짝 근처에 있을 때 어거스터스가 들려준 것이다. 상세한 부분까지 다 말해준 것은 나중의 일이었다. 그는 선원들이 자기를 찾을까 봐 불안해하고 있고, 나는 어서 이 지긋지긋한 감옥을 떠나고 싶은 조바심에 미칠 지경이었다. 우리는 즉시 격벽 구멍으로 가기로 결심했고, 그가 나가서 정찰하는 동안 나는 당분간 그 근처에 있기로 했다. 타이거를 궤짝 안에 내버려두고 간다는 것은 우리 둘 다 생각조차 할 수 없었다. 하지만 달리 어떻게 할 것인지가 문제였다. 녀석은 아무런 소리도 내지 않아서 궤짝에 귀를 바짝 갖다 대도 숨소리조차 알아들을 수 없었다. 나는 타이거가 죽었다고 확신하고 궤짝 뚜껑을 열기로 결심했다. 열어보니 녀석은 완전히 혼수상태에 빠져 대자로 뻗어 있었지만 아직 살아 있긴 했다. 지체할 시간이 없었으나 그래도 내 목숨을 두 번이나 구해준 짐승을 구해볼 시도조차 하지 않고 버리고 갈 수는 없었다. 그래서 우리는 말도 못하게 힘들고 피곤하긴 했지만 있는 힘껏 녀석을 끌고 갔다. 도중에 어거스터스는 그 거대한 녀석을 품에 안은 채 길을 막고 있는 짐짝 위로 기어 올라가야만 했는데, 그건 연약한 내 체격으로는 절대 할 수 없는 위업이었다. 마침내 우리는 구멍까지 왔고, 어거스터스가 빠져나간 후 개를 밀어 보냈다. 상황은 다 안전해 보였고, 우리는 임박한 위험으로부터 우리를 구해준 하느님께 감사드리는 것을 잊지 않았다. 당분간 나는 친구의 하루 치 배급량의 일부를 쉽게 건네받을 수 있고 비교적 신선한 공기를 마실 수 있는 구멍 근처에 머무르기로 했다.

　이야기 중간에 배의 화물 선적에 대해 언급한 적이 있는데, 제대로 되거나 정상적인 선적을 본 적 있는 독자라면 그 부분이 잘 이해가 안 될지도 모른다. 그 설명을 하자면, 그램퍼스 호에서 가장 중요한 이 의무가 바너드 선장 탓에 부끄럽기 그지없게 소홀히 이루어졌다는 말을 여기서 해야만 하겠다. 바너드 선장은 자신이 맡은 위험한 성격의 일에 필요할 법한 조심성이 있거나 경험이 많은 사람이 절대 아니었다. 제대로 된 화물 선적은 아무렇게나 해서는 안 되는 일이었고, 내가 경험한 바만으로도 수많은 끔찍한 사고들이 이 일에 대한 소홀 혹은 무지에서 발생했다. 근해 항로선들이 화물 선적이나 하역 시 종종 서두르거나 소란을 피우다가 적절한 주의를 기울이지 않아 재난을 당하는 가능성이 가장 높다. 중요한 것은 배가 미친 듯이 흔들리는 상황에서도 화물이나 바닥짐이 절대 움직이게 해서는 안 된다는 것이다. 그러기 위해서는 화물의 크기뿐만 아니라 화물의 종류, 그리고 화물을 가득 싣는지 조금만 싣는지에 대해서도 대단히 신경을 써야 한다. 대부분의 화물 선적은 고정 방식으로 이루어진다. 그래서 담배나 밀가루 짐의 경우 선창에 너무나 단단하게 고정된 나머지 하역할 때는 작은 통이든 큰 통이든 완전히 평평해져 있어서 조금 있어야 원래 형태로 돌아온다. 하지만 이렇게 고정시키는 것은 무엇보다 선창에 공간을 더 확보하기 위해서이다. 밀가루나 담배 같은 상품들은 가득 실어도 화물이 움직일 위험은 없고, 적어도 불편을 초래할 만한 위험은 없다. 물론 이런 고정 방식으로 인해 화물이 움직여서 생기는 위험과는 완전히 다른 요인에서 발생하는 참담한 결과가 초래되는 경우도 있다. 예를 들어, 어떤 조건에서 단단히 고정시켜놓은 솜 화물의 부피가 팽창하는 바람에 배가 산산조각 난 경우들도 있다. 통들이 원형이어서 생기는 틈새들이 없다면 정상적인 발효 과정을 거치는 담배의 경우에도 같은 결과가 따르리라는 데는 의심의 여지가 없다.

화물을 가득 채우지 않을 때는 주로 짐이 움직여서 생기는 위험을 우려해야 하며, 그런 불행에 대비하여 언제나 주의해야 한다. 강풍을 만나본 사람들, 아니 강풍이 지나간 후 갑작스러운 고요 속에서 배가 흔들리는 것을 경험해본 사람들만이 바닷속으로 곤두박질하는 무시무시한 힘과 고정되어 있지 않은 배 안의 모든 물건들에 가해지는 끔찍한 관성이 어떤 것인지 알 수 있을 것이다. 그렇다면 화물을 가득 싣지 않을 때 화물 선적을 신중하게 해야 하는 것은 당연하다. (특히 조그만 앞돛을 달고) 정박 중인 배는 뱃머리가 제대로 설계되지 않을 경우 종종 옆으로 기울어진다. 이런 현상은 보통 15분에서 20분마다 발생하지만, 선적만 잘되어 있다면 별로 심각한 사태가 발생하지는 않는다. 하지만 선적이 엄격하게 이루어지지 않으면 배가 처음으로 심하게 기우뚱할 때 모든 화물이 기울어진 쪽으로 우르르 굴러가게 되고, 그리하여 그렇지 않았다면 반드시 회복할 수 있었을 평형상태로 돌아오지 못하고 분명 몇 초 만에 침몰하게 된다. 바다에서 강풍을 만난 배가 침몰하는 사고 중 적어도 절반은 화물이나 바닥짐이 움직였기 때문이라고 할 수 있을 것이다.

종류를 막론하고 화물을 가득 싣지 않을 때는, 우선 짐을 최대한 딱딱 붙여 실은 다음 튼튼한 화물요동 방지판들을 배 너비만큼 완전히 덮어야 한다. 그리고 이 판들 위로 임시 지주들을 대들보까지 닿도록 세워 모든 화물을 제자리에 고정시켜야 한다. 곡물 또는 그 비슷한 종류의 화물에는 특히 더 주의가 요구된다. 항구를 떠날 때 곡물로 가득 차 있던 선창이 목적지에 도착해서 보면 4분의 3도 차 있지 않은 것을 볼 수 있다. 게다가 정작 수탁자가 한 말 한 말 달아 보면 (곡물이 불어서) 맡긴 양보다 훨씬 더 늘어나 있는데도 말이다. 이런 결과가 생기는 것은 항해 중 곡물이 정리되면서 내려앉기 때문이며, 거친 날씨를 경험할수록 더 눈에 띄는 차이가 생긴다. 그렇다면 아무렇게나 실은 곡물은 화물요동 방지판과 지주들로 아무리 잘 고정시킨다 해도 긴 항해 도중 크게 움직여 끔찍한 재난을 초래할 가능성이 있다. 이를 막기 위하여 항구를 떠나기 전 화물을 최대한 안정되게 정리하고자 온갖 방법들을 동원하는데, 그 목적으로 사용되는 여러 장치 중에는 곡물에 쐐기를 박는 방법도 있다. 이런 조처들을 다 취하고 화물요동 방지판을 덮느라 죽도록 고생을 한 이후에도, 뱃일을 할 줄 아는 선원이라면 배에 곡물을 싣고 강풍을 만난 상황, 특히 화물을 가득 싣고 있지 않은 상황에서는 누구도 태평하게 마음을 놓지 못할 것이다. 그럼에도 수백 척의 우리 근해 항로선과 유럽의 항구에서 온 더 많은 배들이 선창을 일부만, 그것도 위험하기 그지없는 종류들로 채운 채 어떤 주의도 기울이지 않고 매일 항해하고 있다. 실제 일어나는 사고보다 더 많은 사고가 벌어지지 않는 게 놀라울 뿐이다.

이런 부주의로 인한 참담한 사고가 1825년 버지니아 주 리치먼드에서 마데이라로 곡물을 싣고 가던 범선 파이어플라이 호의 조엘 라이스 선장에게 일어났다. 선장은 통상적 방법으로 고정시키는 것 외에는 보통 화물 선적에 아무런 신경도 쓰지 않았지만 큰 사고 없이 많은 항해를 해왔다. 전에 곡물을 싣고 항해해본 경험이 전혀 없었던 선장은 곡물이 배의 절반을 채우지 않자 느슨하게 대충 실었다. 항해 초기에는 순풍만 만났지만, 마데이라를 하루 남겨놓은 지점에서 북북동에서 불어온 강풍을 만나는 바람에 그는 배를 정박시킬 수밖에 없었다. 반으로 줄인 앞돛 하나만 달고 배를 바람 부는 방향으로 돌리자, 배는 아무 문제 없이 정박했고 물 한 방울 들어오지 않았다. 밤이 오면서 강풍은 다소 누그러졌고 배는 전보다 더 불안하게 흔들렸지만 그래도 잘 견디고 있었는데, 어느 순간 배가 크게 기우뚱하면서 우현 쪽으로 기울어졌다. 그 순간 곡물이 통째로 구르는 소리가 들렸고, 그 기세에 주승강구가 획 열렸다. 배는 총알처럼 가라앉아버렸다. 사고가 벌어지던 순간 지척 거리에 있던 마데이라발 소범선 하나가 (유일한 생존자인) 선원 하나를 구했는데, 그 배는 강풍 속을 안전하게 항해하고 있었다. 제대로 관리된 훌륭한 배라면 응당 그럴 수 있었을 것이다.

그램퍼스 호의 화물 선적은 엉성하기 짝이 없어서, 기름통[5]과 선박용 가구들을 아무렇게나 쑤셔 박아 넣어둔 것에 불과했다. 그것도 화물 선적이라고 부를 수 있다면 말이다. 선창의 물품들 상태에 대해서는 이미 말한 바 있다. 최하갑판에는 (말했다시피) 기름통과 상갑판 사이에 내 몸이 들어갈 정도의 공간이 있었다. 주승강구 주위에는 트인 공간을 남겨뒀고, 화물들 사이에도 몇 군데 넓은 공간이 남아 있었다. 어거스터스가 격벽에 뚫어놓은 구멍 근처에는 통하나가 들어갈 만큼의 공간이 있어서 나는 당분간 거기서 편안하게 머물렀다.

친구가 안전하게 침대까지 가서 다시 수갑과 밧줄을 찼을 무렵에는 이미 동이 훤하게 터 있었다. 정말이지 아슬아슬한 탈출이었던 게, 어거스터스가 정리를 다 마치자마자 항해사가 더크 피터스와 요리사와 함께 내려왔다. 그들은 잠시 동안 케이프버드에서 오는 배에 대해 이야기를 했는데, 그 배가 나타나기를 오매불망 기다리고 있는

---

5   [원주] 포경선에는 보통 철제 기름 탱크가 장착되어 있는데, 그램퍼스 호에는 왜 없는지 도무지 알 수가 없었다.

것 같았다. 그러다 마침내 요리사가 어거스터스가 누워 있던 침대로 와서 머리맡에 걸터앉았다. 잘라낸 부분을 다시 갖다 붙이지 않았기 때문에 내가 숨어 있는 자리에서 모든 상황이 다 보이고 들렸는데, 한번은 그 흑인이 구멍을 감추려고 걸어놓은 코트 쪽으로 쓰러지는 줄 알았다. 그랬다면 모든 게 다 발각되고 우리 목숨도 분명순식간에 날아갔을 것이다. 하지만 우리의 행운은 계속되어서, 그는 배가 흔들릴 때마다 종종 코트에 몸이 스치기는 했지만 구멍을 발견할 정도로 바싹 기대지는 않았다. 코트가 한쪽으로 흔들리면서 구멍이 보이는 일이 없도록 코트 아랫단은 격벽에 잘 고정시켜놓았다. 그러는 내내 타이거는 침대 발치에 누워 있었는데, 어느 정도 기력을 회복했는지 가끔 눈을 뜨고 심호흡을 하는 게 보였다.

몇 분 후에 항해사와 요리사는 더크 피터스를 남겨놓고 위로 올라갔다. 피터스는 그들이 나가자마자 항해사가 앉았던 바로 그 자리에 와서 앉았다. 그는 어거스터스에게 아주 상냥한 말투로 이야기하기 시작했다. 이제 보니 다른 두 사람과 함께 있을 때 보여준 만취한 모습은 상당 부분 그런 척한 것에 불과했다. 그는 내 친구의 질문에 기탄없이 다 대답해줬다. 선장을 표류시킨 날 해 지기 전까지 적어도 다섯 척의 배를 보았으니 틀림없이 구조되었을 거라고 말했고, 다른 위로의 말도 했는데 그 말에 나는 기쁜 만큼이나 깜짝 놀랐다. 정말이지 나는 피터스를 이용해 다시 배를 장악할 수 있을지도 모른다는 희망을 품게 됐고, 기회가 오자마자 어거스터스에게 이 생각을 전했다. 그는 그럴 수도 있다고 생각했지만, 극도로 조심해서 시도해야 한다고 강조했다. 그 혼혈인의 행동이 도무지 종잡을 수 없이 변덕스러운 데다가, 과연 한순간이라도 제정신이기는 한지조차 알기 힘들었기 때문이다. 피터스는 한 시간쯤 있다가 갑판으로 올라가서 정오까지 오지 않더니, 다시 올 때는 소고기 덩어리와 푸딩을 푸짐하게 가져다주었다. 우리끼리만 남자 나는 구멍으로 돌아가지 않고 그 음식을 실컷 먹었다. 그날은 더 이상 아무도 선수루에 내려오지 않았고, 밤에는 어거스터스의 침대에 같이 누워 거의 새벽녘까지 깊은 단잠에 빠졌다가 갑판 위의 부산한 소리를 들은 어거스터스가 깨우는 바람에 최대한 재빨리 내 은신처로 다시 돌아갔다. 날이 완전히 밝았을 때 보니, 타이거는 기력을 거의 다 회복했고 조금 준 물을 열심히 마시는 걸 보니 공수병 증세도 전혀 없었다. 낮 동안 녀석은 예전의 활력과 식욕을 완전히 되찾았다. 그 이상한 행동들은 선창의 유독한 공기 탓이 분명했고, 광견병과는 아무 상관이 없었다. 궤짝에서 녀석을 부득부득 데려온 게 얼마나 기뻤는지 모른다. 그날은 6월 30일이었고, 그램퍼스 호가 낸터킷을 떠난 지 13일째 되는 날이었다.

7월 2일에 항해사가 언제나처럼 술에 취해 내려왔는데, 기분이 한껏 좋은 상태였다. 그는 어거스터스의 침대로 와서 등을 철썩 치면서 만약 풀어주면 얌전하게 굴겠냐고, 다시는 선실에 들어가지 않겠다고 약속하겠느냐고 물었다. 물론 내 친구는 그러겠다고 대답했고, 그러자 그 악당은 코트 주머니에서 럼주 병을 꺼내 술을 마시게 하고는 친구를 풀어줬다. 두 사람은 갑판으로 올라갔고, 어거스터스는 세 시간 정도 보이지 않았다. 그러더니 주돛대 앞쪽이면 어디든 마음대로 돌아다녀도 된다는 허락과, 잠은 언제나처럼 선수루에서 자라는 명령을 받았다는 좋은 소식을 갖고 돌아왔다. 또 훌륭한 저녁 식사와 물도 많이 가지고 왔다. 배는 아직도 케이프버드에서 오는 배를 향해 나아가고 있었고, 드디어 문제의 배로 보이는 배 한 척이 나타났다. 그 후 8일 동안 일어난 일은 내 이야기와 직접적인 관계도 없고 별로 중요하지도 않지만, 완전히 빼버리고 싶지도 않기 때문에 지금부터는 일기 형식으로 쓰도록 하겠다.

7월 3일. 어거스터스가 담요 석 장을 갖다줘서 그걸로 은신처에 편안한 침대를 만들었다. 오늘은 낮 동안 친구 외에는 아무도 내려오지 않았다. 타이거는 구멍 바로 옆 침대 위에 자리를 잡고는 아직 병의 영향에서 완전히 회복되지 못하기라도 한 것처럼 깊은 잠에 빠졌다. 밤 무렵 한 줄기 강풍이 돛을 내리기도 전에 배를 강타해서 배가 거의 뒤집힐 뻔했다. 하지만 돌풍은 곧 사라졌고, 앞돛대 가로돛이 찢어진 것 이상의 피해는 없었다. 더크 피터스는 하루 종일 어거스터스에게 아주 상냥하게 굴었고, 태평양과 자기가 가본 그곳 섬들에 대해 오랫동안 이야기를 나누었다. 피터스는 어거스터스에게 폭도들과 함께 그곳에 가서 일종의 탐험과 여행을 해볼 생각이 없는지 물었고, 선원들이 점차 항해사에게 동조하고 있는 중이라고 말했다. 어거스터스는 딱히 뾰족한 수도 없으니 자기도 그런 모험을 하고 싶다고, 뭐든 해적 생활보다는 좋다고 대답하는 게 최선이라고 생각했다.

7월 4일. 새로 나타난 배는 알고 보니 리버풀에서 온 조그만 배여서 아무 탈 없이 그냥 지나갈 수 있었다. 어거스터스는 폭도들의 의도에 대해 최대한 많은 정보를 수집하기 위해 대부분의 시간을 갑판 위에서 보냈다. 폭도들은 자기들끼리 자주 격렬한 다툼을 벌였고, 그중 한번은 짐 보너라는 작살잡이가 바다로 내동댕이쳐지는 일도 있었다. 항해사 패거리의 세력이 점점 커지고 있었는데, 짐 보너는 피터스가 속해 있는 요리사 패거리의 일원이었다.

7월 5일. 동틀 무렵 서쪽에서 불던 센 바람이 정오에는 강풍으로 변해서, 보조 세로돛과 앞돛 외에는 아무것도 올릴 수 없었다. 요리사 패거리 중 하나인 심스라는 평선원이 만취한 상태에서 앞돛대 가로돛을 내리다가 바다에 빠져 죽었지만 아무도 구하려 하지 않았다. 이제 배 위에 남은 사람은 총 열세 명으로, 요리사 패거리에는 더크 피터스, 흑인 요리사 시모어, ** 존스, ** 그릴리, 하트먼 로저스, 윌리엄 앨런, 그리고 항해사 패거리에는 이름을 끝까지 알지 못한 항해사와 압살롬 힉스, ** 윌슨, 존 헌트, 리처드 파커가 있었고, 그 외 어거스터스와 내가 있었다.

7월 6일. 오늘은 하루 종일 비를 동반한 강풍이 계속됐다. 배 이음새 사이로 물이 많이 새어 들어오는 바람에 펌프 하나를 계속 가동했고 어거스터스도 교대로 일을 해야만 했다. 황혼 무렵, 보이지도 않던 커다란 배 하나가 소리 지르면 들릴 정도로 가까운 곳에서 우리 옆을 지나갔다. 바로 폭도들이 기다리고 있던 그 배인 것 같았다. 항해사가 배를 향해 소리를 질렀지만, 대답은 으르렁대는 바람 소리에 묻혀버렸다. 11시쯤엔 거대한 파도가 배 한가운데를 덮쳐 좌현 뱃전 상당 부분을 부수고 다른 피해도 약간 입혔다. 아침이 가까워 오면서 날씨가 누그러졌고 동틀 때쯤에는 바람이 거의 사라졌다.

7월 7일. 오늘은 하루 종일 큰 파도가 쳐서 가벼운 배가 내내 심하게 흔들렸고 선창의 화물 다수가 이리저리 굴러다녔다. 그 소리가 내 은신처까지 똑똑히 들렸다. 나는 뱃멀미로 크게 고생했다. 오늘 피터스는 어거스터스와 오랫동안 이야기를 나누었고, 자기 패거리에서 그릴리와 앨런, 두 사람이 항해사 파로 넘어가 해적이 되기로 했다고 말했다. 그리고 어거스터스가 그때는 정확하게 이해하지 못한 몇 가지 질문을 했다. 그날 밤 배에 물이 너무 차서 걷잡을 수 없을 지경이 되었지만, 배가 요동치느라 이음새 사이로 물이 새어 들어오는 거라 어찌할 도리가 없었다. 돛 하나를 찢어 이물 아래 깔자 어느 정도 도움이 되어 누수 상황이 제압되기 시작했다.

7월 8일. 동틀 녘 동쪽에서 가벼운 미풍이 불어오자 항해사는 해적질을 위해 서인도 제도로 갈 작정으로 남서쪽 방향으로 배를 돌렸다. 피터스나 요리사는 아무런 반대도 하지 않았다. 적어도 어거스터스가 들은 바는 전혀 없었다. 케이프버드발 배 탈취 계획은 포기했다. 새어 들어오는 물은 이제 45분마다 펌프 하나를 돌리는 걸로 쉽게 제어가 되었다. 이물 아래 깔아뒀던 돛도 거둬들였다. 낮 동안 조그만 배 두 척을 만나 인사를 나눴다.

7월 9일. 날씨 좋음. 모두들 난간 보수 작업에 동원. 피터스는 또 어거스터스랑 오랫동안 이야기를 했고 전보다 더 솔직했다. 그는 무슨 일이 있어도 항해사와는 뜻을 같이할 생각이 없다고 하면서 심지어 항해사에게서 배를 탈취하겠다는 뜻까지 내비쳤다. 그리고 그 경우 어거스터스의 도움을 기대할 수 있겠느냐고 물었고 내 친구는 서슴없이 '그렇다'고 대답했다. 피터스는 같은 편 사람들의 생각을 떠보겠다고 하고 가버렸다. 그 후에는 어거스터스가 피터스와 개인적으로 이야기할 기회가 없었다.

7장

7월 10일. 리오발 노포크행 배 한 척 만남. 가볍지만 종잡을 수 없는 동풍이 불어오는 흐린 날씨. 8일에 그로그[6] 한 잔을 마시고 경련을 일으켰던 하트먼 로저스가 오늘 죽었다. 이 사람은 요리사 패거리에다 피터스가 가장 의지했던 사람이었다. 피터스는 어거스터스에게 항해사가 그를 독살했다며 조심하지 않으면 곧 자기 차례가 될 거라고 말했다. 이제 그의 패거리에는 그와 존스, 요리사밖에 없었고, 상대편에는 다섯 명이 있었다. 존스에게 항해사의 지휘권을 빼앗는 문제에 대해 이야기했었지만 그 계획에 대한 반응이 냉담하자, 피터스는 일을 더 이상 추진하거나 요리사에게 이야기하지 못하고 있었다. 알고 보니 그렇게 신중하게 행동한 게 잘한 일이었다. 왜냐하면 오후에 요리사가 항해사 편이 되겠다는 결심을 말하고는 공

---

6   물을 탄 럼주.

식적으로 그 편으로 가버렸기 때문이다. 그 와중에 존스도 이때다 하고 피터스와 언쟁을 벌이더니 항해사에게 선동 계획을 알리겠다는 뜻을 내비쳤다. 이제는 정말로 더 지체할 시간이 없었고, 피터스는 어거스터스가 도와주기만 하면 어떤 위험을 무릅쓰고서라도 배를 장악하려 해보겠다는 결의를 보였다. 내 친구는 그런 목적이라면 어떤 계획이든지 기꺼이 동참하겠다고 확고히 말했고, 지금이 좋은 기회라 여겨 내가 배에 타고 있다는 사실을 피터스에게 털어놓았다. 그 말을 들은 혼혈인은 놀라기도 했지만 오히려 기뻐했다. 존스는 이미 항해사 편이라고 생각하고 있어서 전혀 의지할 수 없었기 때문이었다. 두 사람은 즉시 아래로 내려왔고, 어거스터스가 내 이름을 불렀고, 곧 나는 피터스와 인사를 나누었다. 우리는 존스에게는 아무것도 알리지 않고 기회가 생기는 대로 배를 다시 뺏기로 결정했다. 성공할 경우, 가장 가까운 항구로 배를 몰고 가서 넘기기로 했다. 패거리의 탈당으로 인해 태평양에 가려던 피터스의 계획은 무산됐다. 그런 모험은 선원들 없이는 불가능했기 때문이다. 그는 재판에서 정신이상으로 무죄판결을 받거나(그는 정신이상 때문에 반란을 도운 것이라고 엄숙하게 맹세했다), 혹시나 유죄판결이 나더라도 어거스터스와 나의 증언을 통해 사면받기를 기대하고 있었다. 우리의 논의는 "모두 돛을 접어라"라는 외침에 당분간 중단됐고, 피터스와 어거스터스는 갑판으로 달려 올라갔다.

평소와 다름없이 선원들은 거의 모두 취해 있었다. 돛을 제대로 접기도 전에 거센 돌풍이 불어와 배가 옆으로 기우뚱했다. 바람 방향을 피해 돌아서서 배를 바로 세우기는 했지만, 물이 많이 들어왔다. 안정을 채 되찾기도 전에 또 한 번의 돌풍이 배를 덮쳤고, 그 직후 또 돌풍이 휘몰아쳤다. 하지만 피해는 없었다. 강풍이 몰려올 기색이 완연하더니 과연 곧 성난 강풍이 북쪽과 서쪽에서 몰아쳤다. 모든 것을 최대한 정리한 후 우리는 평소대로 앞돛을 거의 모두 접은 채 정박했다. 밤이 오면서 바람은 더 거세졌고 파도도 엄청나게 거칠어졌다. 피터스가 어거스터스와 함께 선수루로 들어오자 우리는 다시 논의를 시작했다.

우리는 이럴 때 시도를 하리라고는 전혀 예상하지 못할 테니 지금이 계획을 실행할 최적의 기회라고 합의했다. 배는 편안하게 정박 중이라 날씨가 좋아질 때까지는 조종할 필요가 없을 테고, 만일 거사가 성공한다면 날씨가 좋아졌을 때 선원을 하나, 어쩌면 둘 정도 풀어줘서 항구로의 항해를 돕게 할 수 있을 것이다. 가장 큰 문제는 우리 편이 수적으로 너무나 불리하다는 점이었다. 우리 편은 겨우 셋뿐인데, 선실에는 아홉 명이 있었다. 배 안의 무기도 모두 그쪽 수중에 있었고, 예외는 피터스가 몸에 감추어둔 조그만 권총 두 자루와 바지 허리띠에 늘 차고 다니는 커다란 선원용 칼뿐이었다. 몇 가지 징후들—예를 들어, 늘 있던 자리에 도끼나 나무 지레 같은 것들이 없다는 것—으로 보아 항해사가 의심을, 특히 피터스를 의심하고 있으며 호시탐탐 그를 제거할 기회를 노리고 있다는 우려가 들기 시작했다. 그렇기 때문에 결심한 바를 최대한 빨리 해치우는 게 좋을 것 같았다. 그럼에도 아직 상황은 우리에게 너무나 불리해서 극도로 조심하지 않고서는 섣불리 일을 진행할 수가 없었다.

피터스는 자기가 갑판에 올라가 보초(앨런)에게 말을 걸겠다고, 그러다가 좋은 기회를 이용해 별 소동을 일으키지 않고 그를 손쉽게 바다에 빠뜨릴 수 있을 거라고 했다. 그러고 나서 어거스터스와 내가 올라와 갑판에서 뭔가 무기가 될 만한 것을 챙기고, 다 함께 몰려가 적들이 반격하기 전에 승강계단을 장악하자고 제안했다. 나는 그 계획에 반대했다. (자신의 미신적인 편견에 영향 주지 않는 모든 문제에 있어 교활하기 이를 데 없는) 항해사가 그렇게 쉽게 함정에 걸려들 것이라고는 믿을 수 없었기 때문이다. 사실 갑판에 보초가 있다는 사실부터가 항해사가 경계 태세라는 걸 여실히 보여주는 증거였다. 강풍 속에서 정박 중일 때 갑판에 보초를 세우는 것은 규율이 몹시 엄격한 배를 제외하고는 흔히 있는 일이 아니었기 때문이다. 이 이야기를 듣는 독자 전부가 그런 건 아니겠지만 대개는 한 번도 배에 타보지 않은 사람들일 테니, 그런 상황에서 배의 정확한 상태가 어떤 것인지 잠시 설명하는 게 좋겠다. 정박, 혹은 항해 용어로 '정선'이라는 것은 여러 가지 목적으로 취하는 조처이며 다양한 방법으로 이루어진다. 날씨가 괜찮을 때는 다른 배를 기다린다거나 그 비슷한 목적으로 그저 배를 가만히 세워두기 위해 시행된다. 정박하려는 배가 돛을 다 올리고 있다면 보통 역풍을 받을 수 있도록 돛 일부를 돌려서 배를 멈추게 한다. 하지만 지금 이야기하는 것은 강풍 속에서의 정박이다. 이는 바람이 앞에서 불어오고 있고 전복의 위험을 감수하지 않고서는 돛을 세울 수 없을 정도로 거셀 때 시행

된다. 배가 몹시 거친 바다에서 바람을 받으며 달릴 경우, 고물 쪽으로 넘쳐 들어오는 물 때문에, 때로는 격하게 곤두박질하는 이물 때문에 많은 손상을 입게 된다. 그렇기 때문에 이 조치는 필요에 의해서가 아니라면 취하지 않는다. 배가 새고 있을 경우에는 아무리 파도가 세도 보통 바람을 안고 항해한다. 정박하면 배가 격하게 요동치느라 이음새가 크게 벌어지기 마련이지만, 달리고 있으면 그렇지 않기 때문이다. 이물을 바람 방향으로 돌릴 목적으로 올린 돛들을 다 찢어버릴 정도로 바람이 극도로 거세거나, 선체를 잘못 설계했거나, 여타 원인들로 이 목적을 이룰 수 없을 때도 종종 계속 항해를 할 수밖에 없게 된다.

강풍이 불 때 배들은 구조에 따라 각자 다른 방식으로 정박한다. 어떤 배들은 앞돛을 달 때 가장 잘 정박하는데, 내가 보기에는 이게 보통 가장 많이 사용되는 돛이다. 커다란 가로돛 배에는 폭풍 삼각돛이라 불리는 특수 목적의 돛이 있다. 하지만 그 삼각돛만 사용하는 경우는 가끔뿐이고, 때로는 삼각돛과 앞돛 혹은 2단으로 줄인 앞돛을, 드물지 않게는 뒷돛을 사용하기도 한다. 모든 돛들 중 대개 그 목적에 가장 잘 부합하는 돛은 앞돛대 가로돛이다. 그램퍼스 호는 보통 앞돛을 다 내리고 정박했다.

배를 정박시킬 때는 정박 시 다는 돛을 고물 쪽으로 끌어올렸을 때, 그러니까 배를 가로질러 비스듬하게 올렸을 때 돛이 바람을 받을 수 있도록 뱃머리를 바람 방향 가까이 갖다 댄다. 그렇게 하면 뱃머리는 바람 불어오는 방향에서 몇 도 떨어지지 않은 곳을 향하게 되고, 바람 방향으로 놓인 뱃머리는 물론 파도의 충격을 받는다. 그런 상황에서 좋은 배는 선원들이 더 이상 신경 쓰지 않아도 물 한 방울 들어오는 일 없이 거친 광풍을 버텨낸다. 키는 대개 밧줄로 묶어놓지만, (풀어놓았을 때 나는 소음 문제를 제외한다면) 그럴 필요가 없는 게 정박 시에는 방향타가 배에 아무런 영향을 미치지 못한다. 사실 키는 단단히 묶어놓는 것보다 풀어놓는 게 훨씬 낫다. 방향타는 움직일 여지가 없으면 거센 파도에 부러져버리기 쉽기 때문이다. 돛이 버티는 한, 잘 만들어진 배는 마치 생명력과 이성을 갖춘 것처럼 상황을 잘 버티고 어떤 파도도 이겨낸다. 하지만 만약 거친 바람이 돛을 갈기갈기 찢어버린다면(보통 상황에서 그런 일이 벌어지려면 굉장한 태풍이 불어닥쳐야 한다), 그때는 긴급 상황이다. 배가 바람에 밀려 옆으로 선 채 속수무책인 상황이 된다. 이 경우 유일한 방법은 배를 조용히 바람 앞으로 돌리고 다른 돛을 세울 수 있을 때까지 달리는 수밖에 없다. 어떤 배들은 아무 돛도 올리지 않고 정박하기도 하지만, 바다에서 믿을 수 있는 방법은 아니다.

하지만 본론으로 다시 돌아가자. 항해사는 강풍 속에서 정박 중일 때 갑판에 보초를 세우는 일이 절대 없었고, 지금 보초를 세웠다는 사실과 도끼와 나무 지레들이 사라진 정황을 연결시켜 보면 선원들이 피터스가 제안한 기습 공격에 이미 대비하고 있다는 게 확실했다. 하지만 우린 뭔가 해야만 했고, 그것도 가능한 한 빨리 해야 했다. 일단 피터스를 의심하게 된 이상 최대한 빨리 그를 없애려 할 테고, 강풍이 멈추는 대로 그 기회를 찾거나 만들어낼 것이기 때문이다.

어거스터스는 만일 피터스가 무슨 핑계로든 전용실 뚜껑문을 막고 있는 사슬닻줄을 치울 수만 있다면 선창을 통해 그들을 몰래 덮칠 수 있을 거라고 제안했다. 그러나 조금 더 생각해보니 그런 시도를 하기에는 배가 너무 심하게 흔들리고 있었다.

다행히 마침내 내가 항해사의 미신적 공포심과 죄의식을 이용하는 계획을 생각해냈다. 이틀 전 독주와 물을 섞어 마신 다음 경련을 일으켰다가 오전에 죽은 하트먼 로저스를 기억할 것이다. 피터스는 이자가 항해사에게 독살당했다고 주장했고 그렇게 믿는 데는 명백한 이유가 있다고 말했지만, 아무리 물어도 설명해주려 하지 않았다. 이렇게 제멋대로 거부하는 게 피터스의 특이한 성격의 일면이었다. 하지만 그가 항해사를 의심하는 근거가 우리보다 더 확고하건 아니건 간에, 우리는 쉽게 그의 의심에 설득됐고 거기에 따라 행동하기로 결정했다.

로저스는 오전 11시경 격렬한 경련 끝에 죽었고, 시체는 죽은 지 몇 분 만에 내가 본 중 가장 무시무시하고 끔찍한 몰골로 변했다. 그의 배는 익사한 뒤 물속에서 몇 주나 있었던 사람의 배처럼 어마어마하게 부풀어 올랐다. 손도 같은 상태인 데 비해 얼굴은 오그라들어 주름졌고 단독丹毒[7]에 걸려 생긴 것 같은 새빨간 반점 두세 개를 제외하고는 온통 백악처럼 새하얀색이었다. 그 반점 중 하나는 얼굴

7　세균에 감염되어 피부가 빨갛게 부어오르는 피부 질환.

을 대각선으로 가로질러 마치 붉은 벨벳 끈처럼 한쪽 눈을 완전히 덮고 있었다. 선원들이 이런 역겨운 상태의 시체를 바다에 던지려고 정오에 선실에서 끌고 나왔는데, 시체를 (처음으로) 힐끗 본 항해사는 자기가 저지른 죄에 대한 양심의 가책 때문인지 아니면 그 끔찍한 몰골에 경악해서인지 선원들에게 시체를 해먹에 넣어 꿰매고 통상적인 수장 의식을 거행해주라고 명령했다. 이렇게 지시한 후 그는 피해자의 모습을 더 이상 보고 싶지 않은 듯이 아래로 내려가버렸다. 그의 명령을 이행할 준비를 하는 사이에 강풍이 거세게 몰아닥쳤고, 그 계획은 당분간 중지됐다. 방치된 시체는 좌현 배수구로 밀려갔고, 내가 이야기하고 있는 지금도 여전히 거기서 배가 거세게 흔들리는 대로 허우적거리고 있었다.

일단 계획을 세우자 우리는 최대한 신속히 실행에 돌입했다. 피터스가 갑판으로 올라가자 예상했던 대로 즉시 앨런이 와서 말을 걸었다. 앨런은 다른 어떤 목적보다도 선수루 감시를 위해 배치된 것 같았다. 하지만 이 악당의 운명은 신속하고 조용하게 결정되었다. 피터스가 말을 걸려는 것처럼 무심하게 다가가다 먹살을 낚아채서는 외마디 소리도 지르기 전에 뱃전 너머로 던져버렸던 것이다. 그런 다음 그가 우리를 불렀고, 우리도 갑판 위로 올라왔다. 우리가 가장 먼저 취한 예방책은 무장할 만한 거리를 찾는 것이었다. 배가 앞으로 곤두박질칠 때마다 거센 파도가 배를 덮쳐서 뭔가 꽉 잡지 않고는 갑판 위에 한순간도 서 있었을 수 없었기 때문에 몹시 조심해서 찾아야만 했다. 또한 작전을 신속하게 수행하는 게 필수였다. 배에 아주 빠른 속도로 물이 들어오고 있어서 당장에라도 항해사가 펌프를 가동시키러 올라올 수 있었기 때문이다. 한참 찾았지만 목적에 맞는 물건이라고는 펌프 손잡이 두 개밖에 없었고, 어거스터스와 내가 하나씩 가졌다. 우린 무기를 확보한 다음 시체의 셔츠를 벗긴 후 바다에 집어 던졌다. 그리고 피터스와 나는 어거스터스에게 갑판 위에서 망을 보게 한 다음 아래로 내려갔고, 어거스터스는 만일 항해사 패거리 중 누가 올라온다 해도 보초로 생각하도록 선실 승강계단 쪽으로 등을 돌린 채 서 있었다.

아래로 내려오자마자 나는 로저스의 시체로 위장하기 시작했다. 시체에서 벗긴 셔츠가 큰 도움이 됐다. 그건 고인이 곁에 걸치던 일종의 작업복으로, 모양과 무늬가 특이해서 쉽게 알아볼 수 있었다. 커다란 하얀 가로줄이 쳐진 파란색 메리야스였다. 그 옷을 걸친 후 흉측하게 부풀어 오른 시체의 끔찍한 몰골을 흉내 내서 가짜 배를 만들기 시작했다. 이건 침대보를 쑤셔 넣어서 곧 만들었다. 그러고는 하얀 모직 벙어리장갑을 끼고 그 안을 되는대로 누더기로 채워 손도 똑같이 만들었다. 그리고 나서 피터스가 내 얼굴 분장을 시작했다. 우선 하얀 분필 가루를 잘 바른 다음, 손가락을 찔러 나온 피로 얼룩을 만들었다. 눈을 가로질러 지나가는 줄도 잊지 않았고, 그렇게 하니 몹시 경악스러운 모습이 되었다.

8장

희미한 선박등 불빛에 의지해 선실에 걸린 조그만 거울 조각에 내 모습을 비추어 보자 막연한 두려움이 나를 짓눌렀다. 게다가 이런 식으로 재현하고 있는 끔찍한 현실을 다시 떠올려보니 극심한 불안이 덮쳐와 도무지 이 역할을 계속할 용기가 나지 않았다. 하지만 이건 결연히 해야만 하는 일이었기에 피터스와 나는 갑판으로 올라갔다.

모든 상황은 안전했고, 우리 셋은 난간에 바싹 붙어서 선실 승강 계단으로 살금살금 다가갔다. 계단 윗칸에 나무더미를 쌓아놓아 갑자기 밖에서 쾅 밀려 닫히지 않도록 하는 예방조치가 취해져 있어서 문은 완전히 닫혀 있지 않았다. 경첩 달린 부분 틈새로 선실 내부 전체가 쉽게 보였다. 이제 보니 기습 공격을 시도하지 않은 게 천만다행인 게, 그자들은 누가 봐도 경계 태세를 갖추고 있었다. 자고 있는 사람은 하나뿐인데, 옆에 장총을 놓고 승강계단 바로 밑에 누워 있었다. 나머지는 다 침대에서 가져와 마루에 던져둔 여러 장의 매트리스 위에 앉아 있었다. 진지한 대화가 오가고 있었다. 빈 술통 두 개와 여기저기 놓인 양철 컵들로 볼 때 술판을 벌이고 있기는 했지만, 다들 평소만큼 취해 있지는 않았다. 모두 칼을 가진 와중에 그중 한둘은 권총을 갖고 있었고, 바로 옆 침대 위에는 소총이 여러 정 놓여 있었다.

우리는 행동을 결정하기 전에 잠시 놈들의 대화를 엿들었다. 로 저스의 유령으로 놈들을 꼼짝 못하게 한다는 것 외에는 아직 딱히 확실하게 결정한 것이 없었기 때문이다. 놈들은 해적질 계획을 짜고 있었는데, 똑똑히 들을 수 있었던 것은 호넷 호 선원들과 연합한다는 것, 그리고 대규모 작전을 거행하기 전 가능하면 배 자체를 장악한다는 것뿐, 세부사항은 하나도 들리지 않았다.

선원 중 하나가 피터스 이야기를 하자 항해사가 뭐라 알아들을 수 없는 낮은 소리로 대답을 하더니, 잠시 후 더 큰 소리로 "피터스가 선수루에서 선장 아들놈이랑 그렇게 주제넘게 구는 걸 이해할 수가 없고, 한시라도 빨리 두 놈 다 바다에 던져버리는 게 최고"라고 덧붙였다. 아무도 그 말에 대답은 하지 않았지만, 다들 그게 무슨 소리인지 잘 아는 것 같았다. 특히 존스가 그랬다. 이쯤 되자 나는 심하게 초조해졌고, 어거스터스도 피터스도 어떻게 해야 할지 결정을 내리지 못하고 있는 게 보이니 더 초조했다. 하지만 나는 내 목숨을 가능한 한 비싸게 팔겠다고, 어떤 공포에도 굴복하지 않겠다고 결심했다.

돛대를 흔드는 바람의 무시무시한 포효와 갑판을 휩쓰는 파도 소리 때문에 잠깐씩 파도가 잠잠해졌을 때를 제외하고는 무슨 말을 하는지 도통 알아들을 수가 없었다. 그러다 파도가 조용해진 어느 순간 항해사가 한 선원에게 "가서 선실에 오라고 해"라고 말하는 소리가 똑똑히 들렸다. 배에서 그런 은밀한 일이 벌어지는 걸 용납할 수 없으니 자기가 지켜볼 수 있는 곳에 데려다 놓으라는 것이었다. 우리로선 다행히도 그 순간 배가 너무 심하게 요동치고 있어서 이 명령은 바로 수행되지 못했다. 요리사가 우리를 데리러 오려고 매트리스에서 일어났으나 그 순간 돛대를 휩쓸어 갈 것 같은 기세로 배가 엄청나게 기울어지는 바람에 그는 좌현 쪽 선실 문에 냅다 내동댕이쳐졌고 그 바람에 문이 활짝 열리면서 아주 난리가 났다. 다행히 우리 일행은 아무도 나동그라지지 않아서 재빨리 선수루로 돌아와 급히 행동 계획을 짰고, 그 순간 전령이 나타났다. 아니, 승강계단 뚜껑문으로 머리를 내밀었다. 왜냐하면 갑판 위까지 올라오지는 않았기 때문이다. 그 자리에서는 앨런이 없어진 것을 알아챌 수 없었기 때문에 그는 항해사의 명령을 되풀이하듯 그에게 고함을 질렀다. 피터스가 목소리를 흉내 내 "예, 예" 하고 외치자, 요리사는 뭔가 이상하다는 낌새를 전혀 품지 못하고 아래로 내려갔다.

내 두 동료들은 이제 과감하게 후미 선실로 내려갔고, 피터스가 안으로 들어가 원래대로 문을 닫았다. 항해사는 짐짓 정중하게 그들을 맞이하더니 어거스터스에게 최근 얌전하게 행동했으니 선실로 거처를 옮기고 앞으로 한 패가 되어도 좋다고 말했다. 그러고는 컵에 럼주를 반쯤 따라주고 마시게 했다. 문이 닫히자마자 친구들을 따라 선실로 와서 전에 안을 들여다봤던 자리를 차지하고 앉은 내겐 이 모든 게 다 보이고 들렸다. 나는 펌프 손잡이 두 개를 가져와서 그중 하나는 필요할 때 당장 쓸 수 있도록 승강계단 근처에 감추어놓았다.

나는 안에서 벌어지는 일을 제대로 보기 위해 최대한 마음을 진정시키고, 약속대로 피터스가 신호를 하면 폭도들 사이로 내려가는 임무를 수행하기 위해 용기를 그러모았다. 곧 그는 선상 반란 때의 잔혹한 행위를 끄집어내 이야기하기 시작했고, 선원들 사이에서는 너무나 보편적으로 통하는 오만 미신들 이야기로 점차 대화의 방향을 끌고 갔다. 사람들 말을 다 이해할 수는 없었지만 거기 있는 사람들 표정에서 그 대화의 영향이 똑똑히 보였다. 항해사는 누가 봐도 안절부절못하고 있었고, 누군가 로저스 시체의 끔찍한 몰골을 언급하자 당장 기절이라도 할 것 같았다. 그때 피터스가 시체가 갑판 배수구에서 흐느적거리는 꼴을 보는 게 너무 끔찍하니 당장 바다에 던져버리는 게 낫지 않겠느냐고 물었다. 그 말에 그 악당은 숨이 막힌 것처럼 헐떡거리면서 누군가가 올라가 그 일을 해주었으면 하고 애원하는 듯이 동료들을 천천히 둘러보았다. 하지만 아무도 꼼짝하지 않았고, 다들 명백히 신경이 있는 대로 팽팽히 곤두서 있었다. 그때 피터스가 내게 신호를 했다. 나는 즉시 승강계단 문을 벌컥 열어젖히고 한마디 말도 없이 내려가 사람들 한가운데 꼿꼿이 섰다.

이 갑작스러운 유령의 출몰이 끼친 강력한 여파는 당시의 여러 가지 상황을 고려해보면 전혀 놀랄 일이 아니다. 보통 이와 비슷한 사건의 경우에는 자기 눈앞에 보이는 광경이 과연 실제인지 믿지 못하는 희미한 의혹이 마음 한구석에 자리한다. 자신은 속임수의 피해자라는, 저 유령은 사실 어스름한 저세상에서 찾아온 방문객이 아니라는 실낱같은 희망이 마음 한구석에 자리하는 것이다. 그런 일말의 의혹이 그런 사건 거의 대부분의 근저에 자리 잡고 있다고 해도, 또한 그로 인해 때로 경험하는 무시무시한 공포조차 그 유령이 진짜라고 철석같이 믿어서라기보다는 혹시라도 진짜일지도 모른다는 예기적 공포 탓이라고 해도 지나친 말은 아니다. 심지어 극심한 고통을 경험한 아주 그럴듯한 경우에조차도 말이다. 그러나 그 당시 폭도들의 마음속에는 홀연히 나타난 이 로저스의 유령이 실로 그 역겨운 시체가 부활한 게 아닐지도 모른다는, 혹은 적어도 그 영혼의 모습이 아닐지도 모른다는 의심은 털끝만큼도 없었다. 폭풍으로 세상과 완전히 절연된 배의 고립 상황으로 인해 가능한 속임수 방법이 빤하게 제한될 수밖에 없기 때문에 놈들은 척 보기만 해도 온갖 수작을 다 알 수 있다고 생각했던 게 틀림없다. 그들은 어떤 배와도 대화 정도를 넘어선 교류라곤 전혀 없이 이제 24일째 항해 중이었다. 모든 선원들, 적어도 배에 탄 사람들 중 티끌만큼이라도 의심할 이유가 있는 사람들은 보초 앨런을 제외하고는 다 선실에 모여 있었고, 앨런의 (6피트 6인치[8]에 달하는) 거대한 신장은 모두가 너

---

8   약 2미터.

무나 익숙하게 알고 있는 터라 눈앞의 유령이 그라는 가능성은 누구도 생각하지 못했다. 여기에다 모골을 송연하게 만드는 폭풍, 피터스가 끄집어낸 소름 돋는 대화, 오전에 본 실제 시체의 끔찍한 몰골이 그들의 상상력에 남긴 강렬한 인상, 나의 탁월한 분장, 그 모습에 격렬하게 앞뒤로 흔들리면서 모호하고 발작적인 빛을 던지는 선실 램프의 희미한 불빛이 더해지자, 그 속임수는 우리가 예상했던 것보다 훨씬 더 대단한 효과를 불러일으켰다. 매트리스에 누워 있던 항해사는 튕겨나듯 일어났다가 한마디 말도 하지 못하고 선실 바닥에 죽은 듯이 자빠지더니 배가 심하게 요동칠 때마다 바람 부는 방향으로 통나무처럼 내동댕이쳐졌다. 나머지 일곱 명 중에는 처음에는 겨우 셋만 그나마 제정신을 유지하고 있는 것 같았다. 나머지 넷은 바다에 뿌리라도 내린 것처럼 한동안 앉아 있었는데, 그렇게 극도의 공포와 절망에 빠진 처량한 모습은 내 일찍이 본 적이 없었다. 저항하는 시늉이라도 한 사람은 요리사와 존 헌트, 리처드 파커였지만, 그나마 허약하고 결단력 없는 방어 동작에 불과했다. 앞의 두 놈은 즉시 피터스의 총에 맞았고, 파커는 내가 가져온 펌프 손잡이에 머리를 맞고 나가떨어졌다. 그러는 동안 어거스터스는 바닥에 놓여 있던 장총 하나를 집어 들고 또 한 놈(** 윌슨)의 가슴을 쐈다. 이제 남은 사람은 셋뿐이었지만 그때쯤엔 다들 혼수상태에서 정신을 차린 데다 아마 속임수에 빠졌다는 걸 깨닫기 시작했는지 혼신의 힘을 다해 결연하게 덤벼들었다. 피터스의 막강한 힘이 없었더라면 결국 우리가 졌을지도 모른다. 그 셋은 ** 존스와 ** 그릴리, 압살롬 힉스였다. 존스는 어거스터스를 바닥에 쓰러뜨리고 오른팔을 여러 군데 찔렀다. (피터스도 나도 각자의 상대를 즉시 떨쳐내지 못하고 있던 상황이라) 전혀 기대조차 하지 않고 있던 친구가 때마침 도와주지 않았더라면 어거스터스는 죽고 말았을 것이다. 그 친구는 바로 타이거였다. 타이거는 나지막이 으르렁거리며 선실로 뛰어 들어와 절체절명의 위기에 존스에게 달려들어 순식간에 그를 바닥에 메다꽂았다. 하지만 내 친구는 너무 부상이 심해 우리에게 어떤 도움도 되지 못했고, 나도 거추장스러운 분장 때문에 별 역할을 하지 못했다. 타이거는 존스의 목덜미를 물고 놓으려 하지 않았다. 그럼에도 피터스는 남아 있는 두 놈을 거뜬히 상대했다. 싸우는 장소가 그렇게 좁지만 않고 배가 엄청나게 요동치지만 않았다면, 둘 다 훨씬 더 빨리 해치웠을 게 분명하다. 피터스는 이내 바닥에 놓여 있던 몇 개의 둔중한 의자 중 하나를 낚아챘다. 그 의자로 내게 장총을 발사하려 하고 있던 그릴리의 머리를 날려버렸고, 그 직후 배가 요동치는 바람에 힉스 쪽으로 떠밀려가더니 그의 목덜미를 잡고 어마어마한 힘으로 순식간에 목을 졸라 죽여버렸다. 그래서 이 이야기를 하는 데 든 시간보다 더 짧은 시간에 우리는 배를 장악하게 됐다.

적들 중 살아남은 사람은 리처드 파커가 유일했다. 기억하겠지만 그는 공격이 시작됐을 때 내가 펌프 손잡이로 때려눕힌 자다. 그는 산산조각 난 선수루 문 옆에 꼼짝 않고 쓰러져 있었지만, 피터스가 발로 건드리자 입을 열더니 자비를 청했다. 머리가 약간 찢어졌으나 타격에 기절했을 뿐 다른 상처는 없었다. 그가 일어서자 우리는 당분간 팔을 등 뒤로 묶어뒀다. 개는 아직도 존스를 내려다보며 으르렁대고 있었는데, 살펴보니 이미 완전히 죽어 있었다. 날카로운 짐승 이빨에 물려 생긴 목의 깊은 상처에서 피가 철철 흘러나오고 있었다.

이제 시간은 새벽 1시쯤 되었고 바람은 아직도 거세게 불고 있었다. 배는 평소보다 더 요동쳤고, 조금이나마 안정시키려면 무슨 조치든 취해야 했다. 배가 바람 부는 쪽으로 흔들릴 때마다 파도가 쏟아져 들어왔다. 내가 선실로 내려가면서 승강구를 열어놓는 바람에 난투가 벌어지는 동안 그 파도 일부가 선실까지 흘러 들어와 있었다. 좌현 난간은 몽땅 파도에 휩쓸려 가버렸고 선미의 작은 보트와 더불어 승무원실도 날아가버렸다. 삐걱거리며 흔들리는 주돛대 역시 거의 휘어질 조짐을 보이고 있었다. 후미 선창에 공간을 더 확보하려고 이 돛대의 말단을 갑판 사이의 장좌[9]에 세워놓는 바람에 (이는 무지한 조선업자가 때로 저지르는 아주 못된 짓이다) 당장에라도 장좌에서부터 휘어질 기세였다. 하지만 그 모든 것보다 더한 난관은 새어 들어온 물이 모이는 구멍 수심을 측량했더니 깊이가 무려 7피트나 되었다는 것이었다.

우리는 선원들 시체를 선실에 내버려둔 채 즉시 펌프를 작동시키기 시작했다. 물론 파커도 일을 돕게 하려고 풀어주었다. 어거스터스는 팔을 최대한 단단히 붕대로 감아줘서 할 수 있는 일은 했지만, 그

9   돛대 맨 아래 위치하는 돛대 받침.

래 봤자 큰 도움은 되지 않았다. 하지만 펌프 하나를 쉴 새 없이 가동시켜도 간신히 현상 유지를 하는 정도에 불과했다. 사람이 넷밖에 없는 형편이라 정말이지 힘겨운 노동이었다. 그래도 우리는 사기를 북돋으려고 애쓰며 새벽이 오기를 애타게 기다렸고, 새벽이 되면 주돛대를 잘라내 배를 가볍게 하려고 했다.

그렇게 끔찍한 불안과 피로로 점철된 밤이 지나갔고 마침내 아침이 왔지만, 폭풍은 조금도 누그러지지 않았고 그럴 조짐도 전혀 보이지 않았다. 우리는 시체를 갑판 위로 끌어올려 바다에 집어 던졌다. 다음 할 일은 주돛대를 제거하는 것이었다. 필요한 준비가 끝나자 피터스가 (선실에서 도끼를 찾아) 돛대를 잘랐고, 그동안 우리는 버팀줄과 쥠줄 옆에 서 있었다. 배가 바람 방향으로 크게 휘청하자 버팀줄을 자르라는 지시가 내려졌고, 줄을 자르자 커다란 나무 덩어리와 삭구가 배에 아무런 해도 입히지 않고 바다로 빠져 들어갔다. 이제 배는 전처럼 요동치지는 않았지만 상황은 여전히 극히 불안했고, 최대한 노력은 하고 있는데도 펌프 두 개의 도움 없이는 새어 들어오는 물을 도저히 감당할 수가 없었다. 어거스터스의 미약한 도움은 그다지 힘이 되지 않았다. 설상가상으로 거대한 파도가 바람 부는 쪽으로 배를 강타하는 바람에 배가 바람 방향에서 몇 도 더 돌아갔고, 다시 제 위치를 회복하기도 전에 또 한 번의 파도가 덮쳐와서 배는 완전히 옆으로 넘어지고 말았다. 바닥짐이 통째로 바람 방향으로 휩쓸려 갔고(화물들은 한동안 완전히 제멋대로 부딪치며 굴러다녔다), 잠시 동안 우리는 꼼짝없이 배가 전복되는 줄로만 알았다. 배는 곧 약간 중심을 잡긴 했지만, 바닥짐이 아직도 좌현 쪽에 그대로 처박혀 있는 데다 우리도 기울어져 누워 있는 형편이라 펌프질 생각은 해봤자 소용이 없었다. 사실 어차피 할 수도 없었을 게, 그동안의 과도한 노동으로 손이 다 까져 처참하게 피가 흐르고 있었기 때문이다.

파커의 충고를 거스르고 우리는 앞돛대를 잘라내기 시작했고, 누운 자세 때문에 엄청나게 고생한 끝에 마침내 겨우 성공했다. 돛대가 바다에 빠지면서 기움돛대[10]를 함께 휩쓸어 가는 바람에 이제 남은 것은 완전한 선체뿐이었다.

대형 보트가 배를 덮친 거대한 파도에도 아무런 해를 입지 않고 남아 있었기 때문에 아직까지는 기뻐할 이유가 있었다. 하지만 자축하고 있을 여유가 없었다. 배의 균형을 잡아주는 앞돛대에다 앞돛까지 사라져버리자 온갖 파도가 거침없이 우리를 덮쳤다. 5분도 지나지 않아 우리 갑판은 구석구석까지 파도에 휩쓸려 대형 보트와 우현 난간이 뜯겨 나갔고 닻감개까지 산산조각 나버렸다. 정말이지 그보다 더 처참한 상황은 있을 수 없었다.

정오에 폭풍이 살짝 약해지나 싶었지만, 실망스럽게도 겨우 몇 분 잠잠해지더니 두 배는 되는 맹렬한 기세로 몰려왔다. 오후 4시쯤에는 폭풍의 맹위에 맞서는 게 도저히 불가능한 지경이 되었다. 밤이 다가오자 아침까지 배가 버티리라는 희망은 손톱만큼도 남아 있지

---

10   이물에서 앞으로 뻗어나온 돛대.

않았다.

자정이 되자 배는 최하갑판까지 들어찬 물에 깊이 잠겼다. 방향타가 곧 그 뒤를 따르더니 방향타를 부순 파도가 배 후미를 수면에서 완전히 들어 올렸고, 하강하기 시작한 배는 마치 육지에 올라가는 것 같은 충격으로 수면에 쾅하고 충돌했다. 그 방향타는 그 이전에도 이후에도 본 적 없을 정도로 대단히 튼튼하게 장착되었기 때문에 우린 다 그건 최후까지 버틸 거라고 생각했었다. 주목재 아래 튼튼한 강철 고리들이 줄지어 박혀 있었고, 선미재 아래도 같은 식으로 고리가 박혀 있었다. 그 고리 사이로 아주 두꺼운 철봉이 들어가 있어서 방향타는 선미재에 붙어 있으면서도 봉을 중심으로 마음대로 돌 수 있었다. 그걸 잡아 뜯어버린 파도가 얼마나 어마어마하게 셌는지는 선미재 전체를 따라 안쪽으로 박혀 있는 고리들이 그 단단한 나무에서 하나도 남김없이 완전히 뽑혀버린 걸 보면 짐작하고도 남는다.

우리가 그 맹렬한 충격의 여파에서 숨을 채 고르기도 전에 한 번도 본 적 없는 거대한 파도가 배 바로 위를 덮쳐 승강계단을 날리고 승강구 안으로 밀려 들어와 우리 배는 빈틈 하나 없이 물에 잠기고 말았다.

9장

다행히 밤이 되기 직전 우리 넷은 모두 부서진 닻감개 잔해에 몸을 단단히 동여매고 최대한 갑판 위에 납작 엎드렸다. 오로지 그 예방책 덕에 목숨을 구했다. 사실 우린 덮쳐온 육중한 파도에 거의 정신이 나갔고, 파도는 우리가 거의 기진맥진할 때까지 물러가지 않았다. 겨우 숨을 다시 쉴 수 있게 되자마자 나는 동료들을 불렀다. 대답을 한 사람은 어거스터스뿐이었다. "우린 끝났어. 하느님께서 우리 영혼에 자비를 베푸시길!" 이윽고 나머지 두 사람도 말을 할 수 있는 상황이 됐다. 그 둘은 우리에게 아직 희망이 있으니 용기를 가지라고 했다. 화물의 성격상 배가 가라앉는 것은 불가능하고, 아침이 되면 폭풍이 사라질 가능성이 농후하다는 것이다. 그 말을 듣자 새로운 기운이 솟아올랐다. 이상하게 들릴지 몰라도, 텅 빈 기름통들을 실은 배는 절대 안 가라앉는 게 당연한데도 지금까지는 너무 정신이 너무 없어서 이런 점은 전혀 생각도 못 하고 계속 우리 앞에 닥친 위기는 침몰이라고만 생각했었다. 다시 희망이 샘솟자 나는 닻 감개 잔해에 몸을 더 단단히 묶기 위해 최선을 다했고, 동료들도 곧 같은 작업을 하느라 분주해졌다. 밤은 칠흑같이 어두웠고, 우리를 에워싼 쭈뼛하게 소름 끼치는 굉음과 혼란은 도저히 말로 형언할 수 없었다. 우리 갑판은 수면과 같은 높이에 있어서, 말하자면 부글거리며 치솟아 오르는 물마루에 둘러싸인 형편이라, 시시각각 파도 일부가 우리를 휩쓸고 지나갔다. 3초 중 1초도 제대로 물 밖에 머리를 내놓지 못하고 있는 처지라고 해도 전혀 과장이 아니었다. 다들 가까이 붙어 있었지만 아무도 보이지 않았다. 아니, 사실 우리가 그렇게 맹렬한 패대기질을 당하고 있는 장소인 배 자체도 조금도 보이지 않았다. 우리는 희망을 잃지 않기 위해, 그리하여 가장 필요한 위안과 격려를 주기 위해 가끔씩 서로의 이름을 불렀다. 쇠약한 어거스터스가 모두의 걱정거리였다. 오른팔의 자상 상태로 볼 때 밧줄을 조금이라도 더 단단히 묶는 게 분명 불가능했을 상황이라 당장이라도 어거스터스가 배 밖으로 휩쓸려 나가버릴 거라고 생각했지만, 도움을 준다는 것은 전혀 불가능했다. 다행히도 어거스터스의 위치는 우리 누구보다도 더 안전했다. 왜냐하면 상반신이 부서진 닻감개 잔해 바로 밑에 놓여 있어서 파도가 덮쳐와도 그 기세가 크게 꺾였기 때문이다. (휑히 트인 곳에 몸을 묶었다가 어쩌다 그쪽으로 밀려가 처박히지 않았다면) 분명 아침이 되기 전에 죽고 말았을 것이다. 배가 그렇게 기울어져 있지 않았다면, 훨씬 더 쉽게 파도에 휩쓸려 바다에 빠지고 말았을 것이다. 앞서 말했듯이, 배가 좌현 쪽으로 기울어져 있어서 갑판의 3분의 1은 계속해서 물에 잠겨 있었다. 그래서 우현 쪽으로 때리는 파도는 뱃전에서 기세가 많이 꺾여서 바싹 엎드려 있는 우리에게 도달할 때는 이미 자잘하게 부서져 있었고, 좌현 쪽에서 치는 파도는 소위 후미진 곳에 있는 데다가 우리 자세 때문에 별 영향력도 없어서 묶여 있는 우리를 끌고 가기엔 역부족이었다.

이런 무시무시한 상황에서 우리는 동이 틀 때까지 누워 있었고, 마침내 새날이 주위의 끔찍한 실상을 완전히 드러냈다. 배는 파도가 칠 때마다 속절없이 흔들리는 통나무 조각에 불과했다. 강풍은 그 세를 더해가 완연한 태풍이 되어가고 있었고, 구조의 가능성이라고는 조금도 없어 보였다. 우리는 몸을 묶고 있는 밧줄이 버티지 못하고 끊어지는 게 아닐까, 닻감개 잔해가 뱃전으로 넘어가버리지 않을까, 주위와 위 사방에서 포효하고 있는 거대한 파도가 배를 바다 깊숙한 곳까지 끌고 들어가는 바람에 수면에 다시 떠오르기 전에 물에 빠져 죽게 되지 않을까 시시각각 마음을 졸이며 몇 시간을 말없이 버텼다. 하지만 하느님의 자비로 우린 이 임박한 위험들을 무사히 넘겼고 정오 무렵에는 기쁘게도 고마운 햇살을 맞이했다. 얼마 지나지 않아 바람의 기세가 완연히 약해지는 게 느껴졌다. 전날 밤 늦게 이후로 처음으로 어거스터스가 입을 열더니 가장 가까이 있는 피터스에게 구조될 가능성이 조금이라도 있다고 생각하느냐고 물었다. 이 질문에 처음에는 아무런 대답이 없어서 우리는 모두 그 혼혈아가 그 자리에서 물에 빠져 죽었다고 결론지었다. 하지만 다행히도 곧 다 꺼져가는 목소리이긴 했지만 그가 입을 열었다. 배 위로 밧줄을 너무 꽉 매어서 줄이 살을 파고드는 바람에 너무 아파서 어떻게든 밧줄을 자르지 않으면 죽을 지경이라며 더 이상은 이 고통을 참을 수가 없다는 것이다. 그 말에 우리는 큰 고민에 빠졌다. 파도가 그렇게 계속해서 우리를 덮치고 있는 한, 어떤 식으로든 그를 돕는다는 생각 자체가 소용없는 일이었기 때문이다. 우리는 의연히 고통을 참으라고 호소하며, 기회가 오는 즉시 도와주겠다고 약속했다. 그는 곧 이미 늦게 될 거라고, 우리가 도울 수 있는 상황이 되기 전에 모든 게 끝장나고 말 것이라고 대답하더니, 잠시 신음하다가 조용해졌다. 우리는 그가 죽었다고 결론지었다.

밤이 다가오면서 바다는 몹시 잠잠해져서 바람 불어오는 쪽에서 배 위를 휩쓸고 지나가는 파도는 5분 사이 채 한 번도 되지 않았고, 아직 세찬 강풍이 불긴 했지만 바람도 크게 약해졌다. 몇 시간 동안 다들 입을 열지 않아 나는 어거스터스를 불렀다. 그는 대답을 하긴 했지만 목소리가 너무 약해서 무슨 말을 하는지 알아들을 수가 없었다. 그러고 나서 피터스에게, 또 파커에게도 말을 걸어봤지만 둘 다 아무 대답이 없었다.

그 직후 나는 부분적 의식불명 상태에 빠졌고, 녹음이 우거진 나무들, 다 익은 곡식들이 물결치는 평원, 춤추는 소녀들의 행렬, 기병대 무리와 그 외 여러 가지 환상 같은 기분 좋은 이미지들이 내 상상 속을 스치고 지나갔다. 지금 생각해보니 내 머릿속을 지나가는 그 모든 것들에서 가장 눈에 띄는 특징은 움직임이었다. 집이나 산 같은 정적인 물체는 전혀 꿈꾸지 않았고, 풍차, 배, 커다란 새, 풍선,

말 탄 사람들, 맹렬하게 질주하는 마차, 그리고 그 비슷한 움직이는 물체들이 연속해서 끝도 없이 등장했다. 다시 정신이 들었을 때는 내가 추측할 수 있는 한 태양이 한 시간 정도는 더 높이 올라가 있었다. 나는 현재의 상황과 연결된 여러 가지 정황들을 기억하려고 안간힘을 썼고, 잠시 동안은 내가 있는 곳이 여전히 배의 선창 궤짝 근처이고 파커는 타이거라고 철석같이 믿었다.

겨우 정신을 완전히 차리고 보니, 바람은 적당한 미풍 정도로 불고 있었고 바다는 비교적 잔잔했다. 너무 잔잔해져서 파도가 선체 중앙 위에서 찰랑거릴 뿐이었다. 내 왼팔은 밧줄 밖으로 빠져나와 있었고 팔꿈치 근처가 온통 까져 있었다. 오른팔은 완전히 감각이 없었고, 손과 손목은 어깨에서 아래쪽으로 가해진 밧줄의 압박 때문에 어마어마하게 부어올라 있었다. 참을 수 없을 지경까지 바짝 허리에 동여맨 밧줄 또한 큰 고통을 안겨줬다. 동료들을 둘러보니 피터스는 아직 살아 있었지만 허리 둘레에 억지로 졸라맨 두꺼운 밧줄 때문에 거의 두 동강이라도 난 것처럼 보였다. 내가 꿈틀대자 그는 기운 없이 손을 들어 밧줄을 가리켰다. 어거스터스는 살아 있다는 기척을 전혀 보이지 않은 채 부서진 닻감개 위에 반으로 접히다시피 늘어져 있었다. 내가 움직이는 것을 본 파커가 말을 걸었다. 내가 있는 힘을 다 쥐어짜서 자기 밧줄을 풀어주면 우리가 목숨을 구할 수도 있겠지만 그렇지 않으면 모두 죽고 말 거라며, 자기를 구해줄 수 있는 힘이 있겠느냐고 물었다. 나는 용기를 내라고, 밧줄을 풀어주기 위해 노력하겠다고 말했다. 나는 바지 주머니를 더듬어 주머니칼을 쥐고 몇 번 실패한 끝에 마침내 칼을 빼는 데 성공했다. 그러고는 왼손으로 가까스로 오른손을 묶고 있는 밧줄을 자른 다음 몸을 묶고 있는 다른 밧줄들도 잘랐다. 하지만 있던 자리에서 움직이려고 하자 다리가 전혀 움직이지 않아서 일어설 수가 없었다. 오른팔도 어느 쪽으로든 움직일 수가 없었다. 파커에게 이야기하니 그는 피가 돌 수 있도록 닻감개를 왼손으로 잡고 몇 분 동안 가만히 누워 있으라고 했다. 그러고 있으니 무감각하던 느낌이 곧 사라지기 시작하면서 처음에는 한쪽 다리를, 그러고는 반대쪽 다리를 움직일 수 있었고, 바로 조금 뒤에는 오른팔을 일부 다시 쓸 수 있게 됐다. 이제 나는 일어서지 않고 조심조심 파커 쪽으로 기어갔고, 곧 그를 묶고 있던 밧줄들을 다 잘라냈다. 그리고 조금 있으니 파커 또한 사지를 조금 움직일 수 있게 됐다. 우리는 이제 지체 없이 피터스의 밧줄을 풀기 시작했다. 밧줄이 모직 바지 허리 부분과 셔츠 두 벌을 뚫고 살까지 파고든 상태여서 밧줄을 풀자 피가 철철 흘러나왔다. 하지만 밧줄을 풀자마자 피터스는 말을 했고 즉각 고통이 덜해진 것 같았다. 그는 파커나 나보다 훨씬 더 쉽게 움직일 수 있었는데, 분명 그건 피가 나왔기 때문이었다.

어거스터스는 살아 있는 기색이라곤 없어서 우리는 그가 회복할 거란 기대를 거의 버렸다. 하지만 가까이 가서 보니 상처 입은 팔에 우리가 감아준 붕대가 파도에 찢겨 쓸려가버리는 통에 피를 너무 많이 흘려서 기절한 것뿐이었다. 그를 닻감개에 묶고 있는 밧줄들 중 죽을 지경으로 단단히 매인 것은 하나도 없었다. 우린 밧줄을 풀고 닻감개 근처의 부서진 목재에서 그를 떼어낸 다음 바람 불어오는 쪽 마른자리에 머리를 더 낮게 해서 눕혀놓고 셋이서 부지런히 그의 팔다리를 문질렀다. 30분 정도가 지나자 그는 정신을 차렸지만 다음 날 아침이 되어서야 우리를 알아보는 시늉을 하고 말을 할 수 있을 정도로 기운을 차렸다. 그렇게 밧줄을 풀었을 무렵에는 벌써 꽤 어두웠고 구름이 몰려오기 시작했다. 우린 강풍이 불어올까 봐 다시 크나큰 근심에 휩싸였다. 그런 일이 생긴다면 이미 지칠 대로 지친 터라 그 무엇도 우리를 구할 수 없었을 것이다. 다행히도 밤 동안 날씨는 계속해서 매우 온화했고 파도는 시시각각 잠잠해져서 결국에는 살 수 있을 거라는 강력한 희망이 생겼다. 부드러운 미풍이 북서쪽에서 여전히 불어왔지만, 날씨는 전혀 춥지 않았다. 어거스터스는 버티기에는 아직 너무 기운이 없어서 배가 흔들려도 바다에 미끄러져 빠지는 일이 없도록 바람 부는 쪽에다 줄로 꼼꼼히 묶어놓았다. 우리는 그럴 필요가 없었다. 우린 끊어진 밧줄을 닻감개에 매어 서로를 지탱한 채 바싹 붙어 앉아 이 끔찍한 상황에서 탈출할 방법을 궁리했다. 옷을 벗어 물을 짜내자 큰 위안이 됐다. 그리고 나서 옷을 다시 입자 놀라울 정도로 따뜻하고 상쾌하게 느껴졌고 적지않게 힘이 났다. 우리는 어거스터스를 도와 옷을 벗게 한 다음 물을 짜냈고, 그러자 그도 똑같이 편해졌다.

이제 우리의 주된 고통은 허기와 갈증이었다. 이 고통을 덜 방법을 고대하게 되자 실망감에 가슴이 무너지면서 그나마 덜 무시무시한 바다의 위협에서 벗어난 게 후회됐다. 하지만 우리는 빨리 다른 배에 구조될 수 있다고 서로를 위로하려고 애쓰며 혹시나 벌어질지 모를 불운에도 굳건히 버티라고 서로 용기를 북돋웠다.

마침내 14일 아침이 밝았고, 북서쪽에서 매우 약한 미풍이 꾸준히 불어오는 맑고 쾌청한 날씨가 계속됐다. 파도는 이제 꽤 잔잔했고, 원인은 알 수 없지만 배도 전처럼 기울어지지 않아서 갑판은 비교적 마른 상태였다. 우리는 자유로이 돌아다닐 수 있었다. 이제 꼬박 사흘 밤낮 이상을 음식도 물도 없이 지낸 터라 저 아래에서 뭔가 구해볼 시도를 하지 않을 수가 없었다. 배가 완전히 물로 가득 차 있었기 때문에 뭔가 얻을 수 있으리라는 기대라곤 거의 없이 의기소침하게 일을 시작했다. 우리는 부서진 승강구에서 뽑아낸 못 몇 개를 나뭇조각 두 개에 박아서 일종의 예인망을 만들었다. 이 둘을 서로 교차시켜 묶고 밧줄 끝에 단 다음 그걸 선실에 던져놓고는, 혹시라도 음식으로서 쓸모가 있거나 적어도 음식을 얻는 데 도움이 될 수 있는 뭔가를 낚을 수 있기를 바라며 이리저리 질질 끌어당겼다. 하지만 즉각 못에 걸린 침대보 몇 개 외에는 아무것도 낚지 못하고 별 소득 없이 오전 대부분을 보냈다. 정말이지 우리가 고안한 도구는 너무 조잡해서 그보다 더한 성공은 기대할 수가 없었다.

선수루에다가도 시도해봤지만 마찬가지로 허탕을 치고 좌절에 빠지려는 순간, 피터스가 자기가 몸에 밧줄을 묶고 선실로 뛰어들어 뭔가를 가져오겠다고 제안했다. 우리는 되살아난 희망이 불러일으킬 수 있는 최대한의 기쁨으로 이 제안을 환영했다. 그는 즉시 바지만 제외하고 옷을 다 벗었고, 튼튼한 밧줄로 허리를 단단히 묶은 다음 어깨 위로도 돌려서 절대 벗겨질 수 없게 했다. 이것은 극히 어렵고 위험한 임무였다. 선실에서 많은 식량을 발견할 가능성은 거의 없었기 때문에, 그는 아래로 잠수해 내려간 다음 오른쪽으로 방향을 틀어 좁은 통로를 따라 물속에서 10~12피트는 나아가 저장실까지 갔다가 돌아와야 했다. 숨도 쉬지 않고 말이다.

모든 준비가 끝나자 피터스는 물이 턱에 닿을 때까지 승강계단을 내려가 선실로 내려갔다. 그러고는 머리부터 물속으로 뛰어들면서 오른쪽으로 방향을 틀더니 저장실 쪽으로 가려고 애썼다. 하지만 이 첫 번째 시도는 완전히 실패였다. 내려간 지 30초도 되지 않아 밧줄이 홱 잡아당겨졌다(당겨달라고 할 때 우리가 합의한 신호였다). 그래서 우린 즉시 밧줄을 당겨 올렸지만 너무 조심성 없이 당기는 바람에 그는 계단에 부딪혀 온통 멍이 들고 말았다. 그는 아무것도 가져오지 못했고, 갑판으로 떠오르는 것을 막기 위해 계속 안간힘을 쓰느라 통로 안쪽으로는 아주 조금밖에 들어가지 못했다. 바깥으로 나온 그는 완전히 탈진해서 15분은 족히 쉬고 나서야 다시 도전할 수 있었다.

두 번째 시도는 더 실패였다. 피터스가 물속에서 신호도 하지 않고 너무 오래 있자 우리는 안전이 염려되어 신호가 없는데도 끌어올렸고, 알고 보니 그는 숨이 넘어가기 일보직전이었다. 밧줄을 계속해서 당겼는데도 우리가 감지하지 못했다는 것이다. 아무래도 밧줄 어느 한 부분이 계단 아래쪽 난간에 얽혔던 것 같았다. 이 난간이 실제로 너무 방해가 되어서 계획을 계속 진행하기 전에 할 수 있다면 아예 떼어버리기로 했다. 전력을 다하는 것 외에는 어떤 방법도 없었기 때문에, 우린 다 같이 최대한 계단 아래쪽까지 내려가 힘을 모아 잡아당겼고 결국 난간을 떼어낼 수 있었다.

세 번째 시도도 앞의 두 번과 마찬가지로 실패였다. 탐색하는 동안 선실 바닥에 안정감 있게 붙어 있을 수 있도록 추 같은 것을 달지 않고 이런 식으로 해서는 아무것도 안 된다는 게 분명했다. 우리는 그런 목적에 적합할 만한 물건을 오랫동안 찾아 헤매다 마침내 거의 떨어지다시피 한 이물 쪽 닻사슬 하나를 발견하고 환호성을 질렀다. 우린 조금도 힘들이지 않고 사슬을 쉽게 떼어냈다. 피터스는 이 사슬을 한쪽 발목에 단단히 매고 네 번째로 선실로 내려갔고, 이번에는 식품조달 담당자 방문까지 가는 데 성공했다. 하지만 망연자실하게도 문이 잠겨 있어 들어가지도 못하고 돌아올 수밖에 없었다. 아무리 애를 써도 물속에서 최대 1분 이상은 있을 수 없었기 때문이다.

상황은 이제 정말로 암울해 보였다. 우리를 둘러싼 수많은 난관들과 미약한 탈출 가능성을 생각하자 어거스터스와 나는 도저히 참지 못하고 울음을 터뜨리고 말았다. 하지만 이런 약한 모습은 오래가지 않았다. 우리는 하느님 앞에 무릎을 꿇고 우리를 괴롭히는 수많은 위험들을 헤치고 나가는 데 그분께서 도와주시길 간청한 뒤, 새로운 희망과 활력을 품고 일어나 구조를 위해 우리가 더 할 수 있는 일을 생각하기 시작했다.

10장

그 직후 사건이 하나 벌어졌다. 상상도 못 했고 상상할 수도 없는 수많은 일들을 포함하여 대경실색할 사건들로 점철된 이후 길고 긴 9년 동안 벌어진 천 가지 모험들보다 더 감정이 요동친 사건이었고, 처음에는 기쁨으로 나중에는 공포로 양극단의 감정이 종잡을 수 없이 휘몰아쳤던 사건이었다. 우리는 승강계단 근처 갑판 위에 누워서 그래도 어떻게든 저장실에 들어갈 수 있는 가능성이 있을지 의논하고 있었다. 나는 내 쪽을 향해 누운 어거스터스 쪽을 바라보고 있었는데, 갑자기 친구의 얼굴이 죽은 사람처럼 창백해지고 입술이 너무나 기묘하고 설명할 수 없는 방식으로 떨리는 것이었다. 깜짝 놀라서 말을 걸었지만 아무 대답도 하지 않아서 갑자기 어디가 아픈가 하고 생각하기 시작하는 순간, 어거스터스의 눈이 눈에 들어왔다. 그 눈은 분명 내 뒤의 뭔가를 노려보고 있었다. 나는 고개를 돌렸다. 그리고 우리 쪽을 향해, 그것도 몇 마일밖에 안 떨어진 곳에서 다가오고 있는 커다란 배를 발견한 순간 내 세포 하나하나를 전율시킨 그 황홀한 기쁨은 절대 잊지 못할 것이다. 나는 갑자기 심장에 총알이라도 맞은 것처럼 벌떡 일어나 배 쪽을 향해 양팔을 뻗은 채 한마디 말도 하지 못하고 꼼짝없이 그렇게 서 있었다. 피터스와 파커도 똑같이 놀랐지만, 그 방식은 달랐다. 피터스는 포효와 저주가 뒤섞인 장광설을 내뱉으며 미친놈처럼 갑판 위를 돌아다니며 춤을 췄고, 파커는 왈칵 울음을 터뜨리더니 한참 동안 어린아이처럼 계속 울었다.

눈앞의 배는 번지르르한 싸구려 금박 이물장식을 달고 검정칠을 한 커다란 네덜란드 쌍돛대 범선이었다. 거친 풍파를 겪은 티가 완연했는데, 앞돛대의 가로돛대와 우현 난간 일부가 달아나고 없는 걸로 보아 우리를 초토화시킨 폭풍 속에서 엄청난 고생을 한 것 같았다. 처음 봤을 때 그 배는, 앞서 말했다시피 2마일 정도 떨어진 곳에서 바람 방향을 따라 우리를 향해 다가오고 있었다. 바람은 굉장히 잔잔했고, 놀랍게도 그 배는 앞돛대와 주돛 외에는 아무 돛도 달고 있지 않았다. 당연히 배는 서서히 다가올 수밖에 없었고 우리는 조바심에 거의 미칠 지경이었다. 배의 이상한 움직임 또한 기뻐 날뛰는 와중에도 모두의 눈에 띄었다. 배가 침로에서 너무 벗어난 채 흔들거리며 나아가고 있어서, 우리는 한두 번은 그 배가 우리를 봤을 리가 없다고, 아니면 우리 배를 보긴 했지만 배 위에 사람을 발견하지 못해서 선로를 바꿔 다른 방향으로 가려고 한다고 생각했다. 그럴 때마다, 그 낯선 배가 잠시 마음을 바꾸었다가 다시 우리 쪽으로 오는 것처럼 보일 때마다 우리는 목청이 터져라 고함을 질러댔다. 이런 이상한 행동이 두세 번 반복되자 마침내는 키잡이가 술에 취해 있다고밖에는 달리 생각할 도리가 없었다.

배가 반경 4분의 1마일 안에 도달할 때까지도 갑판 위에는 사람이 보이지 않았다. 그런 다음에야 세 사람이 보였는데, 복장으로 보아 네덜란드 사람들 같았다. 그중 둘은 선수루 근처 낡은 돛 위에 누워 있었고, 지대한 호기심을 가지고 우리를 쳐다보고 있는 것 같은 세 번째 사람은 기움돛대 가까운 우현 뱃머리에 기대 있었다. 굉장히 피부가 검은, 건장하고 키 큰 남자였다. 그 사람은 우리에게 조금만 참으라고 격려하는 듯이, 좀 이상하긴 하지만 쾌활하고 기운찬 태도로 고개를 끄덕이며 끊임없이 미소 짓고 있던 터라 눈부시게 하얀 이가 드러났다. 배가 더 가까이 다가오면서 그 사람이 쓰고 있던 붉은 플란넬 모자가 벗겨져 바다에 떨어졌지만 그는 거의, 혹은 전혀 알아차리지도 못한 채 계속 괴상한 미소를 지으며 손짓을 했다. 이런 것들과 정황을 자세히 적고 있는데, 꼭 알아둘 것은 내가 이 모든 것을 정확하게 보이는 그대로 기술하고 있다는 것이다.

배는 천천히, 이제는 전보다 더 안정되게 다가왔다. 이 일은 도저히 차분하게 말할 수가 없는데, 우리는 미칠 듯이 뛰는 심장을 부여잡고 온 힘을 다해 소리를 지르며 명백히 목전에 닥친 이 완전한 뜻밖의 영광된 구조에 대해 하느님께 감사드렸다. 순간 갑자기, 불현듯이 그 낯선 배에서 바다를 가로질러 어떤 냄새, 세상 어디에도 이름도, 개념도 없을 것 같은—끔찍한—완전히 숨 막히는—도저히 참을 수 없고 상상할 수도 없는 악취가 풍겨왔다. 숨을 헐떡이며 동료들을 돌아보자 다들 대리석보다 더 창백한 얼굴을 하고 있었다. 하지만 지금은 질문이나 추측을 할 여유가 없었다. 그 배는 우리에게서 50피트도 떨어지지 않은 곳에 있었고, 모양새로 보아 우리가 보트를 내리지 않고도 탈 수 있도록 우리 배 선미 아래로 밀고 들어올 계획인 것 같았다. 우리가 황급히 고물 쪽으로 달리고 있는데, 갑자기 배가 한쪽으로 크게 흔들리면서 가고 있던 항로에서 5, 6도는 완전히 벗어나 약 20피트 거리에서 우리 선미 아래쪽으로 지나갔다. 그러자 그 배의 갑판이 똑똑히 보였다. 끔찍하다는 말로는 형언할 수조차 없는 그 광경을 잊을 수가 있을까? 여자 시체 몇 구를 포함한 스물다섯 혹은 서른 구의 시체가 가장 역겨운 부패의 최후 단계 상태로 선미와 보트 사이 여기저기 흩어져 있었다. 그 저주받은 배에 살아 있는 사람이라곤 하나도 없는 게 명백했다! 하지만 우리는 그 죽은 자들에게 도와달라고 소리치지 않을 수가 없었다! 그렇다, 우리는 그 고통스러운 순간 커다랗게 오랫동안 빌었다. 그 고요한 역겨운 이미지들이 우리와 함께 있기를, 우리가 그들처럼 되도록 버리고 가지 않기를, 우리를 그 멋진 팀에 받아들여주기를 빌었다! 우린 공포와 절망에 빠져—비통한 실망의 고통으로 완전히 돌아버린 채—미친 듯이 절규했다.

우리 입에서 커다란 공포의 외침이 처음 터져 나왔을 때, 그 낯선 배의 기움돛대 근처에서 뭔가 화답 소리가 들려왔다. 그게 어찌나 사람 고함 소리와 비슷한지 섬세하기 짝이 없는 귀를 가진 사람도 깜짝 놀라서 속았을 것이다. 그 순간 또 한 번 배가 갑자기 휘청하면서 선수루의 소리의 진원지 부분이 우리 눈앞에 드러났다. 그 키 크고 건장한 남자가 여전히 선체에 기댄 채 여전히 머리를 앞뒤로 흔들고 있는 게 보였지만, 얼굴은 우리 반대쪽으로 돌리고 있어서 보이지가 않았다. 팔은 난간 위로 늘어져 있고, 손바닥은 바깥쪽을 향하고 있었다. 무릎은 기움돛대 끝에서 닻걸이까지 팽팽하게 잡아매어진 튼튼한 밧줄 위에 놓여 있었다. 셔츠 일부가 찢어져 살이 드러난 등 위에 커다란 갈매기가 앉아서 부리와 발톱을 깊이 파묻고 하얀 깃털에 온통 피를 튀긴 채 끔찍한 살점을 게걸스레 먹고 있었다. 배가 더 돌면서 그 광경이 더 자세히 보였을 때, 새는 선홍빛 머리를 아주 힘겹게 꺼내 망연자실한 듯 잠시 우리를 쳐다보더니 흥청망청 잔치를 벌이고 있던 시체에서 게으르게 일어나 응고된 간 비슷한 덩어리를 부리에 물고 우리 갑판 위로 곧장 날아와 잠시 공중에 머물렀다. 마침내 그 끔찍한 조각이 음침하게 철썩 소리를 내며 파커의 발바로 아래에 떨어졌다. 하느님께서 용서하시길. 하지만 그 순간 처음으로 머릿속에 한 가지 생각, 말할 수 없는 어떤 생각이 떠올랐고, 나는 나도 모르게 피로 물든 그 지점을 향해 한 걸음 다가갔다. 고개를 드는 순간 강렬하고 절박한 의미가 담긴 어거스터스의 눈이 내 눈과 마주쳤고, 그 즉시 나는 정신을 차렸다. 나는 재빨리 앞으로 달려가 몸을 부르르 떨면서 그 무서운 물건을 바다에 집어 던졌다.

그 덩어리의 출처인 시체는 밧줄에 몸을 의탁하고 있었기 때문에 그 육식조가 움직이는 대로 이리저리 쉽게 흔들렸던 것이고, 처음에 그가 살아 있다는 인상을 받게 된 것은 바로 그 움직임 탓이었다. 새가 떨어져 나가자 시체가 휙 돌면서 약간 쓰러지는 바람에 그 얼굴이 완전히 드러났다. 그 얼굴은 단연코 세상에서 가장 끔찍하게 무시무시한 몰골이었다. 눈은 사라지고 없었고 입 주변 살도 마찬가지여서 치아가 완전히 드러나 있었다. 바로 이것이 우리에게 희망을 갖도록 격려한 그 미소였던 것이다! 이것이 바로…… 하지만 말을 삼가겠다. 이미 말했듯이 그 배는 우리 고물 아래쪽을 지나 바람을 따라 천천히 꾸준히 나아가고 있었다. 그 배, 그리고 그 끔찍한 선원들과 함께 구조와 기쁨의 즐거운 꿈도 모두 사라져버렸다. 배가 유유히 지나갔기 때문에, 갑작스러운 실망과 그와 동반한 모골 송연한 발견으로 우리 몸과 마음의 기능이 완전히 기진맥진 상태가 되지 않았더라면 그 배에 탈 방법을 찾아냈을지도 모른다. 우리는 다 보고 느꼈으면서도, 안타깝게도 돌이킬 수 없는 시점이 될 때까지 어떤 생각도 행동도 할 수 없었다. 이 사건으로 우리 머리가 어느 정도로 속수무책이 되었는지는 다음 사실로 미루어 짐작할 수 있을 것이다. 배가 너무 멀어져서 선체의 반도 제대로 보이지 않은 시점에 헤엄쳐서 그 배를 따라잡자는 제안을 진지하게 품었던 것이다!

이때 이후로 나는 그 정체 모를 배의 운명을 둘러싼 알 수 없는 끔찍한 상황에 대해 어떤 실마리라도 얻어보려고 애썼지만 속절없었다. 건조된 방식이나 대체적 모양새로 볼 때 앞서도 말했듯이 네덜란드 상선 같았고, 선원들의 복장 또한 이 의견을 뒷받침했다. 고물에 쓰인 선명을 쉽게 볼 수도 있었고 사실 다른 관찰도 할 수 있었을 텐데, 그랬으면 그 배의 정체를 파악하는 데 길잡이가 되었을 것이다. 하지만 그 순간 격렬하게 흥분하는 바람에 그런 것들은 모조리 생각도 하지 못했다. 아직 완전히 부패하지 않은 시체들이 보이는 사프란 비슷한 색깔로 보아 우리는 선원들이 모두 황열병 아니면 어떤 무시무시한 전염병 같은 것으로 죽었다고 결론 내렸다. 만약 그렇다면(그 외에는 상상할 도리가 없다), 시체들의 위치로 판단할 때 죽음이 엄청나게 갑작스럽고 압도적으로—인류가 알고 있는 가장 치명적인 역병들의 통상적 특징과도 완전히 변별되는 방식으로—덮쳤음이 틀림없다. 사실 항해 물자에 실수로 반입된 독성 물질로 인해 그런 재난이 닥쳤을 가능성도 있다. 아니면 알려지지 않은 독성 물고기나 바다생물이나 바닷새 같은 것이 이를 야기했을 수도 있다. 하지만 모든 것이 가장 무시무시하고 알 길 없는 신비에 싸여 있고 분명 앞으로도 영원히 싸여 있을 일에 대해 추측해봤자 무슨 소용이 있겠는가.

11장

    우리는 오후 내내 멀어져가는 배를 바라보며 멍하게 축 늘어져 있다가 어둠이 내리면서 배가 보이지 않게 되자 어느 정도 정신을 차렸다. 그러자 허기와 갈증의 고통이 다시 찾아와 다른 모든 걱정 근심을 지워버렸다. 하지만 아침까지는 어떤 방도도 없었기 때문에 최대한 몸을 단단히 묶고 조금이라도 휴식을 취해보려고 애썼다. 내 경우는 기대 이상의 성공을 거둬서 나만큼 운이 좋지 못했던 동료들이 선체 안에서 물자를 가져오는 작업을 다시 시작하자고 새벽에 깨울 때까지 계속해서 잤다.

    완전한 무풍 상태의 바다는 일찍이 본 적 없을 정도로 잔잔했고, 날씨는 따뜻하고 쾌청했다. 배는 보이지 않았다. 우리는 약간의 고생 끝에 닻사슬을 하나 더 뜯어내 작업을 재개했다. 피터스가 발에 사슬 두 개를 다 감은 후 다시 저장실 문까지 가려고 시도했다. 그는 충분한 시간을 두고 도착만 할 수 있으면 문을 딸 승산이 있다고 보왔고, 배가 전보다 훨씬 더 안정적으로 있었기 때문에 희망을 품고 있었다.

그는 굉장히 재빨리 문까지 가는 데 성공했고 발목에서 사슬 하나를 푼 다음 문을 억지로 열고 들어가려고 안간힘을 썼지만 소용 없었다. 방의 골조가 예상했던 것보다 훨씬 더 견고했던 것이다. 물속에서 오래 있느라 그가 탈진하자 우리 중 누군가가 그를 대신할 수밖에 없었다. 파커가 즉각 이 일에 자원했지만 세 번의 헛된 시도 끝에 그는 문 근처까지도 가지 못하는 것으로 판명 났다. 어거스터스의 다친 팔 상태로는 혹여 문까지 간다고 해도 문을 따는 건 불가능할 테니 내려가려 해봤자 소용없었다. 따라서 이제 우리 모두를 구조할 임무는 내 노력에 맡겨졌다.

피터스가 통로에 사슬 하나를 두고 오는 바람에 물에 뛰어들고 보니 바닥에 몸을 단단히 붙잡아줄 무게가 충분치 않았다. 그래서 첫 번째 시도에서는 사슬을 회수하는 것 이상의 시도는 하지 않기로 결정했다. 사슬을 찾아 통로 바닥을 더듬으면서 가다 단단한 물체가 만져지자 확인할 시간도 없는 관계로 즉시 그 물건을 쥐고 되돌아와 당장 물 위로 올라왔다. 전리품은 병이었다. 거기 포트와인이 가득 담겨 있다고 내가 말하자 모두가 얼마나 기뻐했는지 가히 짐작할 수 있을 것이다. 우리는 이 시기적절한 응원에 대해 하느님께 감사드리며 즉시 내 주머니칼로 코르크를 따고 모두 조금씩 홀짝이며 마셨다. 와인이 불어넣어준 온기와 힘, 용기가 말할 수 없는 위안이 되었다. 그러고 나서 조심스레 코르크로 병을 다시 막은 다음 절대 깨지지 않도록 손수건으로 잘 싸두었다.

이 행운의 발견 후 나는 조금 휴식을 취한 다음 나는 다시 내려갔고 이번에는 사슬을 회수해 즉시 올라왔다. 그리고 사슬을 감고 세 번째로 내려갔지만, 아무리 갖은 노력을 해도 그 상황에서는 저장실 문을 딸 수 없다는 것을 확신하게 됐다. 나는 절망한 채 돌아왔다.

이제는 더 이상 어떤 희망도 없어 보였고, 동료들은 다들 이대로 죽기로 작정한 표정을 짓고 있었다. 그 와인이 일종의 환각 작용을 일으킨 게 분명한데, 아마도 나는 술을 마신 후 물에 들어간 덕에 환각을 느끼지 않은 것 같았다. 그들은 횡설수설하면서 우리 상황과 관련도 없는 일들에 대해 떠들어댔다. 피터스는 내게 거듭 낸터킷에 대해 질문을 해댔고, 어거스터스는 심각한 분위기로 다가오더니 머리카락이 온통 생선비늘투성이라고, 뭍에 오르기 전에 없애야겠다며 주머니 빗을 빌려달라고 청했다. 파커스는 영향이 조금 덜한 듯했고, 내게 선실 안 아무 데로나 뛰어들어 손에 잡히는 아무거나 들고 오라고 했다. 나는 이에 동의했고, 첫 시도에서 족히 1분은 잠수한 끝에 바너드 선장의 소유였던 조그만 가죽 트렁크를 가지고 올라왔다. 안에 뭔가 먹거나 마실 것이 들어 있을지도 모른다는 일말의 희망을 품고 우리는 즉시 가방을 열었다. 하지만 면도날 한 상자와 리넨 셔츠 두 벌 외에는 아무것도 없었다. 나는 다시 내려갔고 아무 소득 없이 돌아왔다. 물 밖으로 머리를 내미는데 갑판 위에서 쨍그랑 소리가 들려 올라가보자 배은망덕하게도 동료들이 내가 없는 틈을 타서 남은 와인을 마시고는 내가 보기 전에 제자리에 돌려

놓으려다가 병을 떨어뜨린 것이었다. 내가 그 무정한 행동을 질책하자 어거스터스는 울음을 터뜨렸다. 다른 두 사람은 그 일이 장난인 양 웃어넘기려 했지만, 그런 웃음은 절대 다시 보고 싶지 않다. 그 일그러진 표정은 완전히 소름 끼쳤다. 빈속에 가해진 자극이 순식간에 맹렬한 영향을 끼치는 바람에 딱 봐도 모두 거나하게 취해 있었다. 내가 갖은 고생 끝에 겨우 모두를 눕히자 다들 순식간에 거한 코골이 소리와 함께 깊은 잠에 빠져들었다.

이제 나는 배 위에 홀로 남았고, 내 머릿속에는 당연히 가장 두렵고 우울한 생각들이 가득 찼다. 눈앞에 보이는 전망이라고는 오랫동안 질질 끌며 굶어 죽거나, 최상의 경우라고 해봤자 맨 처음 닥칠 폭풍에 휘말려 죽는 것뿐이었다. 지금처럼 탈진한 상태에서는 또 한 번의 폭풍을 이겨낼 희망이라곤 없었다.

쓰라린 허기는 거의 견딜 수 없을 지경이어서 그걸 달래기 위해서는 무슨 짓이라도 할 수 있을 것만 같았다. 칼로 가죽 트렁크를 조금 잘라 먹어보려 했지만 한 조각도 삼킬 수가 없었다. 그래도 조그만 조각들을 씹다가 뱉으니 고통은 조금 덜해지는 것 같았다. 밤이 될 무렵 동료들이 하나하나 깨어났는데, 취기는 사라졌지만 와인의 영향으로 형언할 수 없이 쇠약하고 끔찍한 상태였다. 모두 독한 학질에라도 걸린 듯이 온몸을 덜덜 떨며 처량하기 짝이 없게 물 좀 달라고 외쳐댔다. 그 모습에 나는 크게 동요했지만, 동시에 그렇게 와인을 퍼마시지 않을 수 있었던, 그래서 그 우울하고 괴로운 감각들을 겪지 않게 해준 일련의 운 좋은 상황들에 감사한 마음도 들었다. 하지만 동료들의 행동은 대단히 불안하고 공포스러웠다. 적절한 변화가 일어나지 않으면 우리 공동의 안전을 도모하는 데 어떤 도움도 줄 수 없을 게 뻔했기 때문이다. 아직 아래에서 뭔가 가지고 올 수 있다는 생각을 포기하지 않고 있었지만, 누구 한 사람이 충분히 정신을 차려서 내가 내려간 사이 밧줄 끝을 잡아줄 수 있을 때까지는 작업을 재개할 수 없었다. 파커가 다른 사람들보다는 조금 더 제정신으로 보여서 나는 할 수 있는 모든 방법을 동원해 깨우려고 애썼다. 바닷물에 빠뜨리면 괜찮은 효과가 날 수도 있을 것 같다는 생각에 나는 밧줄 끝을 파커의 몸에 묶은 다음 승강계단으로 데려가 물에 밀어 넣었다가 즉시 끌어올렸다(그러는 내내 파커는 고분고분했다). 이 실험은 자축할 만했다. 그는 꽤나 정신이 들고 기운이 난 듯 보였고, 물 밖에 나오자 이성적인 태도로 자기한테 왜 그랬냐고 물었다. 내 목적을 설명하자 그는 덕분에 물에 들어갔다 나오니 훨씬 나아졌다고 하면서 우리 상황에 대해 분별 있는 대화를 나눴다. 우리는 어거스터스와 피터스에게도 같은 처방을 쓰기로 하고 즉시 실행했다. 두 사람도 그 충격으로 상태가 많이 좋아졌다. 깜짝 입수는 어떤 의학서에서 알코올 진전섬망을 겪는 환자의 경우 샤워가 효과 있다는 것을 읽은 데서 떠올린 아이디어였다.

이제 동료들이 밧줄 끝을 잡아줄 수 있겠다고 생각한 나는 날이 꽤 어두워진 데다 북쪽에서 밀려오는 조용하지만 커다란 너울 때문에 선체가 좀 흔들리는데도 불구하고 선실 안으로 다시 서너 번 더 뛰어들었다. 몇 번의 시도 끝에 칼집 달린 칼 두 개와 비어 있는 3갤런들이 주전자, 담요 하나를 가져왔지만 먹을 만한 것은 하나도 없었다. 이 물건들을 가져온 후에도 완전히 탈진할 때까지 계속 애썼지만 그 외에는 아무것도 건지지 못했다. 밤 동안 파커와 피터스가 교대로 같은 작업을 했지만 아무것도 얻지 못하자, 우린 헛되게 기운만 쓰고 있다고 결론짓고 절망에 빠져 작업을 포기했다.

남은 밤은 상상할 수조차 없는 극심한 정신적, 육체적 고통 속에서 보냈다. 마침내 16일째 아침이 밝았고, 간절하게 수평선을 둘러보며 구조의 손길을 찾았지만 아무 소용이 없었다. 바다는 어제처럼 북쪽에서 커다란 너울이 밀려올 뿐 여전히 잔잔했다. 포트와인을 제외하고 음식이나 마실거리를 맛본 지가 엿새째였고, 뭔가 구하지 못한다면 얼마 더 버티지 못한다는 게 명백했다. 나는 피터스와 어거스터스처럼 바싹 마른 사람들을 전에도 본 적 없고 앞으로도 다시는 보고 싶지 않다. 그 둘을 지금 상태로 육지에서 만났다면 전에 본 적 있는 사람이라고는 조금도 생각하지 못했을 것이다. 두 사람의 얼굴은 완전히 변해서 불과 며칠 전에 함께 있었던 사람들과 같은 사람들이라고는 정말이지 믿을 수가 없었다. 파커는 처량하게 마르고 가슴에서 머리를 들지도 못할 정도로 쇠약하긴 해도 나머지 두 사람처럼 심한 상태는 아니었다. 그는 엄청난 참을성을 발휘해 어떤 불평도 하지 않았고 생각할 수 있는 갖가지 방식으로 우리에게 희망을 불어넣어주려고 애썼다. 내 경우에는 비록 항해 초기에 건강이 좋지 않았고 늘 허약한 체질이기는 했지만, 다른 사람들보다는 상황이 나아서 몸도 훨씬 덜 말랐고 놀랄 만큼 제정신을 유지하고 있었다. 반면 나머지 동료들은 지력이 완전히 땅바닥을 치면서 제2의 유아기라도 온 것처럼 바보 같은 미소를 지으며 선웃음을 쳤고 얼토당토않은 뻔한 소리들을 늘어놓았다. 하지만 가끔은 돌연 자기 처지를 자각하기라도 한 듯이 갑자기 제정신이 들어 보였고, 그럴 때면 순간적으로 기운이 치솟아 벌떡 일어나서는 극도의 절망에 빠져 있기는 해도 잠시 동안 완전히 이성적인 태도로 앞으로의 전망에 대해 이야기하곤 했다. 하지만 내 동료들도 내가 내 상태를 판단한 것처럼 자신들의 상태를 판단했을 수도 있고, 나도 나 자신도 모르게 그들처럼 터무니없고 저능한 짓들을 저질렀을지도 모른다. 이건 알 수 없는 일이다.

정오경 파커가 좌현 쪽에서 육지를 보았다고 주장하면서 그 육지를 향해 헤엄쳐 가겠다고 바다에 뛰어들려는 통에 막느라 얼마나 힘이 들었는지 모른다. 피터스와 어거스터스는 그의 말에는 신경도 쓰지 않고 우울한 생각에 잠겨 있었다. 가리킨 방향을 쳐다봐도 육지 비슷한 것은 조금도 보이지 않았다. 사실 그런 희망을 품기에는 우리가 어느 곳에서도 너무 멀리 있다는 것을 나는 너무 잘 알고 있었다. 그럼에도 파커는 한참 동안이나 그 실수를 납득하지 못했다. 그러다가 왈칵 울음을 터뜨리더니 커다랗게 소리 지르고 흐느끼며 두세 시간을 아이처럼 울다가 완전히 탈진해서 잠이 들었다.

이제 피터스와 어거스터스가 가죽 조각들을 삼켜보려고 몇 번 시도했지만 불가능했다. 나는 씹다가 뱉어보라고 충고했으나 그들은 내 충고를 따르기에는 너무도 쇠약해져 있었다. 나는 계속해서 간간이 가죽 조각들을 씹었고 거기서 약간의 위안을 얻었다. 가장 큰 괴로움은 물을 마시고 싶은 것이었다. 그나마 바닷물을 마시지 않은 것은 오로지 우리와 비슷한 처지에 있었던 사람들이 어떤 끔찍한 결과를 겪었는지를 기억했기 때문이다.

이런 식으로 시간이 흘러가던 중 우리 배 좌현 뱃머리 동쪽에서 갑자기 돛이 보였다. 커다란 배 같았고, 12~15마일 정도 떨어진 거리에서 거의 우리 항로를 가로질러 오고 있었다. 동료들은 아직 아무도 배를 보지 못했고, 나는 또다시 구조에 절망하게 될까 봐 당분간은 배에 대해 말하지 않았다. 마침내 배가 더 가까워지자 가벼운 돛을 세운 채 곧장 우리를 향해 오고 있는 게 똑똑히 보였다. 이제 더이상은 참을 수가 없어서 함께 고통 받고 있는 동료들에게 그 배를 가리켰다. 그들은 즉시 벌떡 일어나 저능아처럼 울고 웃고 갑판 위를 뛰고 발을 구르고 머리를 쥐어뜯고 기도하고 욕을 해대며 또다시 기쁨의 광란을 벌였다. 이제는 구조 가능성이 확실해 보이는 데다가 동료들의 행동에 영향 받은 나머지 나도 참지 못하고 그 광란에 동참해 갑판 위에 누워 뒹굴고 손뼉을 치고 고함지르는 등 비슷한 행동을 했다. 그러다가 그 배가 고물을 우리 쪽으로 내보이며 처음에 봤던 방향과 거의 정반대로 움직이고 있는 것을 알아차리고는 갑자기 정신이 번쩍 들면서 다시 한 번 극도의 비참함과 절망이 찾아왔다.

이런 슬픈 반전이 실제로 일어났다는 것을 가엾은 동료들에게 납득시키는 데는 오랜 시간이 걸렸다. 내 주장에 동료들은 모두 눈을 빤히 뜨고 쳐다보며 그런 거짓에 속지 않겠다는 자세로 응대했다. 가장 괴로운 것은 어거스터스의 행동이었다. 그게 아니라고 아무리 말해도 그는 배가 급속도로 우리를 향해 오고 있다며 탈 준비를 해야 한다고 우기는 것이었다. 근처에 떠다니는 해조를 그 배의 보트라고 주장하면서 너무도 불쌍하게 울부짖고 악을 쓰며 그 위로 몸을 던지려고 애를 쓰는 통에 바다에 뛰어들지 못하도록 억지로 막아야만 했다.

어느 정도 진정되자 우리는 계속해서 그 배를 지켜보았고 마침내 배는 시야에서 사라져버렸다. 가벼운 바람이 불어오면서 안개가 끼기 시작했다. 배가 완전히 사라지자마자 파커가 갑자기 무시무시한 표정을 하고 나를 돌아보았다. 지금까지 보지 못한 냉정한 분위기가 풍겼다. 그가 입을 열기도 전에 나는 무슨 말이 나올지 본능적으로 알았다. 그는 거두절미하고 다른 사람들이 살기 위해서는 우리 중 하나가 죽어야 한다고 제안했다.

12장

나는 이미 얼마 전부터 우리가 이 최후의 끔찍한 극단적 지경까지 내몰릴 가능성에 대해 생각했었고, 그런 짓을 하느니 어떤 식이로든 어떤 상황에서건 차라리 죽는 게 낫다고 속으로 마음먹은 바 있었다. 이 결심은 현재의 고통스러운 기아 상황에서도 조금도 흔들리지 않았다. 피터스도 어거스터스도 그 제안은 듣지 못했다. 그래서 나는 파커를 옆으로 데려갔다. 그가 품고 있는 그 끔찍한 목적을 단념시킬 힘을 달라고 속으로 하느님께 기도하며 나는 오랜 시간 정말이지 간곡하게 타일렀다. 그런 생각은 버리라고, 다른 두 사람들에게는 이야기도 하지 말라며 그가 신성하게 여기는 모든 것들을 들이대고 이런 극단적 경우에 해당되는 온갖 주장들을 들먹이며 애원하고 설득했다.

그가 어떤 주장에도 반박하지 않고 내 말을 다 듣길래 나는 내 바람대로 설득될 것 같다는 희망을 품기 시작했다. 하지만 내가 말을 마치자 그는 내 말이 다 맞다고, 그런 수단을 택하는 것은 사람이 생각할 수 있는 가장 끔찍한 대안이라는 것을 잘 알고 있다고 말했다. 하지만 이제는 인간의 본성이 버틸 수 있는 한도까지 버텼다고, 하나만 죽으면 나머지 사람들이 결국 살 가능성도 있는데, 심지어 그럴 공산이 큰데 모두 다 죽을 필요는 없다면서, 이 결심은 그 배가 나타나기도 전에 이미 굳게 했고 배가 나타나는 바람에 좀 더 일찍 말하지 못한 것뿐이니 괜히 마음 돌리려고 헛수고하지 말라고 덧붙였다.

이제 설득으로 그의 계획을 포기하게 만들 수 없을 것 같아 나는 적어도 어떤 배가 우리를 구조하러 올 수도 있으니 다음 날로 미루게라도 하려고 애원하기 시작했다. 그의 거친 성정에 영향을 미칠 수 있을 것 같은, 생각할 수 있는 온갖 주장들을 또다시 되풀이하며 애원했다. 하지만 그는 정말 최후의 순간이 되어서야 말한 거라고, 어떤 음식이든 먹지 않고는 더 이상은 버틸 수 없다고, 그러니 하루 더 기다리는 것은 적어도 그 자신에게 있어서는 이미 너무 늦은 제안이라고 대답했다.

곱게 말해서는 어떤 소리를 해도 꿈쩍하지 않으리라는 걸 깨닫고 이제 나는 태도를 바꾸어 이런 것들은 알고 있어야 할 것이라고 말했다. 내가 다른 누구보다 이 재난 상황에서 고초를 덜 겪었다는 것, 따라서 내 건강과 힘은 그 순간 그보다, 아니 피터스나 어거스터스보다 훨씬 더 낫다는 것, 즉 간단히 말해서 필요하다면 완력으로 내 의지를 관철시킬 수 있는 상태라는 것, 그러니 그가 다른 사람들에게 어떤 식으로든 그 잔인한 식인 계획을 알린다면 주저 않고 바다에 밀어버리겠다는 것을 알렸다. 그 말을 듣자마자 그는 내 목을 틀어쥐더니 칼을 꺼내 배를 찌르려고 몇 번 휘둘렀지만 실패했다. 이 잔악한 행동은 오로지 그가 극도로 쇠약한 상태였기 때문에 무위로 끝날 수 있었다. 그러는 사이 화가 머리끝까지 치솟은 나는 그를 배 밖으로 던져버리겠다는 결심을 단단히 하고 배 옆구리로 밀어붙였다. 하지만 피터스가 싸우는 이유가 뭐냐고 물으며 다가와 우리 둘을 떼어놓으며 간섭하는 바람에 그는 목숨을 부지했다. 그 질문에 파커는 내가 뭐라고 손쓸 틈도 없이 대답해버렸다.

그 말의 효과는 내가 생각한 것보다 훨씬 더 끔찍했다. 그런 생각을 처음 말로 꺼낸 사람이 파커였을 뿐, 어거스터스와 피터스도 오랫동안 같은 끔찍한 생각을 남몰래 품고 있었던 것이다. 두 사람은 그 계획에 찬동하면서 즉시 실행에 옮기자고 주장했다. 나는 적어도 둘 중 하나는 내 편에 서서 그런 무시무시한 계획을 실행하려는 시도에 맞설 정도로는 제정신을 유지하고 있을 줄 알았고, 그 한 사람의 도움을 받으면 그 계획을 무산시킬 수 있다고 확신하고 있었다. 그 기대가 좌절되고 나자 나도 내 안전을 도모하는 게 급선무가 되었다. 더 이상 반대했다가는 이내 벌어질 비극 속에서 제정신이 아닌 이 사람들이 내게 정당한 기회를 허용하지 않을 충분한 핑계가 될 수도 있었기 때문이다.

나는 그들에게 나도 그 제안에 기꺼이 동참하겠다고 하면서 단지 한 시간만 연기해달라고, 그사이에 우리를 에워싸고 있는 안개가 걷힐 수도 있고, 그러면 아까 보았던 배가 다시 나타날 수도 있지 않겠냐고 청했다. 간신히 그 정도는 기다려주겠다는 약속을 받았다. 그리고 (미풍이 급속히 불어오고 있었기 때문에) 예상했던 대로 한 시간이 다 가기 전에 안개가 걷혔지만, 눈앞에는 아무런 배도 보이지 않았고 우리는 제비를 뽑을 준비를 했다.

이후 벌어진 섬뜩한 광경은 정말이지 돌이켜 생각하고 싶지 않다. 그 광경, 그 세세한 정황들은 그 이후 어떤 사건들이 벌어져도 내 기억에서 조금도 지워지지 않았고, 앞으로 살아갈 모든 순간에 그 괴로운 기억의 쓰라림이 함께할 것이다. 내 모험담 중 이 부분은 이야기가 허용하는 한 최대한 빨리 지나가도록 하겠다. 모두가 한 번씩 해야 할 그 끔찍한 제비뽑기용으로 생각할 수 있는 방법이라고는 지푸라기 뽑기밖에 없었다. 목적에 맞게 조그만 나뭇조각 파편들을 준비했고, 내가 그것들을 쥐고 있기로 했다. 나는 배 한쪽 구석으로 물러났고, 동료들은 등을 내 쪽으로 돌린 채 말없이 반대쪽 구석에 자리를 잡았다. 이 공포의 드라마가 벌어지는 동안 가장 미칠 듯이 불안했던 순간이 이 조각들을 정리하고 있을 때였다. 사람이 자기 목숨을 부지하는 데 별다른 관심을 갖지 않을 상황이라는 것이 거의 존재하지 않는 데다가, 목숨이 걸려 있는 조건이 허술하다 보니 그 관심은 순간적으로 더 커졌다. 하지만 고요하고 명확하고 엄혹한 작업을 하고 있으려니 이 무시무시한 죽음—가장 무시무시한 목적을 위한 죽음—을 모면할 가능성이 거의 없다는 생각이 들었고, 그러자 오랫동안 나를 지탱해주었던 힘이 바람 앞의 깃털처럼 남김없이 빠져나가고 절망적이고 비참한 공포가 거침없이 나를 집어삼켰다. 처음에는 쪼개진 나뭇조각들을 찢어서 간추릴 기운조차 나지 않았다. 손가락은 전혀 말을 듣지 않고 무릎은 사정없이 서로 부딪쳤다. 마음속에선 이 끔찍한 투기의 공모자가 되지 않을 수 있는 천 가지 얼토당토않은 계획들이 다급하게 오갔다. 동료들에게 무릎을 꿇고 이 상황을 피하게 해달라고 빌어볼까, 갑자기 달려들어 하나를 죽여버려서 제비뽑기로 결정 내리는 걸 소용없게 만들어버릴까도 생각했다. 간단히 말해서, 지금 손에 들고 있는 것을 시행하는 것을 제외한 온갖 방법을 다 생각해봤다. 이렇게 천치같이 굴며 오랜 시간을 낭비하다가, 이 끔찍한 불안에서 당장 해방시켜달라고 다그치는 파커의 목소리에 마침내 나는 다시 정신이 들었다. 하지만 그때조차도 나는 나뭇조각들을 제자리에 갖다 놓지 못하고 누구 하나를 속여서 가장 짧은 조각을 뽑게 만들 수 있는 술책이 없을지 갖은 궁리를 다했다. 내 손에 있는 네 개의 조각 중 가장 짧은 것을 뽑는 사람이 나머지를 살리기 위해 죽기로 합의를 보았기 때문이다. 이 무정한 결정에 대해 누군가 나를 비난한다면, 그전에 나와 똑같은 상황에 처해보게 해야 한다.

결국 더 이상 미룰 수가 없는 상황이 되자 나는 거의 폭발하려는 심장을 부여잡고 동료들이 기다리고 있는 선수루으로 걸어갔다. 나뭇조각을 쥐고 있는 손을 내밀자 피터스가 곧장 하나를 뽑았다. 면제였다. 뽑은 것은 적어도 가장 짧은 것이 아니었고, 이제 내가 살 가능성은 하나 더 줄어들었다. 나는 억지로 기운을 그러모으며 어거스터스에게 제비를 내밀었다. 그도 주저 없이 뽑았고, 또 면제였다. 이제 내가 죽든 살든 가능성은 정확히 똑같았다. 그 순간 호랑이 같은 잔악함이 가슴속을 채우며 가엾은 동료 파커에게 강렬하고도 악마적인 증오심이 치솟았다. 하지만 그 감정은 오래가지 않았다. 결국 나는 발작하듯 몸을 부르르 떨며 눈을 감은 채 남은 두 조각을 파커 쪽으로 내밀었다. 그는 5분은 족히 지나고서야 뽑을 결심을 했고, 가슴이 터질 것처럼 조마조마했던 그 시간 동안 나는 한 번도 눈을 뜨지 않았다. 곧 두 조각 중 하나가 재빨리 내 손에서 빠져나갔다. 결정은 끝났지만, 그게 내가 사는 쪽인지 죽는 쪽인지는 알 수가 없었다. 누구도 입을 열지 않았고, 나는 감히 내 손에 쥐고 있는 조각을 확인해볼 엄두가 나지 않았다. 결국 피터스가 손을 잡는 바람에 나는 할 수 없이 고개를 들었고, 파커의 표정으로 내가 살았고 죽을 운명에 처해진 것은 파커라는 것을 금세 알았다. 나는 가쁜 숨을 몰아쉬며 의식을 잃고 갑판에 쓰러졌다.

　의식을 회복했을 때는 자신의 죽음을 자초한 자의 비극이 정점을 향해 치닫고 있었다. 그는 어떤 저항도 하지 않았고, 피터스가 뒤에서 칼로 찌르자 곧장 죽어 넘어졌다. 그 즉시 벌어진 공포의 식사 이야기는 정말이지 하고 싶지 않다. 그런 일은 상상은 가능할지 몰라도, 말에는 그 형언할 수 없는 공포의 진실을 생생하게 전달할 힘이 없다. 그저 희생자의 피로 미칠 듯이 날뛰던 갈증을 어느 정도 달래고 만장일치로 손과 발, 머리를 떼어내 창자와 함께 바다에 버린 다음 결코 잊지 못할 나흘—그달 17일, 18일, 19일, 20일—동안 나머지

부분을 조각조각 해치웠다고 말하는 것만으로도 충분하다.

19일. 15분에서 20분 정도 소낙비가 내려 폭풍 직후 선실에서 건져 올린 침대보를 이용하여 빗물을 좀 받아냈다. 받은 양은 다 합쳐도 반 갤런도 되지 않았지만, 이 부족한 양만으로도 비교적 힘과 희망이 생겼다.

21일. 다시 아무것도 없는 처지가 됐다. 날씨는 여전히 따뜻하고 청명했고 이따금씩 안개가 끼고 주로 북쪽에서 서쪽으로 가벼운 미풍이 불었다.

22일. 우리의 비참한 처지를 놓고 우울하게 이야기를 나누며 옹기종기 앉아 있는데 갑자기 머릿속에 한 줄기 희망의 빛이 스쳤다. 앞돛대를 자를 때 바람받이 쪽에 있던 피터스가 도끼 하나를 건네주면서 가능하면 안전한 곳에 챙겨두라고 했는데, 거대한 마지막 파도가 배를 덮쳐 배에 물이 들어차기 몇 분 전 이 도끼를 선수루로 가져가 좌현 선원실에 두었던 게 생각난 것이다. 도끼를 가져오면 저장실 위 갑판을 자르고 들어가 쉽사리 저장품을 꺼내 올 수 있을 거라는 생각이 들었다.

동료들에게 계획을 말하자 그들은 힘없이 기쁨의 환성을 질렀고, 다들 당장 선수루로 갔다. 이쪽으로 내려가는 것은 선실 쪽보다 입구가 훨씬 좁았기 때문에 더 힘들었다. 알겠지만, 선실 비바람막이 뚜껑 주변 골조는 모두 떼어낸 반면 선수루 쪽은 평방 3피트 정도에 불과한 단순한 뚜껑이어서 고스란히 그대로 남아 있었기 때문이다. 하지만 나는 주저하지 않고 내려갈 준비를 해 전처럼 몸에 밧줄을 동여맨 다음 발부터 과감하게 뛰어들어 재빨리 선원실까지 갔고 바로 첫 번째 시도에서 도끼를 가져왔다. 다들 열광적인 기쁨과 승리의 환성으로 이를 맞이했고, 이 수월한 성공을 결국 우리가 살 수 있을 것이라는 길조로 여겼다.

이제 우리는 되살아난 희망에 의기충전해서 갑판을 자르기 시작했다. 어거스터스는 다친 팔 때문에 조금도 도울 수가 없어서 피터스와 내가 교대로 도끼를 잡았다. 둘 다 여전히 너무 기운이 없는 상태라 기대지 않고는 서 있기도 힘들었고 휴식 없이는 1~2분 정도밖에 일을 못 했기 때문에 임무 완수, 즉 저장실로 자유롭게 들어갈 수 있을 만큼 커다란 구멍을 만드는 데는 오랜 시간이 걸릴 거라는 게 곧 분명해졌다. 하지만 우리는 그런 전망에 낙담하지 않았고 달빛을 받으며 밤새도록 일한 끝에 23일 아침 동이 틀 무렵 목적을 달성하는 데 성공했다.

이번에는 피터스가 자원해서 내려갔다. 그는 전처럼 모든 준비를 마친 후 내려갔고 곧 조그만 병 하나를 가지고 올라왔는데, 기쁘게도 올리브가 가득 들어 있었다. 우리는 이 올리브를 함께 게걸스럽게 먹어치운 다음 다시 그를 내려 보냈다. 이번에는 기대 이상의 커다란 성공을 거둬 금세 커다란 햄과 마데이라 와인 한 병을 가지고 올라왔다. 멋대로 들이켰을 때 어떤 치명적인 결과가 생기는지 경험을 통해 배운 터라 우리는 와인을 조금씩 홀짝거리며 맛봤다. 햄은 소금물에 완전히 엉망이 되어서 뼈 근처 2파운드 정도를 제외하고는 먹을 만한 상태가 아니었다. 우리는 멀쩡한 부분을 나눴다. 피터스와 어거스터스는 식욕을 절제하지 못하고 즉시 자기 몫을 집어 삼켜버렸지만, 나는 신중하게 내 몫 중 조금만 먹었다. 뒤이어 찾아올 갈증이 두려웠기 때문이다. 그러고는 참을 수 없이 고된 노동으로부터 잠시 휴식을 취했다.

정오 무렵 약간 기운을 차린 우리는 다시 식료품을 가져오는 작업을 시작해 피터스와 내가 번갈아 내려갔고 해가 질 때까지 매번 소소한 성공을 거뒀다. 이번에는 운 좋게도 조그만 올리브 네 병, 햄 한 덩어리, 고급 케이프마데이라 와인이 거의 3갤런이나 들어 있는 대형 유리병을 가져왔다. 더 기뻤던 것은 갈리파고 종의 조그만 거북 하나를 발견한 것이었다. 그램퍼스 호가 출항할 때 바너드 선장이 방금 태평양에서 바다표범잡이를 마치고 돌아온 세로돛 범선 메리 피츠 호에서 몇 마리 받아 배에 실었던 거북이었다.

앞으로 이어질 이야기에서 자주 이 거북을 언급하게 될 것이다. 이 이야기의 독자들 대부분이 알고 있겠지만, 이 거북은 주로 갈리파고스라는 제도에서 발견되며, 사실 제도 이름 자체가 이 동물의 이름에서 온 것이다. 스페인어로 갈리파고가 민물 테라핀[11]을 의미하기 때문이다. 이들은 특이한 모양과 행동으로 때로는 코끼리거북이라고도 불리며 종종 어마어마하게 거대한 놈이 발견되기도 한다. 800파운드 넘는 거북을 봤다는 선원들 이야기는 들은 바 없지만, 나는 1200에서 1500파운드 정도 나가는 놈들을 내 눈으로 직접 몇

11   북미 민물에 사는 거북.

마리 본 적 있다. 생김새는 특이하고 심지어 혐오스럽다. 걸음은 몹시 느리고 신중하고 둔중하며, 몸은 땅바닥에서 1피트 정도 떠 있다. 목은 길고 극도로 가늘며 길이는 보통 18인치에서 2피트 정도이다. 한 마리를 죽인 적 있는데, 어깨에서 머리끝까지의 길이가 3피트 10인치나 됐다. 머리는 뱀과 놀랄 만큼 흡사하다. 이들은 먹이 없이도 거의 믿을 수 없을 정도로 오랫동안 생존할 수 있다. 알려진 일화들에 따르면, 배 선창에 던져놓고 2년 동안 아무 먹이도 주지 않았는데도 2년이 지난 후 보니 처음 들어갔을 때처럼 통통하고 어느 모로 봐도 멀쩡한 상태였다고 한다. 이 독특한 동물이 가진 한 가지 특징은 단봉낙타, 즉 사막낙타와 유사하다는 것이다. 이들은 목 아래쪽 주머니에 늘 물을 채우고 다닌다. 몇몇 경우에는 1년 동안 어떤 음식도 안 준 다음 죽였는데도 완벽하게 달콤하고 신선한 물이 3갤런이나 주머니 안에서 발견되었다고 한다. 먹이는 주로 야생파슬리와 셀러리, 그리고 쇠비름, 해초, 선인장인데, 후자를 먹이로 해서 잘 번성한다. 거북이 발견되는 해안가 어디서든 근처 언덕에는 이 식물들이 보통 다량 발견된다. 이 거북들은 탁월하고 매우 영양가 있는 먹이로, 태평양에서 포경 등의 업무에 종사하는 수천 명 선원들의 목숨을 구해준 수단이 되어왔다.

우리가 운 좋게 저장실에서 가져온 거북은 크지는 않아서 무게가 약 65~70파운드 정도 됐다. 암놈이고 상태가 굉장히 좋아서 몹시 통통했고 주머니 안에 맑고 달콤한 물이 1쿼트 들어 있었다. 정말이지 보물 같은 물건이었다. 우리는 하나같이 무릎을 꿇고 그런 적절한 구조의 손길을 내려주신 하느님께 열렬한 감사를 드렸다.

거북이 격렬하게 발버둥을 치는 데다 힘이 장사여서 구멍으로 꺼내 올리느라 아주 고생을 했다. 녀석이 피터스의 손에서 막 벗어나 물속으로 다시 들어가려는 순간 어거스터스가 풀매듭이 된 밧줄을 목에 던져 녀석을 붙잡았고, 마침내 내가 피터스 옆으로 뛰어 들어가 함께 밀어 올렸다.

우리는 선실에서 건져 올린 주전자에 주머니의 물을 조심조심 따랐다. 그런 다음 병 주둥이를 자르고 코르크를 써서 4분의 1파인트 정도 들어가는 일종의 잔을 만들었다. 그리고 각자 그 잔을 꽉 채워 마시고는 이 물이 남아 있는 동안은 하루에 이만큼씩만 마시기로 결정했다.

지난 2~3일 동안은 날씨가 건조하고 쾌청했다. 덕분에 우리 옷뿐만 아니라 선실에서 구해 온 침구까지 보송보송하게 말라서 그날 밤은 조금의 와인과 함께 올리브와 햄으로 풍족한 저녁을 먹은 다음 고요히 휴식을 취하며 비교적 편안하게 보냈다. 밤사이 바람이 일어날 경우 우리 물건들이 바다에 빠지지 않도록 부서진 닻감개에 밧줄로 최대한 꽁꽁 매어두었다. 거북은 최대한 산 채로 보존하려고 노심초사하면서 뒤집어서 꼼꼼하게 매어두었다.

13장

7월 24일. 오늘 아침에는 다들 기분이 좋고 기운이 새로 샘솟았다. 육지에서 아주 멀다는 것만 확실할 뿐 현재 위치도 제대로 모른 채, 최대한 신경을 써도 2주 정도밖에 버티지 못할 식량에 물도 거의 없이 바람이 불고 파도가 치는 대로 난파선 조각에 의탁하고 있는 위험천만한 처지인데도, 바로 얼마 전 무한히 더 끔찍한 고통과 위험에서 천우신조로 벗어나고 보니 지금의 고통은 평범하게만 느껴졌다. 행운이건 불운이건 이렇게나 상대적인 것이다.

동틀 녘 다시 저장실에서 물건을 건져 올리는 작업을 하려고 준비하고 있는데 번개와 함께 소나기가 몰려와서 전에 사용했던 침대보로 빗물을 받는 데 집중했다. 침대보 한가운데 닻사슬판 하나를 놓고 이불을 좍 펼쳐 잡는 것이 빗물을 받는 유일한 수단이었다. 그렇게 해서 가운데로 모인 물을 우리 주전자에 따르는 것이다. 이런 식으로 주전자를 거의 채워가는데 북쪽에서 강한 스콜이 몰려와 선체가 또다시 격렬하게 흔들리는 통에 서 있기도 힘들어져 작업을 중단하는 수밖에 없었다. 이제 우리는 앞쪽으로 가 전처럼 닻감개 잔해에 몸을 단단히 묶은 다음 그런 상황에서 상상할 수 있는 혹은 기대할 수 있는 것보다 훨씬 더 침착한 태도로 스콜을 기다렸다. 정오가 되자 바람은 돛 두 개 급으로 강해졌고 밤이 되자 육중한 너울을 동반한 강풍으로 변했다. 하지만 우리는 경험을 통해 배운 대로 밧줄로 최대한 몸을 잘 동여맸고, 쉴 새 없이 파도에 몸이 흠뻑 젖고 파도에 휩쓸려 나갈까 봐 순간순간 두려움에 떨면서도 이 황량한 밤을 그럭저럭 안전하게 버텨냈다. 다행히 날씨는 굉장히 따뜻해서 물이 오히려 고맙게 느껴졌다.

7월 25일. 오늘 아침 강풍은 겨우 10노트로 약해졌고, 바다도 그와 함께 몹시 잔잔해져서 갑판 위에서 몸을 말릴 수 있었다. 하지만 슬프게도 꼼꼼하게 매어뒀는데도 불구하고 올리브 두 병과 햄 전체가 파도에 휩쓸려 사라져버렸다. 아직은 거북을 죽이지 않기로 하고 올리브 몇 개와 계량한 물을 와인과 반반씩 섞어 아침으로 먹었다. 이렇게 섞어 마시자 포트를 마신 후의 괴로운 숙취는 없이 갈증도 달래고 기운도 생겼다. 바다는 저장실에서 식료품을 다시 가져오기에는 여전히 너무 거칠었다. 낮 동안 지금 상황에서는 아무런 쓸모도 없는 몇몇 물건들이 구멍을 통해 떠올랐다가 금세 파도에 휩쓸려 사라졌다. 또 배는 전보다 더 옆으로 기울어 이제는 몸을 묶지 않고는 한순간도 서 있을 수 없었다. 그런 이유로 우리는 우울하고 불편한 하루를 보냈다. 정오가 되자 태양이 거의 수직 위치에 있기에, 오랫동안 계속된 북풍과 북서풍에 떠밀려 우리가 거의 적도 근처에 와 있다고 확신했다. 밤이 될 무렵 상어 몇 마리가 나타났는데 엄청나게 거대한 놈이 대담하게 다가오는 바람에 깜짝 놀랐다. 한번은 배가 휘청하면서 갑판이 수면 아래로 깊숙이 처박히자 그 괴물이 사실상 우리 몸 위까지 헤엄쳐 와 승강구 비바람막이 뚜껑 바로 위에서 잠시 버둥대면서 꼬리로 피터스를 호되게 치기도 했다. 마침내 커다란 파도가 놈을 배 밖으로 내동댕이치자 우리는 크게 안심했다. 날씨만 적당했다면 놈을 쉽게 잡을 수도 있었을 것이다.

7월 26일. 오늘 아침에는 바람이 많이 약해졌고 바다도 많이 거칠지 않아서 저장실 작업을 다시 시작하기로 했다. 하루 종일 고되게 일한 끝에 우리는 이 구역에는 더 이상 기대할 거리가 없다는 것을 알았다. 방을 구획한 칸막이들이 밤사이 망가져 저장품들이 선창으로 휩쓸려 가버린 것이다. 짐작하다시피 이 발견으로 우리는 크게 절망했다.

7월 27일. 바다는 거의 잔잔하고 여전히 가벼운 북풍과 서풍. 오후에 태양이 뜨거워 열심히 옷을 말렸다. 바다에서 미역을 감자 갈증도 많이 달래지고 여러모로 위안이 되었다. 하지만 아직도 배 주위에 상어 여러 마리가 헤엄치며 다니고 있기 때문에 무서워서 몹시 조심해야만 했다.

7월 28일. 여전히 좋은 날씨. 배가 이제 심하게 모로 누워 결국 뒤집어지는 게 아닐까 걱정됐다. 거북과 물병, 남은 올리브 병 두 개를 최대한 바람받이 쪽, 선체 바깥 쪽 주사슬 아래에 묶어두어 이 비상

사태에 최대한 대비했다. 바다는 하루 종일 매우 잔잔했고 바람은 거의, 혹은 전혀 없었다.

7월 29일. 같은 날씨가 지속됨. 어거스터스의 다친 팔이 괴저 증상을 보이기 시작했다. 그는 졸음과 극도의 갈증을 호소했지만 심한 통증은 느끼지 않았다. 올리브에서 식초를 조금 따라 상처를 문질러주는 것 외에는 도울 길이 없었고, 도움이 되는 것 같지도 않았다. 편하게 해주려고 할 수 있는 일은 다 했고 물 배급량을 세 배로 늘렸다.

7월 30일. 바람이 전혀 없고 찔 듯이 더운 날씨. 거대한 상어가 오전 내내 선체 근처에서 맴돌았다. 올가미로 잡아보려 몇 번 시도했지만 실패였다. 어거스터스의 상태는 훨씬 악화됐는데, 상처의 영향뿐만 아니라 적절한 영양이 부족해서 쇠약해지는 게 분명했다. 그는 죽음 외엔 원하는 게 없다며 이 고통에서 해방시켜달라고 끊임없이 기도했다. 이날 밤 마지막 올리브를 먹었고, 주전자 속의 물은 너무 썩어 있어서 와인을 섞지 않고는 조금도 마실 수가 없었다. 아침에 거북을 죽이기로 했다.

7월 31일. 선체의 위치 때문에 극도의 불안과 피로에 시달리며 밤을 보낸 후 우리는 거북을 죽여 자르기 시작했다. 거북은 상태는 좋았지만 생각했던 것보다 훨씬 작아서, 나온 고기가 총 10파운드도 채 되지 않았다. 고기 일부를 최대한 오래 보존할 요량으로 다섯 조각으로 자른 후 (버리지 않고 챙겨둔) 남은 세 개의 올리브 병과 와인 병에 넣고 나중에 올리브에서 나온 식초를 부어뒀다. 나머지를 다 먹을 때까지 건드리지 않으려고 거북고기 3파운드 정도는 이런 식으로 따로 챙겨뒀다. 고기는 하루에 4온스 정도로 제한하기로 결정했고, 그러니 총 13일 정도는 버틸 수 있을 것이다. 해 질 녘 심한 천둥과 번개를 동반한 강한 소나기가 내렸지만, 아주 잠깐 동안에 불과해 빗물은 반 파인트 정도밖에 받지 못했다. 이 물은 상호 동의하에 목숨이 경각에 달한 것 같은 어거스터스에게 몽땅 다 주었다. 그는 우리가 붙들고 있는 침대보(빗물이 누워 있는 어거스터스의 입으로 흘러들 수 있도록 그 위에서 침대보를 잡고 있었다)에서 물을 받아 마셨다. 대형 유리병에 든 와인이나 주전자에 든 상한 물을 비우지 않고서는 물을 담을 게 아무것도 없었기 때문이다. 비가 좀 더 오래 왔다면 둘 중 한 방법을 취했을 것이다.

환자는 물을 마셔도 별반 도움이 되는 것 같지 않았다. 팔은 팔목에서 어깨까지 완전히 시커멓게 변했고 발은 얼음장 같았다. 당장에라도 마지막 숨을 몰아쉴 것 같았다. 그는 무시무시하게 말라서, 낸터킷을 떠날 때 127파운드였는데 이제는 기껏해야 40에서 50파운드 정도밖에 되지 않았다. 눈은 어찌나 쑥 꺼졌는지 거의 보이지 않을 지경이었고, 뺨 피부가 너무 늘어져서 안간힘을 쓰지 않고서는 음식을 씹는 것뿐만 아니라 물을 마시는 것조차 힘들었다.

8월 1일. 찌는 듯이 뜨거운 태양과 함께 평온한 날씨 계속. 주전자의 물이 완전히 상하고 벌레들이 들끓어 갈증으로 심히 고통 받았다. 그래도 와인을 섞어서 조금 마셔보았지만 갈증은 거의 달래지지 않았다. 바다에서 미역을 감는 게 더 도움이 됐지만, 이 방편도 상어

들이 계속 맴도는 바람에 아주 띄엄띄엄 이용할 수밖에 없었다. 어거스터스가 살 수 없다는 것은 이제 아주 분명했다. 그는 명백히 죽어가고 있었다. 고통이 극심해 보였지만 달래줄 방법도 없었다. 12시쯤 그는 몇 시간 동안 말도 없이 있다가 심한 경련과 함께 숨을 거두었다. 어거스터스의 죽음으로 우리는 우울한 예감에 휩싸였고 기분이 극도로 저하되어 하루 종일 시체 옆에 꼼짝도 않고 앉아 속삭이는 것 외엔 서로 어떤 말도 하지 않았다. 어두워지고 나서도 얼마 정도 시간이 흐른 후에야 우리는 용기를 내어 일어나 시체를 바다에 던졌다. 그때쯤에는 이미 뭐라 할 수 없이 역겨운 모습인 데다가 너무 심하게 부패해서 피터스가 들어 올리려고 잡으니 다리 하나가 통째로 뚝 떨어져 나왔다. 부패한 덩어리가 배 옆 바닷속으로 스르르 들어가자, 시체를 둘러싼 인광에 커다란 상어 일고여덟 마리가 똑똑히 보였다. 무시무시한 이빨들이 부딪히며 제물을 발기발기 찢는 소리가 아마 1마일 밖에서도 들렸을 것이다. 그 소리에 우리는 있는 대로 공포에 질려 몸을 움츠렸다.

8월 2일. 변함없이 무시무시하게 조용하고 더운 날씨. 새벽이 오자 우리는 탈진했을 뿐만 아니라 비참한 낙담에 빠졌다. 주전자의 물은 끔찍한 벌레들과 점액이 뒤엉킨 걸쭉한 젤라틴 덩어리가 되어 이제 완전히 쓸모없어졌다. 우린 물을 버리고 바다에 주전자를 잘 씻은 다음 거북고기 피클 병의 식초를 조금 따라두었다. 이제 갈증을 도저히 참을 수가 없어서 와인으로 달래보려고 했으나 그건 불에 기름을 더하는 형국에 불과한 데다 불과하게 취할 뿐이었다. 그 뒤에는 와인과 해수를 섞어서 고통을 덜어보려 했지만 마시자마자 심한 구역질이 밀려와 다시는 시도하지 않았다. 하루 종일 간절하게 미역을 감을 기회를 노렸지만 소용이 없었다. 이제는 배가 사방에서 완전히 상어들에 포위당했기 때문이다. 그 괴물들이 간밤에 가엾은 우리 동료를 집어삼키고 비슷한 성찬을 또 바라고 있는 게 분명했다. 이런 상황에 우린 쓰라리게 괴로워하며 우울하고 슬픈 예감에 휩싸였다. 바다에서 미역을 감는 게 크게 위안이 되었는데, 이런 무시무시한 이유로 못하게 되니 정말이지 참기 힘들었다. 게다가 당장의 위험에 대한 걱정에서 완전히 벗어난 것도 아니었다. 까딱 미끄러지거나 잘못 움직이기만 해도 당장 이 탐욕스러운 놈들 코앞에 떨어질 판이었기 때문이다. 놈들은 바람 부는 쪽으로 헤엄쳐 올라와 걸핏하면 우리 바로 앞에 불쑥 몸을 들이밀곤 했다. 아무리 고함을 치고 애를 써봐도 놈들은 놀라지도 않았다. 심지어 제일 큰 놈 하나가 피터스의 도끼에 맞아 크게 다쳤을 때조차 놈은 우리 쪽으로 밀고 들어오려는 시도를 멈추지 않았다. 해 질 무렵 구름이 몰려왔지만 애통하게도 비를 뿌리지 않고 지나가버렸다. 이 시기 갈증으로 인해 우리가 겪은 고통은 상상조차 할 수 없다. 이런 이유와 상어에 대한 두려움으로 우리는 불면의 밤을 보냈다.

8월 3일. 구조의 전망은 없고, 배는 점점 더 기울어져서 이제는 갑판 위에 전혀 서 있을 수가 없었다. 우리는 배가 뒤집히는 사태가 생겨도 와인과 거북고기를 잃지 않으려고 열심히 챙겨뒀다. 닻사슬에서 튼튼한 대못 두 개를 뽑아 바람받이 쪽 물에서 2피트 정도 떨어진 지점에 도끼로 박아 넣었다. 우리가 거의 가로들보 끝에 있으니 용골에서 그다지 멀지 않은 자리다. 이 못이 전에 사용하던 사슬 아래쪽 자리보다 더 안전해서 식량은 여기에다 묶어뒀다. 하루 종일 갈증으로 엄청난 고통을 겪었다. 잠시도 우리 옆을 떠나지 않는 상어들 때문에 미역도 감을 수 없었다. 잠을 이룰 수가 없었다.

8월 4일. 동트기 직전 배가 기울어지기 시작했다. 움직임을 감지한 우리는 잠에서 깨어나 배 움직임에 밀려 떨어지지 않을 태세를 갖췄다. 처음에는 움직임이 느리고 완만해서 식량 보관용으로 박아둔 대못에 밧줄을 매다는 예방조치를 취해놓고 바람받이 쪽으로 기어 올라가려고 했다. 하지만 추진력의 가속을 충분히 계산하지 못했다. 곧 배가 너무 급속히 기울어지기 시작하면서 그 속도에 발맞춰 움직일 수가 없었고, 무슨 일이 벌어지는지 깨닫기도 전에 우리는 거세게 바닷속으로 내동댕이쳐졌다. 머리 바로 위에 거대한 선체를 둔 채 우리는 수면 몇 패덤[12] 아래에서 발버둥 쳤다.

물에 빠지는 순간 나는 쥐고 있던 밧줄을 놓쳐버렸다. 정신을 차리고 보니 배가 바로 머리 위에 있는 데다 기력도 거의 다해서 나는 살겠다고 버둥대는 대신 몇 초 만에 체념하고 죽음을 받아들였다. 하지만 여기서도 나는 잘못 생각했다. 배가 바람 방향으로 자연히 다시 튕겨 올라가는 것을 고려하지 못했던 것이다. 배가 다시 반대 방향으로 일부 기울어지면서 생긴 상향 소용돌이에 휘말려 나는

---

12   주로 바다의 깊이를 재는 데 쓰는 단위. 1패덤은 약 1.83미터에 해당한다.

물속에 빠질 때보다도 더 맹렬하게 수면으로 치솟아 올라왔다. 수면 위로 올라와 보니 아무리 가깝게 잡아도 배에서 20야드 정도는 떨어진 곳이었다. 배는 용골을 위로 한 채 양쪽으로 거세게 흔들렸고, 사방 바다는 거센 소용돌이를 일으키며 들끓고 있었다. 피터스는 보이지 않았다. 기름통 하나가 몇 피트 떨어진 곳에 떠 있고 배에서 나온 온갖 물건들이 흩어져 있었다.

지금 최대의 공포는 근처에 있을 게 명백한 상어 떼였다. 가능하면 놈들의 접근을 막기 위해 나는 배 쪽으로 헤엄쳐 가면서 손발을 다 동원해 미친 듯이 물을 튀겨 물거품을 만들었다. 이 임기응변이 단순하기는 해도 내가 무사한 것은 분명 그 덕분이다. 뒤집어지기 직전 배 주위에는 온통 이 괴물들이 득실대고 있어서 배 쪽으로 가는 도중 실제로 그중 몇 마리와 직접 맞닿은 게 분명했기 때문이다. 대단한 행운 덕에 무사히 배 옆구리에 도착했지만, 사력을 다하느라 기진맥진한 나머지 때마침 기쁘게도 (배 반대편에서 용골까지 기어 올라온) 피터스가 나타나 밧줄—대못에 매어둔 밧줄 중 하나—끝을 던져주지 않았다면 절대 배 위로 올라가지 못했을 것이다.

가까스로 위험을 피한 우리의 관심은 이제 또 다른 임박한 공포, 즉 절대기아에 대한 두려움으로 향했다. 우리 식량은 꼼꼼히 묶어뒀음에도 몽땅 바다에 휩쓸려 가버렸고 이제는 더 이상 뭔가를 구할 가능성도 요원했기 때문에 우리는 절망감에 무너져 상대를 위로할 시도조차 하지 않고 아이처럼 엉엉 울었다. 그런 나약함은 상상하기도 힘든 데다, 그 비슷한 상황에 처해보지 않은 사람들에게는 분명 부자연스러워 보일 것이다. 하지만 오랜 기간의 궁핍과 공포로 머리가 완전히 산란해진 우리는 그때는 합리적 존재로 볼 수 없는 처지라는 것을 생각해야만 한다. 그 이후 벌어진, 더 엄청나지는 않아도 거의 비슷한 급의 위난들 속에서 나는 상황의 온갖 불운에 맞서 굳건하게 버텼고, 지금 아이처럼 드러누워 바보 같은 행태를 보이고 있는 피터스도 거의 믿을 수 없는 극기심을 보였다는 것을 알게 될 것이다. 정신 상태가 차이를 만드는 법이다.

배가 전복되고, 심지어 그로 인해 와인과 거북고기를 잃었어도 사실 이제까지 빗물을 받는 데 썼던 침대보와 받은 물을 보관했던 주전자가 없어진 것만 제외하면 전보다 우리 처지가 더 비참해졌다고도 할 수 없었다. 대판에서 2~3피트 떨어진 곳에서부터 용골에 이르는 뱃바닥 전체와 용골 자체까지 영양가 풍부한 커다란 따개비들이 빽빽이 뒤덮고 있는 것을 발견했기 때문이다. 그래서 우리가 그렇게 두려워하던 사고는 두 가지 중요한 면에서 해라기보다 득이 되었다. 그 사고로 우리는 적당히 먹기만 한다면 한 달을 먹어도 다 먹지 못할 식량을 공급받게 됐고, 자세 면에서도 훨씬 더 편해졌다. 전보다 훨씬 더 편안해졌고 엄청나게 위험이 덜해졌다.

하지만 이제 물을 얻기가 어려워졌다는 생각을 하자 상황 변화로 인한 이득은 눈에 들어오지도 않았다. 최대한 준비 태세를 갖추고 있다가 비가 오기만 하면 셔츠를 벗어 침대보처럼 사용할 수는 있겠지만, 물론 그런 식으로는 최상의 상황이라 해도 한번에 4분의 1 파인트 이상 얻기는 힘들다. 낮 동안 구름은 코빼기도 보이지 않았고, 갈증의 고통은 거의 참을 수 없는 지경이었다. 밤에 피터스는 한 시간 정도 불편한 잠을 잤지만, 나는 극심한 고통에 한순간도 눈을 붙이지 못했다.

8월 5일. 오늘 부드러운 미풍에 밀려 엄청난 양의 해초가 있는 곳에 갔는데, 운 좋게도 그 사이에서 조그만 게도 열한 마리 발견해 몇 끼 맛있는 식사를 할 수 있었다. 게 껍질이 꽤 부드러워서 몽땅 다 먹었는데, 따개비보다 갈증이 훨씬 덜했다.

해초 사이에 상어들이 보이지 않자 우리는 용기를 내어 미역을 감기로 하고 물속에서 네다섯 시간을 보냈다. 그러는 동안 갈증이 상당히 완화됐다. 심신이 몹시 상쾌해져서 그날 밤은 전보다 좀 더 편하게 보냈고, 둘 다 잠깐 잠을 잘 수 있었다.

8월 6일. 오늘은 복되게도 강한 비가 정오경부터 해 진 후까지 계속해서 내렸다. 주전자와 대형 유리병을 잃어버린 게 뼈저리게 안타까웠다. 빗물을 받는 수단이 변변찮긴 해도, 둘 다는 아니어도 하나는 가득 채울 수 있었을 텐데 말이다. 셔츠를 흠뻑 적셨다가 비틀어짜 그 감사한 물방울이 입안으로 똑똑 떨어지게 해서 애타는 갈증을 그럭저럭 달랠 수 있었다. 이 작업을 하느라 하루 종일을 보냈다.

8월 7일. 동틀 무렵 우리 둘 다 동쪽 방향에서 **분명 우리 쪽을 향해 다가오는** 돛을 동시에 발견했다! 우리는 그 영광스러운 광경을 가냘프지만 긴 환호로 반기고 곧장 온갖 가능한 신호를 보내기 시작했다. 셔츠를 공중에 흔들고, 없는 기운이지만 최대한 높이 뛰어도 보고, 배가 15마일 이내에 있을 리가 없는데도 있는 힘을 다 모아 고함을 질러보기까지 했다. 하지만 배는 여전히 계속해서 우리 쪽으로 다가왔고, 우리는 그 배가 현재 항로를 유지하기만 한다면 결국 우리를 볼 수 있을 정도로 가까이 온다고 확신했다. 처음 배를 발견하고 1시간 정도가 지나자 갑판 위의 사람들이 똑똑히 보였다. 그 배는 길고 나지막하고 빨라 보이는 세로돛 범선으로, 앞돛대 가로돛에 검은 공 그림이 있었고 분명 선원들도 다 있었다. 이제 우리는 불안해지기 시작했다. 그 배가 우리를 못 봤을 리가 없기 때문에 우릴 그냥 죽도록 내버려두고 갈 작정인가 걱정되었기 때문이다. 믿기 힘들지 몰라도 이런 악마적인 야만 행위는 이와 매우 흡사한 상황에서 인간에 속한다고 간주되는 사람들에 의해 바다에서 거듭 자행되는 짓이었다.[13] 하지만 이 경우에는 하느님이 보우하사 다행히 우리가 크게 잘못 생각한 것이었다. 곧 갑판 위에서 갑자기 소동이 벌어지더니, 배는 즉시 영국 국기를 올리고 바람 부는 방향으로 배를 돌려 곧장 우리를 향해 달려왔다. 30분 후 우리는 그 배의 선실 안에 있었다. 그 배는 리버풀에서 바다표범 사냥과 무역 교류를 하러 남태평양으로 향하는 중인, 가이 선장의 제인가이 호였다.

---

13 [원주] 폴리 호의 경우가 가장 적절한 예로, 그 배의 운명은 우리와 여러모로 놀랄 만큼 비슷했기 때문에 여기서 언급하지 않을 수가 없다. 이 배는 130톤급으로 목재와 식료품을 싣고 1811년 12월 12일 캐스노 선장의 지휘 하에 보스턴에서 세인트크로이 섬을 향해 출항했다. 배에는 선장 외에도 항해사, 선원 넷, 요리사, 그리고 헌트 씨라는 사람과 그가 데리고 있는 흑인 소녀 총 여덟 명이 더 타고 있었다. 15일 조지스 여울목을 벗어난 후 남동쪽에서 불어온 폭풍에 누수가 일어났고 결국 배가 전복되고 말았다. 하지만 돛대들이 부러져 바다에 빠지면서 배는 다시 똑바로

섰다. 그들은 아주 소량의 식량만을 가지고 불도 없이 이 상황에서 (12월 15일에서 6월 20일까지) 191일을 버텼고, 그제야 유일한 생존자인 캐스노 선장과 새뮤얼 배저가 리우데자네이루에서 귀환 중인 헐의 페더스톤 선장의 페임 호에 의해 난파선에서 구조되었다. 구조되었을 때 그들은 2천 마일이 넘게 표류해 북위 28도, 서경 13도 지점에 있었다. 7월 9일 페임 호는 퍼킨스 선장의 드로메로 호와 만났고, 그 배가 두 생존자를 케네벡에 내려줬다. 이런 정황들이 실린 이야기는 다음과 같은 말로 끝난다. "대서양에서 배들이 가장 많이 다니는 구역에서 어떻게 그렇게 멀리까지 표류하면서도 내내 발견되지 않을 수가 있었느냐고 묻는 게 당연하다. 열두 척도 넘는 배가 그들을 지나쳤고, 그중 한 척은 너무나 지척까지 다가와 갑판과 삭구 위의 사람들을 똑똑히 볼 수 있었다. 하지만 그들은 굶주림과 추위에 시달리는 사람들에게 말할 수 없는 실망감을 안기며 동정심의 명령을 무시한 채 돛을 올리고는 잔인하게도 그들이 죽도록 내버려두었다."

14장

제인가이 호는 180톤급의 근사한 세로돛 범선이었다. 뱃머리가 유별나게 뾰족했고, 적당한 날씨에 바람을 받으면 내가 본 배 중 제일 빨랐다. 하지만 거친 외항선으로서는 썩 좋지 않아서, 흘수吃水[14]가 업종에 비해 지나치게 컸다. 이 용도로는 비교적 흘수가 가벼운 더 큰 배가 바람직하다. 300톤에서 350톤급 정도 말이다. 바크형 범선[15]이어야 하고, 다른 면에서 보통 남태평양 배들과 구조가 달라야 한다. 배에는 절대적으로 무장이 잘되어 있어야 한다. 놋쇠 나팔총과 열개 내지 열두 개의 12파운드 함포, 두세 개의 12파운드 장함포를 갖추고 갑판마다 방수 무기고가 있어야 한다. 닻과 닻줄은 다른 업종에 요구되는 것보다 훨씬 더 강해야 하고, 무엇보다 선원들이 많고

---

14 배가 물 위에 떠 있을 때, 물에 잠겨 있는 부분의 깊이. 일반적으로 수면에서 배의 최하부까지의 수직 거리를 이른다.

15 세 개의 돛대를 단 범선으로, 앞의 두 개 돛은 가로돛이고 맨 뒤의 돛은 세로돛이다.

능률적이어야 한다. 지금까지 설명한 배라면 적어도 50~60명의 건장한 사람들이 필요하다. 제인가이 호에는 선장과 항해사 외에도 35명의 유능한 선원들이 타고 있었지만, 무장이 잘되어 있지도 않고 임무의 어려움과 위험을 잘 알고 있는 항해자가 만족할 정도의 설비를 갖추고 있지도 않았다.

가이 선장은 도회적 매너를 갖춘 신사로 남쪽 교역 경험이 상당했다. 인생의 대부분을 그 일에 바친 사람이었다. 하지만 에너지가 부족했고, 따라서 이 분야에서 절대 필요한 자질인 진취적 기상이 모자랐다. 제인가이 호에 지분을 가지고 있어서, 쉽사리 손에 넣을 만한 화물이 보이면 남태평양으로 항해를 떠날 수 있는 재량권을 가지고 있었다. 그런 항해에서 흔히 볼 수 있듯이 그 배에는 구슬과 거울, 부싯깃, 도끼, 손도끼, 톱, 까뀌, 대패, 끌, 정, 도래송곳, 줄, 바퀴살 대패, 강판, 망치, 못, 칼, 가위, 면도날, 바늘, 실, 토기, 옥양목, 잡다한 장신구 등의 물건들이 실려 있었다.

그 배는 7월 10일 리버풀에서 출항해서 25일 서경 20도 지점에서 북회귀선을 건넜고 29일에 카보베르데 제도의 살 섬에 도착해 항해에 필요한 소금과 그 외 물자들을 실었다. 8월 3일 카보베르데 제도를 떠나 남서쪽으로 방향을 틀어 서경 28도와 30도 사이에서 적도를 넘기 위해 브라질 해변 쪽으로 항해해 갔다. 이것은 유럽에서 희망봉으로 가는, 혹은 그 경로를 거쳐 동인도로 가는 배들이 주로 택하는 항로이다. 그들은 그렇게 해서 무풍지대와 기니 해안에서 끊임없이 일어나는 거센 역류를 피하는데, 결국 그 후에는 희망봉에 가는 데 필요한 서풍이 모자라는 일이 없기 때문에 알고 보면 이것이 최단 경로이다. 가이 선장의 계획은 케르겔렌 제도에서 처음 멈추는 것이었는데, 그 이유는 모르겠다. 우리가 구조된 날 그 배는 세인트 로케 곶 연안 서경 31도 지점에 있었으니, 발견되었을 때 우리는 북쪽에서 남쪽으로 아마도 25도 이상 표류했던 것 같다.

제인가이 호는 우리가 겪은 곤경에 합당한 온갖 친절을 베풀어주었다. 미풍과 좋은 날씨에 힘입어 배가 계속해서 남동쪽으로 향하고 있는 사이 약 14일 만에 피터스와 나는 지난 궁핍과 끔찍한 고통의 영향에서 완전히 회복했고, 지난 일을 엄연한 현실에서 일어난 사건이라기보다 무시무시한 악몽에서 다행히 깨어난 것으로 여기기 시작했다. 이러한 부분적 망각은 기쁨에서 슬픔으로건, 슬픔에서 기쁨으로건 갑작스러운 변화가 있을 때 주로 생긴다는 것을 나중에 알게 됐다. 망각의 정도는 변화의 정도에 비례한다. 그런고로 내 경우에는 배 위에서 보냈던 날들 동안 감내한 비참한 고통을 온전히 인식할 수가 없었다. 사건들은 기억났지만 그 사건들이 벌어질 때 느꼈던 감정은 기억나지 않았다. 아는 것이라고는 그 일들이 벌어지고 있던 그때는 인간이 더 이상의 고통은 견딜 수 없다고 생각했다는 것뿐이다.

이따금씩 포경선과 마주치거나 간간이 (경랍¹⁶과 구분하기 위해 부르는 이름인) 향유고래 혹은 참고래를 본 것 외에는 별다른 사건

---

16 향유고래의 뇌유로 만든 고체납.

없이 몇 주가 지나갔다. 하지만 이런 고래들은 주로 남위 25도에서 발견된다. 9월 6일 희망봉 근처에서 리버풀을 떠난 후 처음으로 거센 폭풍을 만났다. 이 근처, 더 흔히는 곳의 남쪽과 동쪽(우리는 서쪽으로 향하고 있었다)에서 항해자들은 종종 북쪽에서 맹렬하게 불어오는 폭풍과 씨름한다. 폭풍은 항상 높은 파도를 동반하며, 가장 위험한 특징은 풍향이 즉석에서 바뀌는 것인데 이는 폭풍이 최고조에 달할 때 거의 어김없이 나타난다. 이런 지독한 폭풍은 한순간 북쪽 혹은 북동쪽에서 몰려오다가 갑자기 그쪽에서는 바람 한 점 불지 않고 남서쪽에서 상상할 수 없이 맹렬하게 밀어닥치곤 한다. 남쪽에 밝은 점이 보이면 변화가 온다는 확실한 전조이기 때문에 배들이 적절한 예방책을 취할 수 있다.

아침 6시경 폭풍이 어느 때처럼 북쪽에서 무운돌풍[17]과 함께 몰아닥쳤다. 8시에는 세가 막강해지면서 이제껏 보지 못한 엄청난 파도를 퍼부어댔다. 모든 준비를 최대한 갖추었는데도 배는 호되게 흔들렸고 외항선으로의 자질 부족을 여실히 드러냈다. 선수루는 배가 흔들릴 때마다 수면 아래로 곤두박질쳤고, 파도 하나를 가까스로 넘고 나면 다음 파도에 파묻히기 일쑤였다. 망을 보며 찾고 있던 밝은 점이 일몰 직전 남서쪽에서 나타나더니 한 시간 뒤 조그만 선수 세로돛에 힘없이 퍼덕이며 늘어졌다. 2분 뒤 온갖 준비가 무색하게도 우리 배는 마법에라도 걸린 듯 속수무책으로 내동댕이쳐졌고,

---

17   구름 없는 화창한 날씨에 순간적으로 휘몰아치는 급진성 폭풍.

자빠진 우리 위로 파도가 흰 거품을 일으키며 휩쓸고 지나갔다. 하지만 남서쪽에서 몰려온 일진광풍은 알고 보니 다행히도 돌풍에 불과해 운 좋게 돛대를 잃지 않고 배가 다시 똑바로 설 수 있었다. 몇 시간 후에는 강한 역풍랑 때문에 큰 고생을 했지만, 아침이 되었을 무렵에는 폭풍이 몰려오기 전과 거의 다름없는 상태가 되었다. 가이 선장은 그 위기를 벗어난 게 거의 기적이나 다름없다고 했다.

10월 13일 우리는 프린스에드워드 섬이 보이는 남위 46도 53분, 동경 37도 46분 지점에 도착했다. 이틀 후에는 포제션 섬 근처까지 갔고 곧 남위 42도 59분, 동경 48도 지점의 크로제 제도를 지났다. 18일째 되는 날 남인도양의 케르겔렌 제도, 즉 데솔레이션 섬에 도착해 4패덤 깊이의 크리스마스 항에 닻을 내렸다.

이 섬, 아니 제도는 희망봉 남서쪽, 거의 800리그 떨어진 곳에 위치한다. 1772년에 프랑스인 드 케르컬런 혹은 드 케르겔렌 남작에 의해 처음 발견되었는데, 그는 이 땅이 광대한 남쪽 대륙의 일부라고 생각해서 고국에 그렇게 소식을 전하는 바람에 당시 굉장한 흥분을 불러일으켰다. 정부가 이 작업을 맡아 다음 해 이 새로운 발견을 면밀히 조사해보라고 남작을 다시 보냈고, 그때 실수가 밝혀졌다. 1777년에는 쿡 선장이 이 제도에 와서 가장 큰 섬에 데솔레이션이라는 이름을 붙였는데, 정말이지 잘 들어맞는 이름이 아닐 수 없다.[18] 하지만 접근하면서 보면 대부분의 언덕들이 9월에서 3월까지

18　'데솔레이션Desolation'은 '황폐함' '적막함'을 의미.

환한 녹음으로 둘러싸여 있기 때문에 그게 아니라고 생각할 수도 있다. 이런 기만적 외양은 고운 이끼 위에 대규모로 무성하게 자라는 범의귀류 비슷한 조그만 식물 때문이다. 이 식물과 항구 근처에서 자라는 거칠고 무성한 풀들과 이끼, 생김새는 발아하는 양배추 비슷하고 맵고 쓴 맛이 나는 관목을 제외하면 섬 위에는 식물의 흔적은 거의 찾아볼 수 없다.

섬 표면은 구릉으로 이루어져 있지만 높다고 할 만한 것은 하나도 없다. 꼭대기는 만년설로 뒤덮여 있다. 항구는 몇 개 있는데, 그중 크리스마스 항이 가장 편리하다. 이 항구는 프랑수아 곶을 지나고 나면 섬 북동쪽에서 가장 먼저 만나는 항으로 북쪽 해안을 형성하고 있으며 독특한 형태로 항구를 특징짓는다. 툭 튀어나온 말단 부분에 높은 바위가 있는데, 이 바위에는 커다란 구멍이 나 있어서 천연 아치를 형성하고 있다. 입구는 남위 48도 40분, 동경 69도에 위치한다. 이곳을 통과하면 몇 개의 조그만 섬들이 동풍을 잘 막아주면서 안전한 정박지를 제공한다. 이 정박지에서 동쪽으로 계속 가면 항구 선단부에 와스프 만이 있다. 이곳은 육지로 완전히 에워싸인 조그만 내만으로, 4패덤 깊이로 진입해 10패덤에서 3패덤 정도 깊이의 단단한 진흙 바닥에 정박할 수 있다. 여기서는 우현 큰 닻을 앞에 내리면 1년 내내 안전하게 정박할 수도 있다. 와스프 만의 머리 쪽에서 서쪽 방향에는 맑은 물이 흐르는 조그만 개울이 있어서 물을 쉽게 구할 수 있다.

케르겔렌 제도에는 바다표범과 물개 몇 종이 여전히 발견되며 바다코끼리들도 많다. 조류도 많이 발견된다. 펭귄이 매우 많은데, 네 가지 다른 종들이 있다. 크기와 아름다운 깃털 때문에 로열펭귄이라 불리는 종이 그중 가장 크다. 상체는 보통 회색인데 때로는 연보랏빛이 날 때도 있고, 하체는 눈부신 흰색이다. 머리는 광택이 반지르르 흐르는 검정색이고 발도 마찬가지다. 하지만 아름다움의 절정은 머리에서 가슴까지 내려오는 두 줄기의 넓은 황금색 선이다. 부리는 길고, 색은 분홍색이나 환한 진홍색이다. 이 새들은 당당한 태도로 직립보행을 한다. 머리를 높이 쳐들고 날개를 팔처럼 축 늘어뜨린 채 꼬리를 다리와 일렬로 뻗고 있는데, 인간과 어찌나 놀랄 만큼 흡사한지 별생각 없이 쳐다보거나 어둑어둑한 저녁때 보면 속기 십상이다. 케르겔렌 제도에서 보이는 로열펭귄은 거위보다 더 크다. 다른 종들은 마카로니펭귄, 자카스펭귄, 루커리펭귄이다. 이들은 크기가 훨씬 작고 깃털도 그만큼 아름답지 않으며 다른 면에서도 다르다.

이곳에는 펭귄 외에도 바다오리, 푸른 바다제비, 상오리, 오리, 도둑갈매기, 가마우지, 비둘기바다제비, 제비갈매기, 갈매기, 쇠바다제비, 큰풀마갈매기, 다른 말로 큰슴새, 그리고 마지막으로 앨버트로스 등 많은 새들이 있다.

큰슴새는 보통 앨버트로스만큼이나 크고 육식조다. 보통 골절조, 또는 물수리 슴새라고도 불린다. 전혀 낯을 가리지 않으며, 적절히 요리하면 맛있는 요리가 된다. 날 때는 가끔 날개를 펼친 채 수면에 바짝 붙어 나는데, 날개를 전혀 움직이는 것 같지도 않고 아무런 힘도 들이지 않는 것처럼 보인다.

앨버트로스는 남태평양에서 가장 크고 흉포한 새다. 갈매깃과의 새로, 먹이를 날개에 얹고 다니며 번식 목적이 아니고서는 땅에 내려앉는 법이 없다. 이 새와 펭귄 사이에는 아주 독특한 우정이 존재한다. 그들은 서로 합의한 계획에 따라 한결같은 모양의 둥지를 짓는다. 펭귄 네 마리의 둥지들로 생긴 조그만 사각형의 중심에 앨버트로스의 둥지가 자리하는 모양새다. 항해자들은 그런 군집 진영을 '루커리'라고 부른다. 이 루커리들의 모습은 종종 묘사가 이루어진 바 있지만, 이 이야기의 독자들이 보지 못했을 수도 있고 앞으로 펭귄과 앨버트로스 이야기를 할 일들이 있을 테니 여기서 그들의 집짓기와 생활방식에 대해 몇 마디 하는 것도 나쁘지 않을 것이다.

부화기가 되면 엄청난 수의 새들이 모여들고, 이들은 며칠 동안 향후 계획을 숙고하는 듯이 보인다. 마침내 그들은 행동에 돌입한다. 먼저 적당한 크기의 평평한 땅을 고르는데, 보통 3~4에이커 정도 크기에 바다에서 최대한 가까우면서도 파도가 닿지 않을 정도로는 떨어진 곳이다. 장소는 표면이 얼마나 평평한가에 따라 선정되며, 돌덩이들이 걸리적거리지 않는 곳이 가장 선호된다. 이 작업을 끝낸 새들은 부지에 가장 잘 맞는 모양이면서도 더도 말고 딱 모인 새들 전체가 편안하게 살기 좋은 크기의 사각형이나 평행사변형을 한마음 한뜻으로 자로 잰 듯이 정확하게 그린다. 진영 건설에 참여하지 않은 부랑자들의 접근을 막으려고 단단히 결심한 것 같은 느낌이다. 그렇게 표시한 부지의 한쪽 면은 바다와 평행으로 하고 비위놓아 출입구로 사용한다.

　루커리의 경계를 정하고 나면 이제 새들은 온갖 잡동사니들을 치우기 시작한다. 돌을 하나하나 주워 경계선 밖과 근처로 날라 내륙쪽 삼면에 벽을 쌓는다. 이 벽 바로 안쪽에는 너비가 6~8피트 정도되고 진영 전체를 에워싸는 매끈하고 평탄한 길을 조성하여 전체산책로로 사용한다.

　다음 단계는 전체 구역을 똑같은 크기의 조그만 사각형들로 구획하는 일이다. 이를 위해 루커리 전역에 서로 직각으로 교차하는 몹시 평탄한 소로들을 만든다. 각 교차로에 앨버트로스 둥지를, 각 사각형의 중심에는 펭귄 둥지를 만들어, 펭귄들은 모두 앨버트로스네 마리에게, 앨버트로스들도 모두 동수의 펭귄들에게 둘러싸이게된다. 펭귄 둥지는 딱 알이 굴러가지 않을 정도의 깊이로 판 야트막한 구멍이다. 앨버트로스는 조금은 더 복잡해서, 높이 1피트에 직경 2피트 정도의 언덕을 쌓는다. 언덕은 흙과 해초, 조개껍질로 만든다. 그리고 그 꼭대기에 둥지를 튼다.

　새들은 부화기 동안, 아니 새끼들이 자립할 수 있을 정도로 충분히 강해지기 전까지는 한순간도 둥지를 비우는 일이 없도록 각별히 주의를 기울인다. 수컷들이 먹이를 찾아 바다에 나가고 없는 동안은 암컷들이 당번을 서고, 파트너가 돌아와야 암컷들이 밖에 나간다. 알들은 절대 휑하게 내버려두지 않는다. 하나가 둥지를 비우면 다른 하나가 옆에 쪼그리고 앉는다. 이런 예방책이 필요한 것은 루커리에 만연한 도벽 성향 탓으로, 이들은 기회만 있으면 서로의 알을 훔치는 데 전혀 주저함이 없다.

펭귄과 앨버트로스만 사는 루커리들도 몇몇 있긴 하나, 대부분의 루커리에서는 주거 주민의 영역은 절대 침범하지 않되 자리만 있으면 여기저기 둥지를 틀고 살면서 시민의 온갖 특권을 누리는 다양한 바닷새들을 볼 수 있다. 그런 진영의 생김새는 멀리서 보면 몹시 특이하다. 정착지 바로 위 분위기는 바다로 나가거나 귀환하느라 늘 그 위를 떠돌고 있는 수많은 앨버트로스(와 뒤섞여 있는 군소 조류들) 때문에 어둑어둑하다. 동시에 펭귄 무리도 보이는데, 일부는 소로에서 왔다 갔다 하고 일부는 루커리를 둘러싸고 있는 전체산책로에서 그 특유의 군인 걸음걸이로 행진하고 있다. 간단히 말해서, 루커리를 고찰해보면 이 조류들이 보여주는 숙고 정신보다 더 놀라운 것은 없으며 제대로 된 지력을 가진 인간을 자기 성찰로 이끄는 데 이보다 더 좋은 예는 없다.

크리스마스 항에 도착한 다음 날 아침 섬 내륙에서 처리해야 하는, 나로선 알 수 없는 업무가 있는 선장과 선장의 친척을 일등항해사 패터슨 씨가 보트를 타고 황량한 서쪽 지대에 내려준 뒤 (제철보다 조금 이르기는 하지만) 바다표범을 찾으러 갔다. 가이 선장은 밀봉한 편지가 들어 있는 병 하나를 가지고 가서 뭍에 내리더니 섬에서 가장 높은 봉우리 쪽을 향해 갔다. 아마도 뒤따라올 어떤 배를 위해 그 꼭대기 위에 편지를 두고 오는 게 선장의 계획인 듯했다. 선장이 사라지자마자 우리는 해안 주위를 돌며 바다표범을 찾았다(피터스와 나도 항해사의 보트에 타고 있었다). 이렇게 약 3주 동안을 케르겔렌 제도뿐만 아니라 인근의 몇몇 조그만 섬들을 구석구석 샅샅이 살폈다. 하지만 그 수고는 대단한 성공의 결실을 맺지는 못했다. 물개는 정말 많았지만 극히 사람을 피하는 통에 갖은 애를 써서 겨우 가죽 350장을 얻었다. 바다코끼리도 많이 있었고, 특히 주섬의 서쪽 해안에 많았지만, 죽인 것은 겨우 20마리에 불과했고 그것조차 아주 힘들었다. 작은 섬들에서는 수많은 바다표범을 발견했지만 해치지 않고 내버려뒀다. 11일에 범선에 돌아와 보니 가이 선장과 조카가 와 있었는데, 내륙 지역은 세상에서 가장 황량한 불모의 땅이라며 혹평을 했다. 이등항해사가 범선에서 귀환용 보트를 보내는 걸 오해하는 바람에 섬에서 이틀 밤을 보냈다고 했다.

15장

12일에 우리는 크리스마스 항에서 출발해 오던 길을 되짚으며 서쪽으로 향했고 크로제 제도의 매리언 섬을 좌현에 두고 지나갔다. 그 후 프린스에드워드 섬도 좌현에 두고 지나갔다. 그러고는 북쪽으로 더 방향을 틀어 보름 후 남위 37도 8분, 서경 12도 8분 지점의 트리스탄다쿠냐 제도에 도착했다.

지금은 아주 잘 알려진, 세 개의 동그란 섬으로 이루어진 이 제도는 포르투갈 사람이 처음 발견했고, 이후 1643년에는 네덜란드인이, 1767년에는 프랑스인이 왔다. 세 개의 섬은 모여서 삼각형을 이루며 널찍한 항로를 사이에 둔 채 10마일 정도 떨어져 있다. 섬들은 모두 지면이 매우 높은데, 적절한 지명이 붙은 트리스탄다쿠냐가 특히 그렇다.[19] 이 섬은 그중 가장 큰 섬으로 원주가 15마일에 달하며 몹시

---

19   이 섬 이름은 최초의 발견자인 포르투갈인의 이름을 따서 붙여졌다.

높아서 맑은 날씨에는 80~90마일 밖에서도 보인다. 북쪽 지대 일부는 바다에서 1천 피트 이상 솟아 있다. 이런 높은 고원이 거의 섬 중심부까지 뻗어 있으며 여기에 테네리프 섬처럼 높은 화산추가 솟아 있다. 화산추의 아래쪽 반은 커다란 나무들로 뒤덮여 있지만, 위쪽은 황량한 바위산으로 대개 구름에 싸여 있으며 1년 대부분이 눈에 덮여 있다. 섬에는 모래톱도, 다른 위험도 없다. 해안은 몹시 가파르고 바다는 깊다. 북서쪽 해안은 검은 모래로 덮인 만이어서 서풍이 불기만 하면 보트를 이용해 쉽게 뭍에 내릴 수 있다. 여기에서는 수질 좋은 물을 쉽게 구할 수 있다. 또 낚시로 대구와 그 외 물고기들도 잡을 수 있다.

크기 면에서 다음 순위이자 가장 서쪽에 위치한 섬은 이넥세시블 섬이다. 정확한 위치는 남위 37도 17분, 서경 12도 24분이다. 원주는 7~8마일이며, 사방이 가파르고 접근할 수 없는 분위기를 풍긴다. 꼭대기는 완전히 평평하고 땅은 메말라서 발육 부진인 관목 몇 그루를 제외하고는 아무것도 자라지 않는다.

가장 작고 가장 남쪽에 있는 나이팅게일 섬은 남위 37도 26분, 서경 12도 12분에 위치한다. 섬 남단 앞바다에는 높다란 암초가 하나 서 있고, 북동쪽으로도 비슷한 모양의 암초들이 몇 개 보인다. 대지는 울퉁불퉁하고 메마르며, 일부는 깊은 계곡이 가르고 있다.

이 섬들의 해변에는 제철에는 다양한 바닷새와 더불어 바다사자와 바다코끼리, 바다표범, 물개 등이 그득하다. 연안에는 고래들도 많다. 이런 다양한 동물들이 예전에 여기서 쉽게 잡혔기 때문에 발견된 이래 많은 사람들이 이 제도에 찾아왔다. 아주 초창기에는 네덜란드인들과 프랑스인들이 자주 찾았다. 1790년에는 필라델피아의 패튼 선장이 인더스트리 호를 타고 트리스탄다쿠냐에 와서 물개 가죽을 모으며 (1790년 8월부터 1791년 4월까지) 7개월을 머물렀다. 그 기간 동안 그는 5,600장의 가죽을 얻었는데, 3주면 커다란 배에 손쉽게 기름을 가득 채울 수 있었을 것이라고 말했다. 그가 왔을 때 이 섬에는 야생염소 몇 마리를 제외하고는 네발짐승이라고는 없었지만 지금은 온갖 귀한 가축들이 그득하다. 이후 섬을 찾은 뱃사람들이 들여온 가축들이다.

패튼 선장이 섬을 찾은 지 얼마 되지 않아 콜쿠훈 선장이 미국 선박 벳시 호를 타고 식량 보급차 제일 큰 섬에 들렀다. 그는 양파와 감자, 양배추, 그 외 여러 가지 다양한 야채들을 심었고, 그 모든 것들을 현재 섬에서 볼 수 있다.

1811년에는 헤이우드 선장의 네레우스 호가 트리스탄을 찾았다. 섬에는 물개 가죽과 기름을 얻기 위해 살고 있는 미국인이 세 사람 있었는데, 그중 조너선 램버트라는 사람은 그 나라의 왕이라고 자칭했다. 그는 60에이커 정도의 땅을 일구어 경작해왔으며 리우데자네이루에서 미국인 목사에게 받은 커피나무와 사탕수수를 재배할 계획을 하고 있었다. 하지만 이 정착지는 결국 버려졌고, 1817년 제도는 이를 차지할 목적으로 희망봉에서 파견대를 보낸 영국 정부의 소유가 됐다. 하지만 그들도 섬을 오래 보유하지는 못했다. 하지만 영국 정부가 섬을 포기하고 떠날 때 영국인 두세 가족이 정부와 무관하게 섬에서 거주하기를 선택했다. 1824년 3월 25일 런던에서 반디먼스랜드[20]로 향하던 제프리 선장의 버윅 호가 섬에 도착해 과거 영국 포병대 병장이었던 글래스라는 영국인을 만났다. 그는 이 제도의 총독이라고 주장하며 휘하에 남자 스물하나와 여자 셋이 있다고 했다. 그는 환경이 쾌적하고 토양이 비옥하다며 섬을 상찬했다. 거주민들은 주로 물개 가죽과 바다코끼리 기름 채집에 종사했고, 글래스가 소유한 조그만 범선을 타고 이 상품들로 희망봉과 교역을 했다. 우리가 도착했을 때 총독은 여전히 섬에 거주하고 있었지만, 그의 조그만 공동체는 배로 커져서 트리스탄 섬에 쉰여섯 명이, 나이팅게일 섬에도 일곱 명이 사는 조그만 부락이 있었다. 우리는 손쉽게 필요한 거의 모든 물자를 구했다. 양, 돼지, 수소, 산토끼, 가금류, 염소, 온갖 생선과 채소가 풍부하게 있었다. 큰 섬 가까운 곳 18패덤 깊이에 닻을 내렸기 때문에 원하는 모든 물자를 매우 편리하게 실었다. 가이 선장은 글래스에게서 물개 가죽 500장과 상아도 조금 샀다. 우리는 여기서 일주일을 머물렀는데, 그사이에는 주로 북풍과 서풍이 불었고 날씨는 안개가 약간 끼었다. 11월 5일 우리는 존재 유무에 대해 논란이 분분한 오로라 제도라는 곳을 철저하게 조사할 작정으로 남쪽과 서쪽 방향을 향해 출발했다.

이 섬들은 오로라 호의 선장에 의해 일찍이 1762년에 발견되었다고 전해진다. 1790년에는 로열필리핀 사 소속의 프린세스 호가 섬들

---

20   현재 오스트레일리아의 태즈메이니아 섬.

사이를 통과하여 항해했다고 프린세스 호의 마누엘 드 오이아루도 선장이 주장했다. 1794년에는 스페인 코르벳함 아트레비다가 섬의 정확한 위치를 확인하겠다는 결의를 품고 출항했고, 1809년 마드리드의 왕립수로학회에서 펴낸 보고서는 이 원정에 대해 다음과 같이 말하고 있다. "코르벳함 아트레비다는 1월 21일부터 27일까지 바로 그 부근에서 필요한 모든 관찰을 했고 크로노미터로 이 섬들과 마닐라 제도의 솔레다드 항 사이의 경도차를 측정했다. 섬들은 세 개이고 거의 동일 경도상에 있다. 중심의 섬은 조금 나지막하고 나머지 둘은 9리그 거리에 있다." 다음은 아트레비다 선상에서의 관찰 결과, 각 섬들의 정확한 위치이다. 가장 북쪽 섬은 남위 52도 37분 24초, 서경 47분 43분 15초. 중간 섬은 남위 53도 2분 40초, 서경 47도 55분 15초. 가장 남쪽 섬은 남위 53도 15분 22초, 서경 47도 57분 15초.

1820년 1월 27일 영국 해군의 제임스 웨델 선장도 오로라 제도를 찾아 스태튼랜드를 출발했다. 그는 극히 성실한 조사를 벌였고 아트레비다 선장이 가리킨 지점 바로 위뿐만이 아니라 그 근방까지 종횡무진하며 지나가봤지만 섬은 전혀 보이지 않았다고 보고한다. 이 상충되는 진술들로 인해 다른 항해자들도 이 섬들을 찾아 나섰는데, 이상하게도 어떤 이들은 그 섬들이 위치한다는 지점을 구석구석 헤집고 다녔는데도 아무것도 발견하지 못한 반면, 적지 않은 사람들이 섬을 보았으며 해안에 접근해보기까지 했다고 단언한다. 가이 선장은 이렇게 기이한 논쟁을 종식시키기 위해 자기 힘닿는 내에서 최대한 노력해볼 계획이었다.[21]

우리는 변덕스러운 날씨를 안고 남쪽과 서쪽 사이로 계속 항해해 그달 20일에 논란의 지점인 남위 53도 15분, 서경 47도 58분에 도착했다. 그러니까, 그중 가장 남쪽에 있는 섬이 있다는 곳 거의 바로 위에 있는 셈이었다. 육지라고는 코빼기도 찾아볼 수 없자 우리는 남위 53도를 따라 계속해서 서쪽으로 나아가 서경 50도까지 갔다. 그러고는 북쪽 방향으로 남위 52도까지 올라간 후 동쪽으로 방향을 틀어 아침과 저녁 두 번의 고도와 천체와 달의 남중고도를 기준으로 같은 위도상으로 계속해서 나아갔다. 그렇게 동쪽으로 조지아 서쪽 해안의 경도까지 간 다음, 그 경도를 따라 우리가 출발했던 위도까지 내려왔다. 그러고는 그 경계선 내의 바다 전역을 3주 동안 돛대 위에서 끊임없이 망을 보고 면밀하게 반복 관찰하며 대각선으로 지나갔다. 그동안 날씨는 놀라울 정도로 맑고 쾌청했고 안개는 전혀 끼지 않았다. 당연히 우리는 예전에 이 근방에 어떤 섬들이 있었든지 간에 현재는 아무런 흔적도 남아 있지 않다고 철저하게 확신하게 됐다. 내가 돌아온 후인 1822년 미국 범선 해리 호의 존슨 선장과 미국 범선 와스프 호의 모렐 선장이 동일 지역을 똑같이 면밀히 조사했지만, 두 경우 모두 결과는 우리와 같았다.

---

21 [원주] 다양한 시기에 오로라 제도를 봤다고 주장하는 배들 중 몇 척을 들자면, 1769년의 산미구엘 호, 1774년의 오로라 호, 1779년의 펄 호, 1790년의 돌로레스 호가 있다. 이들은 모두 하나같이 평균 남위 53도를 제시하고 있다.

16장

가이 선장의 원래 계획은 오로라 제도의 진실을 확인한 후 마젤란 해협을 통과해 파타고니아 서쪽 해안을 따라 올라가는 것이었지만, 트리스탄다쿠냐에서 얻은 정보로 마음을 바꾸었다. 남위 60도, 서경 41도 20분 정도에 위치한다는 조그만 섬들을 볼 희망을 품고 남쪽으로 방향을 틀기로 한 것이다. 이 섬들을 발견하지 못할 시에는 시기만 적당하다면 계속해서 남극으로 가볼 계획이었다. 그에 따라 우리는 12월 12일 그쪽 방향으로 출발했다. 18일에 글래스가 말한 지점에 도달해 그 부근을 사흘 동안 항해했지만 그가 말한 섬들은 흔적도 보이지 않았다. 21일 날씨가 보기 드물게 맑자 우리는 최대한 남쪽으로 내려가볼 결심을 단단히 하고 다시 출발했다. 이 이야기를 시작하기 전에, 이 지역에서 발견이 어떻게 진척돼서 나갔는지에 대해 별 관심이 없었던 독자들을 위해 지금까지 있었던 얼마 안 되는 남극 도달 시도에 대해 간단히 이야기하는 게 좋겠다.

쿡 선장의 시도가 명확한 기록이 있는 첫 번째 경우이다. 그는 1772년 레졸루션 호를 타고 퍼노 대위의 어드벤처 호와 함께 남쪽으로 출발했다. 12월에는 남위 58도, 동경 26도 57분까지 내려왔다. 여기서 그는 북서쪽에서 남동쪽으로 뻗어 있는 두께 8~10인치의 좁은 빙야와 마주쳤다. 이 빙야는 커다란 덩어리들로 이루어져 있고 보통 너무 바싹 모여 있어서 배들이 뚫고 지나가기 힘들다. 그때 쿡 선장은 수많은 새 떼들과 다른 징후들을 보고 그곳이 육지 부근이라고 추정했다. 그는 매서운 추위를 견디며 남쪽으로 계속 내려가 위도 64도, 동경 38도 14분 지점에 다다랐다. 여기서 닷새 동안 산들바람이 부는 화씨 36도의 온화한 날씨가 계속되었다. 1773년 1월 배들은 남극권에 진입했지만 더 이상 전진하지는 못했다. 67도 15분에 도착하자 남쪽 수평선을 따라 끝도 없이 이어진 거대한 빙야에 가로막혀 전진 항로가 모두 막혀 있었기 때문이다. 이 얼음은 아주 다양한 종류로, 수마일에 걸치는 몇몇 대형 부빙들이 단단한 덩어리를 이루고 수면에서 18~20피트 치솟아 있었다. 늦겨울이라 이 장애물을 돌아갈 희망이 없어서 쿡 선장은 마지못해 북쪽으로 항로를 돌렸다.

다음 해 11월 그는 다시 남극 탐사를 시작했다. 59도 40분 지점에서 남쪽으로 흐르는 강한 해류를 만났다. 12월에 67도 31분, 서경 142도 54분 지점에 도달했을 때는 강풍과 안개를 동반한 추위가 극심했다. 여기에도 새들이 아주 많아서, 앨버트로스와 펭귄, 특히 바다제비가 많았다. 70도 23분 지점에서 커다란 빙도들이 나타나더니 그 직후 남쪽 방향에 눈처럼 하얀 구름들이 보였다. 빙원이 가깝다는 표시다. 71도 10분, 서경 106도 54분 지점에서 전처럼 남쪽 수평선 전체를 덮고 있는 거대한 빙야에 가로막혔다. 빙야의 북쪽 끝은 울퉁불퉁하고 깨지고 전혀 지나갈 수 없이 단단히 맞물린 채 남쪽으로 1마일 정도 뻗어 있었다. 그 너머는 어느 정도까지 비교적 매끈한 얼음 표면이 이어졌고, 아득히 멀리 저 끝에는 거대한 설산이 솟아 있었다. 쿡 선장은 이 거대한 빙야가 남극까지 이어지거나 대륙과 연결되어 있다고 결론 내렸다. 이 지역 탐험을 염두에 두고 각고의 노력과 인내로 마침내 국가탐험대를 착수시킨 J. N. 레이놀즈 씨는 레졸루션 호의 시도를 이렇게 평한다. "쿡 선장이 71도 10분을 넘지 못한 것은 놀랍지 않지만, 서경 106도 54분에서 그 지점에 도달했다는 것은 놀랍다. 파머스랜드는 셰틀랜드 남쪽, 위도 64도에 위치하며 이제껏 어떤 항해자가 가본 곳보다 더 남쪽과 서쪽 방향으로 뻗어 있다. 얼음에 막혀 더 이상 전진하지 못했을 때 쿡은 이 땅을 향하고 있었는데, 1월 6일처럼 이른 시점에는 그곳이 늘 얼음에 덮여 있을 것이라는 우려가 든다. 기록에 묘사된 얼음산 일부가 파머스랜드 본토나 더 남쪽과 서쪽 땅의 일부와 연결되어 있다고 해도 놀랍지 않다."

1803년 크로이첸스테른 선장과 리시아우스키 선장이 러시아 알렉산드르 황제의 명을 받고 세계 일주 항해에 나섰다. 그들은 남극에 가려고 애썼지만 남위 59도 58분, 서경 70도 15분을 넘지 못했다. 여기서 동쪽으로 흐르는 강한 해류를 만났다. 고래는 많았지만 얼음은 보이지 않았다. 이 항해에 대해 레이놀즈 씨는 크로이첸스테른이 좀 더 일찍 그 지점에 도달했다면 분명 얼음과 마주쳤을 것이라고 말했다. 그가 그 위도에 도달했을 때는 3월이었기 때문이다. 남쪽과 서쪽에서 부는 바람이 해류에 힘입어 북쪽의 조지아, 동쪽의 샌드위치랜드와 사우스오크니, 서쪽의 사우스셰틀랜드 제도로 연결된 얼음 지대 안으로 부빙을 몰고 왔다.

1822년 영국 해군의 제임스 웨델 선장이 초소형선 두 척으로 특별한 어려움도 없이 이전의 그 누구보다 더 남쪽까지 내려갔다. 위도 72도 지점에 도달하기 전까지는 종종 얼음에 둘러싸였지만 일단 이 지점에 이르자 얼음이라고는 한 조각도 보이지 않았고, 74도 15분에 이르자 빙야는 전혀 없이 빙도만 세 개 보였다. 엄청난 새 떼가 보이고 육지가 있음을 알리는 통상적 징조들이 나타나고 남향 돛대 머리에서 셰틀랜드 남쪽으로 미지의 해안이 보였는데도 웨델이 남극 지대에는 육지가 존재하지 않는다고 한 것은 다소 놀랍다.

1823년 1월 11일 벤저민 모렐이 최대한 남쪽까지 가보겠다는 목표를 품고 미국 범선 와스프 호를 타고 케르겔렌 제도에서 출발했다. 2월 1일 그의 위치는 남위 64도 52분, 동경 118도 27분이었다. 다음은 그가 그날 쓴 일기의 일부이다. "바람이 곧 11노트로 강해지자 이 기회를 이용해 서쪽으로 방향을 틀었다. 하지만 위도 64도를 넘어 남쪽으로 갈수록 얼음이 적어진다고 확신한 우리는 약간 남쪽으로 방향을 틀어 남극권으로 진입해 동경 69도 15분에 도달했다. 이 위도에는 빙야는 전혀 없고 빙도도 거의 보이지 않았다."

3월 14일자 일기에는 이런 말도 있다. "바다에는 이제 빙야라고는 보이지 않고 빙도도 열두 개 정도밖에 보이지 않는다. 동시에 기온과 수온은 남위 60도와 62도 사이보다 적어도 13도는 더 높다(온화하다). 지금 우리는 남위 70도 14분 지점에 있고 기온은 47도, 수온은 44도다. 이 상황에서 방위각당 편동편차는 14도 27분이다. [……] 서로 다른 경도에서 몇 번 남극권에 진입해봤지만 남위 65도를 지나면 기온과 수온은 늘 점점 더 높아지고 편차는 그에 비례해서 줄어든다. 이 위도보다 북쪽, 예를 들어 남위 60도와 65도 사이에서는 수많은 거대한 빙도들―그중에는 둘레가 1~2마일에 달하고 해발고도가 500피트도 넘는 빙도들도 있다―틈에서 통로를 찾느라 갖은 고생을 한 적이 많았다."

연료와 물이 거의 떨어지고 적절한 계기計器도 없고 시기도 늦어서 모렐 선장은 확 뚫린 바다가 눈앞에 펼쳐져 있는데도 더 이상 남쪽으로 전진하지 못하고 배를 돌릴 수밖에 없었다. 이런 어쩔 수 없는 이유들 때문에 후퇴하지만 않았어도, 극점 자체까지는 아니어도 적어도 남위 85도까지는 갈 수 있었을 것이라고 그는 말한다. 이 일에 대해 그의 의견을 자세히 적은 이유는 앞으로 이어질 내 경험담을 들어보면 그 사람들이 어느 지점까지 갔는지 독자들이 이해할 수 있을 것 같아서이다.

1831년 런던의 포경선 선주들인 엔더비 가문에 고용된 브리스코 선장이 라이블리 호를 타고 소형정 툴라 호를 동반해 남태평양으로 떠났다. 2월 28일 남위 66도 30분, 동경 47도 31분 지점에서 그는 육지를 발견했고 "동남동 방향으로 뻗은 산맥의 검은 봉우리들을 눈 사이로 똑똑히 봤다." 그는 다음 달 내내 그 근처에 머물렀지만 거친 날씨 때문에 해변에서 10리그 더 안쪽으로는 접근할 수가 없었다. 이 시기에는 더 이상 뭔가 발견하기는 불가능하다고 판단한 그는 반 디먼스랜드에서 겨울을 나기 위해 북쪽으로 돌아왔다.

1832년 초 그는 다시 남쪽으로 향했고, 2월 4일 67도 15분, 서경 69도 29분 지점 남동쪽 방향에서 육지를 발견했다. 그는 곧 그 육지 가 처음 발견했던 땅에서 튀어나온 갑岬이라는 것을 알게 됐다. 그 달 21일 그는 그곳에 상륙하는 데 성공했고, 영국 여왕을 기려 이 섬 을 아들레이드 섬이라 명명한 뒤 윌리엄 4세의 이름으로 복속시켰 다. 이런 사실들은 런던 왕립지리학회에 알려졌고, 학회에서는 "남 위 66도에서 67도까지, 동경 47도 30분에서 서경 69도 29분까지 계 속 이어진 땅이 있다"라고 결론 내렸다. 이러한 결론에 대해 레이놀 즈 씨는 다음과 같이 말한다. "우리는 절대 그 결론이 옳다고 동의 하지 않으며, 브리스코의 발견은 그러한 추론을 정당화하지 않는다. 웨델이 조지아와 샌드위치랜드, 사우스오크니, 셰틀랜드 제도의 동 쪽 경도상에서 남쪽으로 내려간 것은 바로 이 경계 안에서였다." 내 경험은 학회 결론이 허위라는 것을 가장 직접적으로 증언하게 될 것 이다.

이상이 남위 고점에 도달하기 위해 지금까지 이루어진 주요 시도 들이다. 지금 보면 제인 호의 항해 이전에는 거의 300도에 달하는 경도가 남극권 진입의 통로로 사용된 적이 없었다는 것을 알 수 있다. 당연히 우리 앞에는 광대한 땅이 발견되길 기다리고 있었고, 그래서 대담하게 남쪽으로 내려가겠다는 가이 선장의 결심을 나는 지대한 관심을 가지고 들었다.

17장

  우리는 나흘 동안 계속 남쪽으로 내려간 후 글래스 제도 찾기를 포기했다. 얼음은 전혀 보이지 않았다. 26일 정오에 남위 63도 23분, 서경 41도 25분 지점에 도달했다. 이제 커다란 빙도가 몇 개 보였고 부빙 덩어리도 있었지만 별로 크지는 않았다. 바람은 주로 남동쪽이나 북동쪽에서 불었지만 매우 약했다. 드물기는 하지만 동풍만 불면 어김없이 비를 동반한 돌풍이 몰아닥쳤다. 눈은 많건 적건 매일 왔다. 27일 온도계는 35도를 가리켰다.

  1828년 1월 1일. 이날은 완전히 얼음에 에워싸였고, 전망은 정말이지 암울해 보였다. 오후 내내 북쪽에서 강한 폭풍이 불어와 선미 돌출부와 키를 굵은 얼음 조각들로 미친 듯이 때리는 통에 결과가 두려워 벌벌 떨었다. 밤이 되고 폭풍이 여전히 거세게 불어닥치는 와중에 앞에 있던 커다란 빙야가 갈라지자, 우리는 돛을 최대한 올리고는 조금 약해진 눈발을 뚫으며 그 틈을 헤치고 그 너머 열린 바다로 나갔다. 바다에 가까워지면서 점차 돛을 거둬들였고 마침내 빙야를 통과하자 앞돛 한 폭만 달고 정박했다.

1월 2일. 이제는 날씨가 제법 쾌청했다. 남극권에 진입해 정오에 남위 69도 10분, 서경 42도 20분 지점에 이르렀다. 뒤에는 커다란 빙야가 있었지만 남쪽에는 얼음이 거의 보이지 않았다. 이날 20갤런들이 쇠주전자와 200패덤 길이의 밧줄을 이용해 임시변통으로 측량 기구를 만들었다. 해류는 시간당 4분의 1마일 속도로 북쪽 방향으로 흐르고 있었다. 기온은 이제 33도 정도다. 이곳 편차는 방위각당 편동편차 14분 28도이다.

1월 5일. 별다른 장애물 없이 여전히 남쪽 항로를 유지하고 있다. 하지만 이날 아침 남위 73도 15분, 서경 42도 10분 지점에서 광대하게 펼쳐진 얼음과 맞닥뜨려 또다시 앞길이 막혔다. 하지만 남쪽으로는 넓은 바다가 보여서 결국에는 거기 도달할 수 있다고 확신했다. 부빙 가장자리를 따라 동쪽으로 가다 보니 마침내 너비 1마일 정도의 통로가 나와 해 질 녘까지 그 사이를 구불구불 통과해 나왔다. 우리가 나온 바다에는 빙도가 빽빽이 들어차 있었지만 빙야는 없어서 전처럼 거침없이 전진해나갔다. 눈이 자주 오긴 했지만 추위가 심해지는 것 같지는 않고, 이따금 심한 우박돌풍이 몰아닥쳤다. 이날 거대한 앨버트로스 떼가 남동에서 북서 방향으로 범선 위를 날아갔다.

1월 7일. 바다는 여전히 훤히 트여서 아무 어려움 없이 항로를 유지했다. 서쪽에 엄청난 크기의 빙하들이 나타났고, 오후에는 꼭대기

높이가 해발 400패덤 이상은 족히 될 것 같은 빙하를 지척에서 지나갔다. 저부 둘레는 4분의 3리그 정도 됐고, 개울 몇 개가 옆구리 쪽 크레바스에서 흐르고 있었다. 이 섬은 이틀 동안 계속 보이다가 안개가 끼는 바람에 사라졌다.

1월 10일. 아침 일찍 불행히도 선원 하나가 바다에 빠졌다. 피터 브레덴버그라는 뉴욕 출신 미국인으로 정말로 유능한 선원이었는데, 이물 쪽으로 가다가 발이 미끄러지는 바람에 두 얼음판 사이에 빠져 다시는 올라오지 못했다. 이날 정오 우리 위치는 위도 78도 30분, 서경 40도 15분이었다. 이제 추위가 극심해졌고, 북쪽과 동쪽에서 우박돌풍이 끝없이 들이닥쳤다. 그쪽 방향에는 더 큰 빙하들이 몇 개 보였고, 동쪽 수평선은 켜켜이 쌓인 빙야로 온통 막혀 있었다. 밤사이 부목들이 떠다니고 수많은 새들이 머리 위로 날아갔다. 넬리, 슴새, 앨버트로스, 밝은 푸른색 깃털을 가진 커다란 새였다. 이곳 방위각당 편차는 남극권을 넘어올 때보다 더 작았다.

1월 12일. 남쪽으로 계속 내려갈 수 있을지가 또다시 불확실해졌다. 남극 방향에 높고 거친 얼음 산맥을 뒤에 둔 부빙만 끝도 없이 보였기 때문이다. 산맥 사이에서는 높은 절벽 하나가 다른 산들을 위압적으로 굽어보고 있었다. 우리는 입구를 발견하려고 14일까지 서쪽으로 돌아갔다.

1월 14일. 이날 아침 앞을 막고 있던 빙야의 서쪽 끝에 도달해 그 지점을 지나 얼음 한 점 보이지 않는 넓은 바다로 나왔다. 깊이는 200패덤이고 시간당 반 마일의 속도로 남쪽 방향으로 해류가 흐르고 있다. 기온은 47도, 수온은 34도다. 우리는 이제 어떤 방해도 없이 남쪽으로 전진해서 16일 위도 81도 21분, 서경 42도 지점에 이르렀다. 여기서 다시 측량을 해보니 해류는 여전히 남쪽 방향으로 시간당 4분의 3마일 속도로 흐르고 있었다. 방위각당 편차는 줄어들었고, 기온은 온화하고 상쾌했다. 최고 온도는 51도였다. 그 기간 동안 얼음이라고는 전혀 보이지 않았다. 이제 선원들 모두가 극에 도달할 수 있다고 자신했다.

1월 17일. 사건이 많은 날이었다. 헤아릴 수 없을 정도로 많은 새들이 남쪽에서 날아와서 갑판 위에서 몇 마리를 쏘아 맞혔다. 그중 펠리컨 종에 속하는 새는 맛이 굉장히 좋았다. 정오경 좌현 이물 쪽 돛대 위에서 조그만 부빙을 발견했는데, 그 위에 커다란 동물 같은 게 보였다. 날씨가 좋고 바람도 거의 없었기 때문에 가이 선장은 보트 두 척을 내려 그게 뭔지 살펴보기로 했다. 더크 피터스와 나도 항해사를 따라 큰 보트에 탔다. 다가가서 보니 부빙 위에는 북극곰과에 속하지만 크기는 제일 큰 북극곰보다 훨씬 더 거대한 동물이 있었다. 무장을 단단히 하고 있었던 우리는 주저 않고 당장 공격하기 시작했다. 연속해서 총 몇 발을 쐈고 그 대부분이 머리와 몸에 맞은 걸 분명 보았다. 하지만 그 괴물은 전혀 개의치 않고 얼음 위에서 뛰어내리더니 피터스와 내가 탄 보트를 향해 입을 쩍 벌린 채 헤엄쳐 오기 시작했다. 이 돌발 사태에 다들 당황한 나머지 누구도 다시 재깍 총을 쏘지 못했고, 그사이 곰은 그 거대한 몸체의 반을 우리 뱃전에 턱 올리더니 놈을 쫓아낼 적절한 조치를 취하기도 전에 선원

하나의 허리를 낚아챘다. 이 초미의 상황에서 우리를 살린 것은 피터스의 신속하고 민첩한 행동이었다. 그가 그 거대한 괴물의 등에 뛰어올라 목 뒤에 칼날을 박아 넣더니 단칼에 척수까지 푹 찌른 것이다. 짐승은 저항도 못 하고 죽어 바다로 꼬꾸라졌고, 몸이 구르면서 피터스도 함께 끌려 들어갔다. 피터스는 곧 정신을 차렸고, 밧줄을 던져주자 보트에 타기 전 짐승의 시체를 밧줄로 묶었다. 우리는 전리품을 뒤에 끌고 의기양양하게 범선으로 귀환했다. 치수를 재어 보니 길이가 최고 15피트나 됐다. 털은 눈처럼 희고 매우 거칠며 단단히 말려 있었다. 눈은 선홍색에 북극곰보다 더 크고 주둥이도 더 둥글어서 불도그 주둥이와 비슷했다. 고기는 부드러웠지만 냄새가 심하게 고약하고 비렸는데, 그래도 사람들은 걸신들린 것처럼 먹으며 맛이 끝내준다고 했다.

전리품을 뱃전에 싣자마자 돛대에서 "우현 이물 쪽 육지!"라는 기쁜 함성이 들려왔다. 모두 긴급 태세에 돌입했고, 때마침 바람도 북쪽과 동쪽에서 불어오기 시작해 곧 해안 근처에 도달했다. 둘레가 1리그 정도 되는 나지막한 돌섬으로, 선인장을 제외하면 식물이라고는 거의 없었다. 북쪽에서 접근하면서 보면 밧줄로 묶어놓은 솜꾸러미 비슷한 모양을 하고 있으며 바다 쪽으로 툭 튀어나온 특이한 바위턱이 있었다. 그 바위턱을 서쪽으로 두르면서 조그만 만이 있는데, 우리 배는 그곳에 편하게 정박했다.

섬을 샅샅이 훑어보는 데는 오래 걸리지 않았지만, 한 가지를 제외하면 특별히 관찰할 만한 게 없었다. 섬 서쪽 끝 해안 근처에서 돌더미에 반쯤 묻힌 나무토막을 발견했는데, 모양새가 카누의 뱃머리였던 것 같았다. 나무토막에는 조각의 흔적이 분명히 남아 있었는데, 가이 선장은 거북 모양이 보인다고 했지만 내가 보기엔 별로 유사성이 크지 않았다. 이 뱃머리—혹시라도 뱃머리라면—를 제외하고는 이곳에 생명체가 살았다는 징표가 없었다. 해변을 따라가다 보면 가끔 조그만 부빙들이 보였지만 극히 소수였다. (가이 선장이 범선 공동 소유주에 대한 경의의 표시로 베넷 섬이라 명명한) 이 섬의 정확한 위치는 남위 82도 50분, 서경 42도 20분이다.

이제 우리는 과거 어느 누구보다도 남쪽으로 8도 이상 더 내려갔고, 바다는 눈앞에 여전히 넓게 펼쳐져 있었다. 앞으로 나아갈수록 편차도 일관되게 줄어들었고, 더 놀라운 점은 기온이, 그리고 최근에는 수온도 더 따뜻해졌다는 것이다. 심지어 상쾌하다고까지 할 수 있는 날씨였다. 나침반 정북향에서 늘 부드러운 바람이 한결같이 불어왔다. 하늘은 주로 맑았고 간혹 남쪽 수평선에 엷은 연무가 살짝 나타났지만, 언제나 아주 잠깐에 불과했다. 다만 두 가지 문제가 생겼다. 장작이 떨어져가고 있었고, 몇몇 선원들이 괴혈병 증상을 보였다. 이런 사정들 때문에 가이 선장은 돌아가야 한다는 생각을 하기 시작했고, 그런 말도 자주 했다. 나는 현재 항로로 가다 보면 기록에 묘사된 육지에 곧 닿을 것이라는 확신이 들었고 현재 모양새로 보아 아무리 봐도 더 고위도 지역에 불모의 땅이 있을 리 없다는 믿음이 있었기 때문에, 적어도 며칠만이라도 가던 방향으로 계속 가야 한다고 선장을 강력하게 밀어붙였다. 남극 대륙에 관한 큰 과제를 해결할 수 있는 이런 멋진 기회는 이제껏 한 번도 없었기 때문에 솔직히 선장의 소심하고 시기 부적절한 제안에 울화통이 터졌다. 실제로 선장이 계속 항해하게 된 것은 이 문제에 대한 나의 기탄없는 말에 영향 받아서라고 나는 믿는다. 그런고로, 내 충고로 인해 그 직후 벌어진 더없이 불행하고 잔인한 사건들에 대해서는 개탄하지 않을 수 없지만, 과학의 관심을 온통 사로잡은 흥미진진한 비밀을 파헤치는 데 내가 아주 미약하긴 해도 일말의 도움이 되었다는데서 여전히 조금의 만족감을 느끼고 있다.

18장

1월 18일. 이날 아침[22] 우리는 전과 다름없는 쾌적한 날씨 속에서 계속 남쪽으로 항해했다. 바다는 몹시 잔잔하고 공기는 대체로 온화했고 바람은 북동쪽에서 불어왔고 수온은 53도였다. 다시 150패덤 길이의 밧줄로 측량 기구를 만들어 재어보니 해류는 시간당 1마일의 속도로 극 방향을 향해 흐르고 있었다. 바람과 해류 모두가 늘 이렇게 남쪽 방향을 향하는 걸 놓고 배 여기저기서는 이런저런 추측들이 나왔고 심지어 불안까지 감돌았다. 가이 선장도 적지 않게 휘둘리는 게 똑똑히 보였다. 하지만 선장은 조롱에 극히 민감했기

---

22 [원주] 아침과 저녁이라는 용어는 혼란을 피하기 위해 사용하고 있기는 하지만, 물론 통상적 의미로 생각해서는 안 된다. 밤이라곤 없이 환한 낮이 계속된 지가 이미 오래되었기 때문이다. 계속되는 날짜는 항해 시간에 따른 것이며, 방위도 나침반에 따른 것으로 이해해야 한다. 또한 여기서 이 이야기 앞부분에 등장하는 날짜나 위도, 경도가 정확하다고 할 수 없다는 점도 말해두고 싶다. 앞부분에 해당되는 시기에는 일기를 기록하지 않았기 때문에 많은 경우 전적으로 기억에 의존해서 썼다.

때문에 나는 결국 선장이 그런 걱정들을 웃어넘기게 만들 수 있었다. 이제 편차는 극히 미미했다. 낮 동안 거대한 참고래 몇 마리가 보였고, 셀 수 없이 많은 앨버트로스가 배 위를 날아갔다. 빨간 열매가 가득 달린 산사나무 비슷한 관목과 특이하게 생긴 육지동물의 시체를 건졌다. 짐승은 길이는 3피트였지만 키는 6인치밖에 되지 않았고, 네 다리는 극히 짧았으며 발에는 산호 재질 비슷한 밝은 진홍색의 기다란 발톱이 달려 있었다. 몸은 눈처럼 흰 곧고 부드러운 털로 덮여 있었다. 꼬리는 쥐꼬리처럼 끝이 뾰족했고, 그 길이는 1피트 반 정도 됐다. 머리는—개처럼 펄럭이는—귀를 제외하면 고양이 비슷했다. 이빨은 발톱과 마찬가지로 밝은 진홍색이었다.

1월 19일. 오늘 (바다색이 유별나게 진한) 위도 83도 20분, 서경 43도 5분 지점에서 다시 육지가 돛대에서 보였다. 더 가까이 가서 보니 아주 커다란 제도의 일부였다. 해안은 가파른 절벽이고 내륙에는 숲이 우거져 있는 것 같았다. 이런 환경을 보고 우리는 환호했다. 육지를 발견한 지 약 4시간 만에 해안에서 1리그 떨어진 10패덤 깊이 모랫바닥에 닻을 내렸다. 여기저기 강한 파문이 이는 연안쇄파 때문에 더 이상의 접근이 용이하지 않았기 때문이다. 제일 큰 보트 두 개가 내려졌고, (피터스와 나를 포함한) 한 조가 섬을 둘러싸고 있는 듯한 암초 사이에 통로가 있는지 찾으러 갔다. 얼마간의 수색 끝에 입구를 발견해 안으로 들어가고 있는데 잘 무장한 남자들이 가득 타고 있는 커다란 카누 네 척이 해안에서 나오는 것이 보였다. 카누의 속도는 매우 빨라서, 다가오기를 기다리고 있으려니 곧 소리가 들리는 지점까지 왔다. 가이 선장이 노 깃에 흰 손수건을 묶어 들어 올리자, 그들은 동작을 딱 멈추더니 갑자기 간간이 고함을 섞어가며 커다란 목소리로 알 수 없는 소리를 지껄여대기 시작했다. 그중 우리가 알아들을 수 있는 것은 '아나무-무!'와 '라마-라마!'뿐이었다. 이런 상황이 적어도 30분간 계속됐고, 그사이 우리는 그들의 모습을 충분히 관찰할 수 있었다.

총 110명의 야만인들이 길이 50피트, 너비 5피트의 카누 네 척에 타고 있었다. 신장은 평균 유럽인 정도였지만 더 근육질에 강골이었다. 피부색은 칠흑같이 검었고, 머리카락은 양털같이 굵고 길었다. 그들은 무슨 짐승인지 알 수 없는 털이 덥수룩하고 부드러운 검정 가죽으로 나름 솜씨 좋게 몸에 맞춘 옷을 입고 있었는데, 목과 손목, 발목 부분을 제외하고는 털이 안쪽으로 가도록 만들어져 있었다. 주요 무기는 딱 보기에도 매우 무거워 보이는 진한 색 나무로 만든 곤봉이었다. 하지만 부싯돌을 단 창과 새총도 몇 개 눈에 띄었다. 카누 바닥에는 커다란 달걀 크기의 검은 돌들이 가득 차 있었다.

열변(그 알 수 없는 재잘거림은 그런 뜻으로 한 게 분명했다)을 마치고 나자, 추장으로 보이는 사람이 카누 뱃머리에서 일어나더니 우리 보트를 옆에 나란히 대라고 신호했다. 우리는 그 암시를 못 알아듣는 척했다. 그쪽 숫자가 우리보다 네 배는 많았기 때문에 가능하면 거리를 유지하는 게 더 현명할 것 같았다. 상황을 파악한 추장은 나머지 카누 세 척에게 물러나라고 명한 후 자기 카누로 우리 쪽으로 다가왔다. 우리 앞에 오자마자 그는 우리 보트 중 가장 큰 보트에 뛰어올라 가이 선장 옆자리에 앉더니 범선을 가리키며 '아나무-무!'와 '라마-라마!'라는 말을 되풀이했다. 우리는 배로 돌아왔고, 카누 네 척은 약간 뒤에서 우리를 따라왔다.

보트를 배 옆에 대자 선장은 손뼉 치고 허벅지와 가슴을 때리고 종잡을 수 없이 웃어대며 극도의 놀라움과 기쁨을 표했다. 뒤의 추종자들도 그 흥겨움에 동참하자 몇 분간 귀가 멀 정도로 지독한 소음이 이어졌다. 겨우 그들이 조용해지자 가이 선장은 경계 조치로 보트들을 끌어올리도록 명하고, (곧 이름이 투-윗이라는 것을 알게 된) 추장에게 한 번에 스무 명 이상은 갑판에 오르게 할 수 없다고 말했다. 추장은 이 조치에 전혀 불만이 없어 보였고, 그가 카누에 뭐라고 지시를 내리자 그중 한 척만 다가오고 나머지는 50야드 정도 뒤에 남았다. 이제 야만인 스무 명이 배에 오르더니 호기심에 가득차 온갖 물건을 살펴보면서 자기 집인 양 편안하게 갑판 구석구석을 어슬렁거리고 삭구들 사이를 헤집고 다녔다.

그들은 백인을 한 번도 본 적 없는 게 분명했다. 실제로 백인의 피부색을 움찔하며 피하는 것 같았다. 그들은 제인 호가 살아 있다고 믿었고 창끝으로 다치게 할까 봐 무서워하면서 조심스레 위쪽을 향해 들고 있었다. 투-윗의 행동에 한번은 선원들이 크게 웃은 적이 있었다. 요리사가 주방 근처에서 장작을 쪼개다 실수로 도끼로 갑판을 찍어 꽤 깊은 상처를 냈다. 추장은 즉시 달려가 요리사를 옆으로 거칠게 밀어젖히더니 상처를 손으로 두드리고 문지르고 옆에 놓인 양동이의 바닷물로 씻으면서 반은 흐느끼고 반은 울부짖는 소리로 범선의 고통을 위로했다. 그 행동은 우리의 예상을 초월한 무지였고, 나는 약간은 꾸민 행동 같다는 생각을 떨칠 수가 없었다.

방문자들은 배의 상부 구조에 대한 호기심을 최대한 채운 다음 아래로 내려갔다. 그들의 놀라움은 상상을 초월했다. 너무 놀라서 말로 표현할 수도 없는 모양인지 이따금 나지막이 감탄을 내뱉을 뿐 조용히 돌아다니기만 했다. 무기를 보고는 온갖 추측을 하기에 천천히 만져보고 살펴보라고 했다. 우리가 무기에 신경을 쓰고 자신들이 무기를 만지고 있을 때 우리가 그 움직임을 주의해서 지켜보는 모습을 봤기 때문에, 나는 그들이 그 무기의 실제 용도를 전혀 의심하지 못하고 그저 우상으로 여겼다고는 생각지 않는다. 대포를 봤을 때는 놀라움이 배가됐다. 그들은 극도의 존경심과 두려움을 표하며 가까이 다가갔지만 자세히 관찰하지는 못했다. 선실에는 커다란 거울이 두 개 있었는데, 여기서 그들의 놀라움은 정점에 달했다. 투-윗이 가장 먼저 접근해 한쪽 거울에는 얼굴을, 다른 쪽 거울에는 등을 보인 채 선실 중간까지 들어가서는 그제야 거울들을 제대로 쳐다보았다. 그가 눈을 들어 거울에 비친 자신의 모습을 본 순간, 나는 그 야만인이 미쳐버리는 줄 알았다. 나오려고 몸을 돌리다 반대쪽 거울에 비친 모습을 두 번째로 봤을 때는 그 자리에서 숨을 거둘까 봐 조마조마했다. 어떤 말로 설득해도 그는 두 번 다시 거울을 쳐다보지 않았을 것이다. 그가 얼굴을 가리고 바닥에 엎드린 채 꼼짝도 하지 않는 바람에 결국 우리가 갑판으로 질질 끌고 올라올 수밖에 없었다.

이런 식으로 한 번에 스무 명씩 야만인 전원이 배 위로 올라왔고, 그러는 내내 투-윗은 배 위에 있었다. 그들은 물건을 훔치려는 기색도 전혀 보이지 않았고, 떠난 뒤에 없어진 물건도 하나도 없었다. 배를 방문하는 동안 태도도 내내 우호적이기 이를 데 없었다. 하지만 그들의 행동 중 이해할 수 없는 게 있었다. 예를 들어, 그들은—예컨대 범선의 돛이나 달걀, 펼쳐놓은 책, 밀가루 냄비처럼—전혀 해될 것 없는 몇몇 물건들에 손도 대지 않으려 했다. 뭔가 교역을 할 만한 물건이 있는지 확인해보려 애썼지만 도무지 말이 통하지 않았다. 그렇지만 놀랍게도 이 섬에 갈리파고스 큰 거북들이 많다는 것을 알게 됐다. 투-윗의 카누에도 한 마리가 있었다. 또 한 야만인은 손에 해삼을 들고 있었는데, 그러다가 그걸 날것 그대로 게걸스레 집어삼켰다. 위도를 고려할 때 결코 정상이 아닌 이런 이례적 모습들을 본 가이 선장은 새로운 발견으로 투기를 해볼 희망을 품고 그 지역을 샅샅이 살펴보기로 했다. 나도 이 섬들에 대해 좀 더 알고 싶은 마음은 간절했지만 지체하지 않고 남쪽으로 계속 항해하고 싶은 마음이 더 컸다. 지금은 날씨가 좋았지만 그게 언제까지 계속될지는 알 수 없었다. 이미 우리는 84도까지 내려온 데다 앞에는 탁 트인 바다가 펼쳐져 있고 남쪽 방향으로 강한 해류가 흐르고 바람도 좋았기 때문에, 선원들의 건강을 챙기고 장작과 신선한 식량을 적당히 싣는 데 필요한 시간 이상으로 정박해 머물자는 제안을 도저히 참고 들을 수가 없었다. 나는 선장에게 오는 길에 얼마든지 이 제도에 들를 수 있고 얼음에 항로가 막힐 경우에는 여기서 겨울을 날 수도 있다고 제안했다. 마침내 그는 내 견해를 받아들였고(나 스스로도 알 수 없는 일이지만 어쩌다 보니 나는 선장에게 큰 영향력을 발휘하게 됐다), 혹시 해삼을 발견한다 해도 재충전을 위해 일주일만 머문 다음 할 수 있을 때 남쪽으로 계속 전진하자는 결정을 내렸다. 그에 따라 우리는 필요한 모든 준비를 한 다음 투-윗의 안내에 따라 제인 호를 암초 사이로 무사히 몰고 나와 주섬의 남동쪽 해안에서 1마일 정도 떨어져 있는, 육지로 완전히 둘러싸인 근사한 만의 10패덤 깊이 검은 모랫바닥에 닻을 내렸다. 이 만의 머리 쪽에는 질 좋은 샘이 세 개 있고 근처에는 나무들이 무성(하다고)했다. 네 척의 카누는 적정 거리를 지키면서 우리를 따라왔다. 투-윗은 배에 남아 있다가 우리가 닻을 내리자 같이 내리더니 내륙에 있는 자기들 마을에 와보라며 초대했다. 가이 선장은 이에 동의했다. 열 명의 야만인들이 볼모로 배에 남겨졌고, 총 열두 명으로 구성된 팀이 추장을 따라갈 준비를 마쳤다. 우리는 불신을 드러내진 않되 신경 써서 단단히 무장했다. 범선은 총을 도열하고 승선용 그물을 올리고 기습에 대비해 모든 적절한 조처를 취했다. 우리가 없는 사이 누구도 배에 들이지 말고 12시간 내에 돌아오지 않으면 선회포를 갖춘 소형정을 보내 섬을 돌며 수색하라고 일등항해사에게 지시해뒀다.

내륙으로 한 걸음 더 들어갈 때마다 이곳은 이제껏 문명인이 발을 들여본 곳과는 본질적으로 다른 지역이라는 것을 확신하게 됐다. 이전에 익숙하던 것들은 하나도 보이지 않았다. 나무들은 열대나 온대, 북쪽 한대 지역의 어떤 나무와도 닮지 않았고, 이미 지나온 남쪽 저위도 지역 나무들과도 전혀 달랐다. 바위도 덩어리나 색깔, 단층이 신기하게 생겼고, 절대 믿기 힘들겠지만 시냇물도 다른 기후의 시냇물과는 어떤 공통점도 없어서 우리는 신중을 기해 그 물을 마시지 않았다. 사실 그 시냇물이 완전히 자연물이라는 것을 믿는 것부터가 힘이 들었다. 앞에 처음으로 조그만 개울이 나타나자 투-윗과 부하들은 걸음을 멈추고 물을 마셨지만, 우리는 그 특이한 성질을 보고 물이 오염되었다고 생각해 입에 대지 않았다. 조금 시간이 흐른 후에야 이 제도 전체의 개울들이 다 그렇게 생겼다는 것을 알게 됐다. 이 액체의 성질을 똑똑히 설명하기란 참으로 난감하고 길게 말하지 않고서는 설명할 수도 없다. 그 물은 보통 물이 그렇듯이 경사진 곳에서는 다 빠르게 흘렀지만 폭포로 떨어질 때를 제외하고는 보통 물처럼 투명하지 않았다. 그럼에도 사실은 현실의 석회수와 똑같이 완전히 투명했고, 차이점은 단지 겉모습뿐이었다. 처음 봤을 때, 특히 경사가 거의 없는 곳에서는 농도가 보통 물에 아라비아고무를 걸쭉하게 집어넣은 것과 비슷했다. 하지만 이는 그 특이함 중 가장 덜 놀라운 성질에 불과했다. 그 물은 무색이 아니었고 한 가지 색도 아니어서, 빛에 의해 이리저리 변하는 실크의 색처럼 물이 흐르는 동안 온갖 색조의 보라색이 보였다. 이 다양한 색조를 본 우리 팀은 거울을 봤을 때의 투-윗처럼 엄청나게 놀랐다. 한 동이 퍼서 잔잔해질 때까지 기다려서 보니 그 액체는 각자 다른 색을 가진 여러 수맥으로 이루어져 있었다. 이 수맥들은 서로 섞이지 않았고, 같은 입자들끼리는 완벽한 응집력을 보였지만 옆 수맥의 입자들과는 완전히 섞이지 않았다. 칼날로 수맥들을 직각으로 자르자 보통 물과 다를 바 없이 물이 즉시 그 위를 덮었고 칼날을 빼자 칼이 들어갔던 흔적은 즉시 사라졌다. 하지만 칼날로 정확하게 두 수맥 사이를 가르고 들어가면 완벽하게 분리되면서 응집력이 즉시 회복되지 않았다. 이 물의 이러한 현상은 내가 결국 휘말리게 되는, 기적과도 같은 엄청난 연쇄적 사건을 연결하는 첫 번째 확고한 고리였다.

19장

    마을은 내륙으로 9마일 이상 들어간 곳에 있었고 가는 길도 험해서 거의 세 시간이 걸려서야 도착했다. 가는 도중 두 명에서 예닐곱 명으로 구성된 조그만 무리들이 마치 우연인 양 여기저기 길모퉁이에서 합류하면서 (카누에 타고 있던 총 110명의) 투-윗 일행은 시시각각 늘어났다. 그게 너무나 체계적으로 보여 나는 불신감을 느끼지 않을 수가 없었고 가이 선장에게 이런 우려를 말했다. 하지만 이제 물러나기엔 너무 늦어서 우리의 안전은 투-윗을 완벽히 믿는다는 것을 보여주는 데 달려 있다고 결론 내렸다. 따라서 우리는 야만인들의 행동을 경계하고 그들이 우리 사이에 끼어들어 무리를 갈라놓는 일이 없도록 하면서 계속해서 전진했다. 이런 식으로 험한 협곡 사이를 지나 마침내 자칭 그 섬의 유일한 부락에 도착했다. 마을이 보이자 추장이 고함을 지르기 시작했는데, '클록-클록'이라는 말이 자주 반복됐다. 아무래도 마을 이름 혹은 마을이라는 단어인 것 같았다.

　집들은 상상할 수 없을 정도로 누추했고, 인류에게 알려진 가장 미개한 부족의 집과도 달리, 어떤 일관된 설계로 이루어져 있지 않았다. 일부 집들은 뿌리에서 4피트 정도 높이에서 자른 나무에 커다란 검정 가죽을 덮어 늘어뜨린 모양새였다(나중에 알고 보니 '웜푸' 혹은 '얌푸'라고 불리는, 그곳의 높은 양반들의 집이었다). 야만인은 그 밑에 보금자리를 꾸렸다. 아무렇게나 5~6피트 정도 높이로 쌓은 진흙 비탈에 거친 나뭇가지들을 45도 각도 정도로 비스듬히 기대 세운 다음 마른 잎사귀들을 올려 만든 집들도 있었다. 또 다른 집들은 그냥 흙바닥을 수직으로 판 다음 비슷한 나뭇가지들을 덮어서 만들었는데, 거주자가 들어갈 때는 나뭇가지들을 치웠다가 들어간 다음 다시 끌어당겨 덮었다. 몇 채는 서 있는 나무의 갈라진 가지들 사이에 지었는데, 위쪽 가지들을 일부 잘라 아래쪽 가지 위로 굽어지게 해서 풍상으로부터 보호처가 될 수 있도록 했다. 하지만 더 많은 집들은 표토 비슷한 짙은 색 암석으로 이루어진 가파른 바위턱 표면을 긁어 야트막하게 판 동굴이었는데, 마을의 삼면을 이런 집들이 둘러싸고 있었다. 이 원시적 동굴의 입구에는 조그만 바위가 있었다. 거주자가 집을 떠날 때면 이 돌을 입구 앞에 신경 써서 놓아뒀지만 돌 자체가 입구의 3분의 1 이상을 가릴 정도로 크지 않았기 때문에 그 목적이 무엇인지는 알 수 없었다.

　마을이라는 단어로 부를 수 있다고 치면, 이 마을은 상당히 깊은 계곡에 위치해 있어서 남쪽에서만 접근할 수 있었고, 앞서 말한 가파른 바위턱이 다른 방향에서 진입하는 것을 완전히 차단하고 있었다. 계곡 한가운데를 가로지르면서는 앞서 묘사한 것과 같은 신비로운 물이 냇물을 이루며 요란하게 흘렀다. 낯선 동물들도 몇 마리 집 근처에서 보였는데 모두 완전히 길들여져 있는 것 같았다. 그중 가장 큰 동물은 몸체와 주둥이 구조가 보통 돼지와 비슷했다. 하지만 꼬리는 털이 많았고 다리는 영양처럼 날씬했다. 움직임은 몹시 서투르고 엉거주춤해서 뛰려는 모습은 전혀 보지 못했다. 모양은 매우 비슷하지만 몸체가 훨씬 더 길고 검은 털로 덮인 동물들도 몇 마리 보였다. 길든 가금류가 여러 종류 뛰어다녔는데, 이들이 원주민의 주된 식량인 것 같았다. 놀랍게도 이 새들 중에는 완전히 길든 검정 앨버트로스들도 있었다. 이들은 먹이를 찾아 정기적으로 바다로 가지만 항상 집인 마을로 돌아왔고 근처 남쪽 해안을 부화 장소로 썼다. 거기서 그들은 평소대로 친구인 펠리컨과 합류했지만 펠리컨들은 야만인 마을에는 절대 따라오지 않았다. 다른 길든 새로는 우리 나라의 들오리와 거의 다름없는 오리들과 검정 북양가마우지, 생김새는 말똥가리 비슷하지만 육식성은 아닌 커다란 새들이 있었다. 물고기는 엄청나게 풍부해 보였다. 방문 중 우리는 말린 연어, 볼낙, 청돌고래, 고등어, 둥근 머리 돌고래, 홍어, 붕장어, 코끼리은상어, 숭어, 혀가자미, 비늘돔, 쥐치, 성대, 대구, 넙치, 파라쿠타 외에도 헤아릴 수 없이 다양한 물고기들을 봤다. 또한 이들 대부분이 남위 51도의 로드오클랜드 제도 근처의 물고기들과 비슷하다는 것을 발견했다. 갈리파고 거북도 매우 많았다. 야생동물은 거의 안 보였고, 덩치가 크거나 우리에게 친숙한 종들도 전혀 보이지 않았다. 무시무시하게 생긴 뱀 한두 마리가 우리 앞을 지나갔지만 원주민들이 거의 신경도 쓰지 않는 걸 보고 독성이 없다고 결론지었다.

투-윗과 일행들의 마을에 다가가자 한 무리의 사람들이 달려 나와 시끄럽게 고함을 지르며 우리를 환영했다. 그중 알아들을 수 있는 말은 늘 등장하는 '아나무-무!'와 '라마-라마!'뿐이었다. 새로 온 이 사람들은 한두 명을 제외하고는 완전히 나체여서 우리는 깜짝 놀랐다. 가죽은 카누에 탄 사람들만 입고 있었다. 무기 또한 몽땅 그들이 소유하고 있는 것 같았다. 마을 사람들에게서는 아무런 무기도 보이지 않았기 때문이다. 여자들과 아이들이 아주 많았고, 여자들은 미모라 할 만한 게 없지는 않았다. 그들은 자세가 곧고 키가 크고 체격이 좋고, 문명사회에서는 볼 수 없는 품위와 자유로운 태도가 있었다. 하지만 입술은 남자들과 똑같이 두껍고 꼴사나워서 웃을 때조차 치아가 전혀 보이지 않았다. 머리카락은 남자들보다 가늘었다. 이 발가벗은 사람들 가운데 열 내지 열두 명 정도는 투-윗 무리처럼 검정 가죽으로 만든 옷을 입고 창과 무거운 곤봉으로 무장하고 있었다. 이들은 나머지 사람들에게 큰 영향력을 행사하고 있는 듯 보였고, 늘 '웜푸'라는 직함으로 불렸다. 이들 또한 검정 가죽 궁궐의 거주자들이었다. 투-윗의 집은 마을 한가운데 자리 잡고 있었는데, 훨씬 규모가 컸고 같은 종류의 집들보다 좀 더 잘 지어져 있었다. 그 집을 지탱하고 있는 나무는 뿌리에서 12피트 정도 높이에서 잘려 있었고 잘린 자리 바로 아래 가지 몇 개가 있었는데, 이 가지들 덕분에 덮개가 더 펼쳐져서 나무둥치 주위로 펄럭이지 않았다. 커다란 가죽 네 개를 나무 꼬챙이로 엮어 만든 덮개는 나무못으로 아랫부분을 땅에 박아 넣어 고정시켰다. 바닥에는 카펫용으로 마른 잎사귀들이 수북이 뿌려져 있었다.

우리는 이 오두막집으로 엄숙하게 안내되었고, 원주민들이 최대한 우리 뒤를 따라 꾸역꾸역 들어왔다. 투-윗이 잎사귀 위에 앉더니 자기를 따라 하라는 신호를 했다. 그 말에 따르자 곧 위기라고는 할 수 없지만 몹시 불편한 상황에 놓이게 됐다. 우리 열두 명은 바싹 웅크리고 앉은 마흔 명이나 되는 야만인들에 둘러싸여 앉아 있게 된 것이다. 만약 어떤 소동이 벌어진다면 무기를 쓰기도 불가능할뿐더러 일어날 수조차 없는 상황이 될 것이다. 압박감은 천막 안뿐만이 아니라 온 섬의 사람들이 몽땅 다 모인 것 같은 바깥 상황도 마찬가지였다. 군중이 우리를 짓밟아 죽이지 않고 있는 것은 오로지 투-윗이 끊임없이 고함을 치며 애를 쓰고 있었기 때문이었다. 그래도 우리의 안전은 투-윗을 우리 사이에 두는 데 달려 있었기 때문에, 우리는 그의 옆에 바싹 붙어 있는 것이 이 딜레마에서 빠져나갈 최선책이라고 보았고, 적대적인 계획이 눈에 띄는 즉시 그를 희생시키기로 했다.

소동 끝에 어느 정도 사방이 조용해지자 추장이 카누에서 한 것과 거의 흡사한 연설을 아주 길게 했다. 다른 점은 '아나무-무스!'가 '라마-라마스!'보다 약간 더 힘주어 강조된다는 것이었다. 우리는 그 열변이 끝날 때까지 숨죽인 채 경청했고, 그러고는 가이 선장이 이에 화답하여 추장에게 영원한 우정과 호의를 약속한 뒤 청색 구슬로 만든 목걸이와 칼 하나를 선물로 주며 말을 끝맺었다. 놀랍게도 왕은 목걸이에는 경멸하는 표정으로 코를 쳐들었지만 칼에는 무한한 만족을 표시했고 즉시 저녁 식사를 차리라고 명했다. 곧 수행원들의 머리 위를 지나 식사가 천막 안으로 들어왔는데, 아직도 꿈틀거리고 있는 미지의 동물의 내장이었다. 어쩌면 마을에 오면서 봤던 날씬한 다리의 돼지 내장일지도 몰랐다. 어찌할 바를 모르는 우리들을 본 추장은 친히 모범을 보이며 그 유혹적인 음식을 1야드, 또 1야드 집어삼키기 시작했고, 마침내 더 이상 견디지 못한 우리가 위장이 뒤집히는 증상들을 명백히 보이기 시작하자 폐하께서는 거울을 봤을 때보다 오직 살짝 덜할 뿐인 놀라움을 표했다. 하지만 우리는 앞에 놓인 진미를 함께 하기를 거부했고 방금 늦은 아침을 푸짐히 먹고 왔기 때문에 식욕이 전혀 없다는 사실을 전하기 위해 갖은 애를 썼다.

왕이 식사를 마치자, 우리는 이곳의 주생산품이 무엇이며 그게 수익이 될 수 있을지 알아낼 작정으로 생각할 수 있는 온갖 독창적인 방식으로 반대 심문을 시작했다. 마침내 그는 우리 뜻을 어느 정도 짐작한 것 같았고, (표본 하나를 가리키며) 해삼이 풍부하게 발견된다는 해안으로 우리를 데려가주겠다고 했다. 우리는 군중의 압박감에서 벗어날 수 있는 기회가 이렇게 일찍 찾아온 것에 기뻐하며 꼭 가고 싶다는 뜻을 보였다. 이제 우리는 천막을 떠나 마을 주민 전체를 대동한 채 추장을 따라 우리 배가 정박하고 있는 만에서 멀지 않은 섬의 남동쪽 끝으로 갔다. 여기서 한 시간 정도 기다리자 야만인 몇 명이 우리가 있는 곳으로 카누 네 척을 몰고 왔다. 우리 일행은 모두 그중 하나에 올라 앞서 언급한 암초와 더 바깥쪽에 있는 또 하나의 암초 가장자리를 따라 카누에 실려 갔는데, 그 암초에는 해삼이 풍부하다고 칭송이 자자한 저위도 제도들에서 우리 중 최고령자가 이제껏 본 것보다 훨씬 더 많은 해삼들이 있었다. 우리는 필요하면 해삼으로 배 열두 척은 너끈히 채우겠다는 확신이 들 정도의 시간만 암초 근처에 있다가 범선 옆으로 실려 왔고, 24시간 내에 들오리와 갈리파고 거북을 카누에 최대한 싣고 오겠다는 약속을 받은 후 투-윗과 작별을 고했다. 범선에서 마을로 오는 길에 무리가 체계적으로 늘어났던 일 외엔 원주민들에게서 의심을 불러일으키는 행동은 그러는 내내 전혀 보지 못했다.

20장

    추장은 약속을 지켰고, 곧 신선한 식량이 가득 공급되었다. 거북의 품질은 이제껏 본 중 최고였고, 오리는 말할 수 없이 부드럽고 육즙이 풍부하고 향이 좋아서 최고 중 최고였다. 우리가 원하는 바를 이해한 야만인들은 그 외에도 브라운셀러리와 양고추냉이, 신선한 생선과 말린 생선도 카누 한 가득 싣고 왔다. 셀러리는 진정 특별한 진미였고, 양고추냉이는 괴혈병 증상을 보인 선원들에게 탁월한 효과가 있어서 순식간에 환자 목록에 단 한 사람의 이름도 남지 않았다. 다른 종류의 신선식품도 가득 있었는데, 그중 언급할 만한 것으로는 홍합처럼 생겼지만 굴 맛이 나는 조개가 있었다. 새우와 참새우, 검은 껍질의 앨버트로스 알과 다른 새알들도 풍부했다. 앞서 말한 돼지고기도 가득 비축했다. 대부분은 그 고기가 맛있다고 했지만, 나는 비리고 입에 맞지 않았다. 이 좋은 물건들에 대한 답례로 우리는 원주민들에게 청색 구슬과 놋쇠 장신구, 못, 칼, 붉은 천 조각을 쳤고, 그들은 이 거래에 몹시 만족했다. 우리는 범선 총포 바로 아래 해변에서 정기적으로 장을 열었고, 신뢰 가득하고 질서정연한 분위기 속에서 물물교환이 이루어졌다. 클록-클록 마을에서 본 야만인들의 행동에서 기대하지 않았던 질서였다.

며칠 동안 그렇게 모든 일들이 우호적으로 흘러갔고, 그사이 원주민 일행들은 종종 범선에 올라와 어떤 위해도 받지 않고 오랫동안 배 안을 활보했다. 섬사람들의 우호적 기질과 적극적 자세 덕분에 해삼을 쉽게 가득 실을 수 있겠다고 판단한 가이 선장은 좋은 날씨를 이용해 자신이 남쪽으로 항해를 계속하는 동안 최대한의 해삼을 채집하는 데 도움을 받고 이를 건조하기에 적당한 집을 짓는 문제를 투-윗과 협의하기로 결심했다. 이 계획을 추장에게 언급하자 그는 기꺼이 동의할 기세였다. 따라서 양측 모두가 전적으로 만족하는 거래가 이루어졌고, 그에 따라 다음과 같이 하기로 하였다. 적절한 땅을 구획하고 건물 일부를 짓고 우리 선원 전원이 함께 해야 하는 일을 하는 등 필요한 준비를 끝내고 나면, 범선은 이 계획의 완성을 감독하고 원주민에게 해삼 건조 작업을 가르칠 선원 세 명을 섬에 남겨놓고 계속해서 항해한다. 조건은 우리가 없는 동안 야만인들의 노력에 따르는 것으로 정했다. 그들은 우리가 돌아올 때까지 준비된 해삼의 일정 무게당 정해진 양의 청색 구슬과 칼, 붉은 천 등을 받을 예정이었다.

이 주요 교역품에 대한 묘사와 준비 방법에 흥미를 가질 독자들도 있을 텐데, 그런 걸 설명하기에 이곳보다 더 적절한 곳은 없을 것 같다. 그 물건에 대한 다음의 포괄적 공지는 남태평양 근대 항해사에서 가져온 것이다.

"이것은 인도양의 연체동물문으로, 교역에서는 프랑스 이름 '부쉬드 메흐'(바다에서 온 진미)로 알려져 있다. 내가 잘못 알고 있는 게 아니라면, 저명한 퀴비에는 이를 복족류 유페류라고 부른다. 이것은 태평양 섬들 해안에서 특히 중국 시장용으로 많이 채집되며, 중국에서 해삼은 많이 회자되는 제비집 요리만큼이나 고가로 거래되는데 아마도 제비집 요리는 제비가 이 연체동물의 몸에서 가져온 젤라틴 물질로 만들어진 듯하다. 이들은 껍질도, 다리도 없고, 정반대 기관인 흡수구와 배출구를 제외하고는 튀어나온 부분도 없다. 하지만 애벌레나 벌레 같은 보드라운 날개로 얕은 물에서 기어 다니는데, 물이 얕으면 제비가 포착하여 날카로운 주둥이를 부드러운 몸에 집어넣어 끈적거리는 섬유질 물질을 빼내고 이것이 말라서 제비 둥지의 단단한 벽을 이루기도 한다. 복족류 유페류라는 이름은 거기서 나온 것이다.

이 연체동물은 타원형이며 길이는 3인치에서 18인치까지로 크기가 다양하다. 2피트나 되는 것도 몇 마리 본 적 있다. 모양은 거의 둥글고 약간 납작한 한쪽 면은 해저에 바싹 붙어 있다. 두께는 1에서 8인치 사이이다. 연중 특정 철에는 얕은 물로 기어 올라가는데, 종종 짝으로 발견되는 걸 보면 아마도 새끼를 낳기 위해서인 듯하다. 태양이 강력한 힘을 발휘해 물이 미지근해질 때 해안으로 다가오며, 종종 물이 너무 얕은 지점까지 올라왔다가 썰물이 빠지면 그 자리에 남아 태양의 열기에 노출되어 바싹 말라버린다. 하지만 새끼들은 얕은 물에 데려오지 않기 때문에 새끼는 한 번도 본 적이 없다. 성체는 항상 깊은 바다에서 나오는 모습이 관찰된다. 주된 먹이는 산호를 만드는 식충류이다.

해삼은 보통 깊이 3~4피트의 물에서 잡힌다. 잡은 해삼은 육지로 가져와 크기에 따라 한쪽 끝을 칼로 1인치 조금 넘게 절개한다. 누르면 이 구멍으로 내장이 밀려나온다. 내장은 작은 심해동물과 비슷하다. 씻은 후에는 너무 높지도 않고 낮지도 않은 일정한 온도로 끓인다. 그러고는 네 시간 동안 땅에 묻어뒀다가 잠시 다시 끓이고, 그런 다음 불이나 햇빛에 말린다. 햇빛에 말린 것이 가장 가치가 높지만, 그런 식으로 1피컬[23](133과 3분의 1파운드)을 말리는 사이에 불로는 30피컬을 말릴 수 있다. 제대로 말린 해삼은 건조한 장소에서 아무 문제 없이 2~3년 보관할 수 있지만, 몇 개월에 한 번, 예를 들어 1년에 네 번 정도는 검사를 해서 습기에 손상을 입지는 않았는지 살펴봐야 한다.

앞서 말했듯이 중국인들은 해삼이 방탕한 주색가의 소진된 기력을 회복시켜주고 몸에 엄청난 활력과 영양을 공급한다고 믿어 이를 굉장한 호사로 여긴다. 광동에서 일등품은 1피컬에 90달러나 되는 고가로 팔린다. 이등품은 75달러, 삼등품은 50달러, 사등품은 30달러, 오등품은 20달러, 육등품은 12달러, 칠등품은 8달러, 팔등품은

---

23   중국이나 타이 등에서 쓰는 무게 단위.

4달러이다. 하지만 마닐라와 싱가포르, 바타비아에서는 종종 작은 것들이 더 비싸게 팔리기도 한다."

그렇게 합의를 본 후 우리는 건물을 짓고 땅을 개간하는 데 필요한 온갖 것들을 즉시 뭍에 내리기 시작했다. 만의 동쪽 해안 근처에 있는 넓고 평평한 땅이 선택됐다. 나무와 물이 풍부하고 해삼을 채집할 주 암초들에서 멀리 떨어지지 않은 곳이었다. 이제 우리는 모두 열심히 작업을 시작했고, 목적에 맞는 나무들을 충분히 베고 신속하게 골조용으로 준비를 해서 야만인들을 기함하게 만들었다. 2~3일이 지나자 나머지 일은 뒤에 남길 세 사람에게 안심하고 맡기고 갈 수 있을 정도로 모든 것이 충분히 진척되었다. 그 사람들은 (모두 내가 알기로 런던 토박이들인) 존 카슨과 앨프리드 해리스, ** 피터슨으로, 이 일에 자원한 사람들이었다.

월말이 되자 떠날 준비가 모두 갖춰졌다. 하지만 마을에 정식으로 작별인사를 하기로 한 데다가 투-윗이 그 약속을 지키라고 몹시 끈질기게 고집하는 바람에, 이를 거부해서 추장을 언짢게 만드는 위험은 무릅쓰지 않는 게 좋을 것 같았다. 그때는 우리 중 누구도 야만인들의 호의를 추호도 의심하지 않았다. 그들은 변함없이 깍듯이 예의를 차리며 우리 일을 민첩하게 도와줬고 종종 자기 물품들을 무상으로 제공했으며, 우리가 선물을 줄 때마다 어쩔 줄 모르고 기뻐하는 모습에서 볼 수 있듯이 우리가 가진 것들을 높이 평가하고 있는 게 분명한데도 어떤 경우에도 단 한 개도 훔치지 않았다. 특히 여자들은 모든 면에서 몹시 친절했기 때문에, 그렇게 잘해준 사람들이 배신을 도모하고 있다는 생각을 한 번이라도 했다면 우리는 세상에서 제일 의심 많은 인간임이 틀림없다. 곧 이 명백한 친절함은 우리를 죽이기 위해 철두철미 세운 계획의 산물에 불과했으며 우리가 그렇게 과도하게 평가했던 섬사람들은 지상에서 가장 야만적이고 교활하고 잔인한 놈들임이 밝혀졌다.

우리가 마을을 방문하기 위해 해안에 내린 것은 2월 1일이었다. 앞서 말했다시피 우리는 조금의 의심도 품고 있지 않았지만 그래도 적절한 경계 조치는 무시하지 않았다. 범선에는 여섯 명을 남겨놓고 우리가 없는 동안 어떤 이유로건 야만인들은 한 명도 배에 접근하게 해서는 안 되며 늘 갑판 위에 있어야 한다는 지시를 내려뒀다. 승선용 그물은 걷어 올리고 대포에는 포도탄과 산탄을 두 배로 장탄하고 선회포에는 소총 산탄을 재웠다. 범선은 닻을 수직으로 세운 채 해안에서 1마일 정도 거리에서 정박했고, 어느 방향에서 카누가 접근한다 해도 훤히 보여서 즉시 우리 선회포의 총공격을 받을 수밖에 없었다.

배에 남겨진 여섯 명을 제외한 육지 일행은 총 서른두 명이었다. 우리는 각각 소총 권총, 단도에다 지금은 서부와 남부에서 널리 사용되는 사냥칼 비슷한 기다란 뱃사람 칼까지 들고 완전무장을 갖췄다. 검은 가죽 전사 100명이 우리를 수행하기 위해 하선 장소에서 우리를 맞이했다. 하지만 의외로 이제 그들은 전혀 무장을 하고 있지 않았다. 투-윗에게 이런 정황에 대해 질문하자 그는 그저 '마티논 위 파 파 시'—모두가 형제인 곳에서는 무기가 필요 없다는 뜻—

라고만 대답했다. 우리는 이를 기분 좋게 받아들이고 길을 나섰다.

　우리는 앞서 말한 샘과 개울을 지나 이제 마을이 위치한 동석凍石 언덕들을 가로지르는 좁은 골짜기에 들어섰다. 이 골짜기는 바위투성이에다가 평탄하지 않아서 처음 클록-클록을 방문했을 때 통과하는 데 아주 애를 먹었다. 협곡의 총길이는 1마일 반, 어쩌면 2마일 정도였다. (아주 먼 옛날 급류의 바닥이었던 게 분명해서) 갑작스럽게 휘어지는 법 없이 20야드도 똑바로 가지 못하고 언덕 사이를 사방으로 굽이굽이 돌아갔다. 협곡 양면의 평균 높이는 내내 수직 70~80피트였고, 일부 구간에서는 아찔하게 솟아 통로를 완전히 가리고 있어서 햇빛이 뚫고 들어올 틈이라곤 없었다. 평균 너비는 약 40피트였고, 가끔은 대여섯 명이 나란히 지나갈 수 없을 정도로 좁아졌다. 간단히 말해 세상에서 성공적인 매복에 이보다 더 적합한 곳은 없었다. 당연히 우리는 계곡에 진입하면서 무기를 신중히 챙겼다. 이제 와서 그 터무니없는 어리석음을 생각할 때 가장 놀라운 것은 어떻게 협곡을 지나가는 내내 그 야만인들을 우리 앞과 뒤에 세울 정도로 미지의 야만인들의 힘에 우리를 완전히 내맡길 수 있었을까 하는 점이다. 하지만 우리는 우리 무리의 힘과 투-윗과 부하들의 비무장 상태, (원주민들은 아직 그 효과를 모르는) 우리 화기의 확실한 효력, 그리고 무엇보다도 이 파렴치한 놈들이 오랫동안 유지해온 가식적인 우정을 바보같이 믿고 그 순서를 아무 생각 없이 받아들였다. 야만인 대여섯 명이 여봐란 듯이 부산하게 커다란 돌덩어리들과 잡동사니들을 치우면서 길 안내라도 하는 것처럼 앞장섰다.

그 뒤로 우리 팀이 따라갔다. 우리는 서로 떨어지지 않는 것만 신경 쓰면서 바싹 붙어 걸었다. 그 뒤에는 야만인 본진이 여느 때와 달리 질서정연하고 예의 바르게 따라왔다.

더크 피터스, 윌슨 앨런이라는 남자, 그리고 나는 일행의 오른쪽에서 걸어갔고, 가면서 머리 위로 튀어나와 있는 절벽의 특이한 단층을 관찰하고 있었다. 부드러운 바위에 난 틈 하나가 우리 관심을 끌었다. 한 사람이 움츠리지 않고서도 들어갈 수 있을 정도의 너비였고, 18에서 20피트 정도 언덕 안으로 곧게 뻗다가 왼쪽으로 기울어져 있었다. 골짜기에서 들여다볼 수 있는 지점까지 틈의 높이는 약 60~70피트 정도였다. 갈라진 틈새들에서 개암나무 종류가 열린 작달막한 관목이 한두 그루 자라고 있었는데, 여기에 호기심을 느낀 난 그걸 살펴보려고 재빨리 안으로 들어가서는 열매 대여섯 개를 움켜쥐고 서둘러 물러났다. 돌아서서 보니 피터스와 앨런이 나를 따라오고 있었다. 두 사람이 지나갈 공간이 없었기 때문에 나는 그들에게 내가 딴 열매를 가지면 된다고 말하며 돌아가라고 했다. 그에 따라 그들은 서둘러 돌아서 갔는데, 앨런이 틈 입구 가까이 간 순간 갑자기 한 번도 경험해본 적 없는 충격이 느껴졌다. 단단한 지구의 토대가 몽땅 갑자기 산산이 부서지고 세상의 붕괴가 임박하는 듯한 느낌이 아득하게 드는 충격이었다. 그 순간 생각이라는 게 들었다면 말이다.

21장

혼비백산했다가 정신을 수습하고 보니 나는 흙먼지 자욱한 칠흑 같은 어둠 속에서 숨도 제대로 못 쉬며 납작 엎드려 있었다. 흙먼지가 나를 완전히 파묻을 기세로 사방에서 쏟아지고 있었다. 그 생각에 화들짝 공포에 질려 일어나려고 발버둥을 쳤고 마침내 일어섰다. 잠시 동안 꼼짝도 않고 그대로 있으면서 무슨 일이 벌어졌으며 여기가 어딘지 생각하려고 애썼다. 곧이어 바로 발밑에서 괴로운 신음소리가 들리더니 피터스가 숨 막힌 소리로 제발 좀 도와달라고 나를 불렀다. 한두 발짝 앞으로 움직인 순간 나는 그대로 동료의 머리와 어깨 위에 쓰러졌다. 알고 보니 피터스는 흙더미에 허리까지 묻힌 채 거기서 빠져나오려고 안간힘을 쓰고 있었다. 나는 남은 기운을 있는 대로 쥐어짜 주위의 흙을 치운 끝에 드디어 그를 끄집어냈다.

공포와 경악이 어느 정도 가시고 이성적인 대화가 가능한 상태가 되기 무섭게, 우리 둘은 아까 들어갔던 틈의 벽이 자연의 진동이나 혹은 자기 무게를 이기지 못해 무너져 내렸고 그 바람에 우리가 생매장당해서 완전히 죽은 신세가 되었다는 결론에 도달했다. 우리는 그 비슷한 상황에 처해보지 않은 사람이라면 도저히 상상조차 할 수 없는 극심한 고통과 절망에 빠져 오랫동안 누워만 있었다. 단언컨대, 역사상 어떤 일도 우리가 당한 사고, 즉 생매장보다 더 지독한 정신적, 육체적 괴로움을 주지 못할 것이다. 희생자를 둘러싼 칠흑 같은 어둠, 폐를 짓누르는 갑갑함, 축축한 땅에서 올라오는 숨 막히는 연기, 여기에다 우리에게 일말의 희망도 없으며 그런 게 죽은 자의 몫이라는 소름 끼치는 생각이 들자 참을 수 없는, 결코 상상조차 할 수 없는 끔찍한 두려움과 공포가 왈칵 밀려왔다.

마침내 피터스가 우리를 덮친 이 참사가 정확히 어느 정도인지 알아보고 이 감옥 주변을 더듬어 탐색해보자고 했다. 만에 하나라도 우리가 탈출할 수 있는 구멍 같은 게 아직 남아 있을 수도 있지 않겠느냐는 것이다. 나는 그 희망을 허겁지겁 붙들고 기운을 끌어모아 흙먼지를 헤치고 나가보려 했다. 채 한 걸음도 내딛기 전에 희미한 빛이 보였다. 어떤 일이 벌어지건 당장 공기 부족으로 죽을 일은 없겠다는 확신이 들기에 충분한 빛이었다. 이제 우리는 약간 용기를 얻어 다 잘될 거라고 서로를 격려했다. 빛 쪽으로 가는 길을 막고 있던 장애물을 기어 넘고 나니 전진하기가 좀 더 수월해졌고 고통스럽기 그지없던 갑갑함도 조금 나아졌다. 곧 주위의 사물들이 보이기 시작했다. 우리가 있는 곳은 틈이 똑바로 이어지다 왼쪽으로 꺾어지는 모퉁이 근처였다. 몇 번 더 힘겨운 발걸음을 내디며 굽은 지점까지 와서 보니 천만다행히도 저 멀리 위쪽까지 길게 틈새 혹은 균열이 나 있었다. 간혹 더 가파른 부분도 있었지만 경사는 대개 45도 정도 되어 보였다. 이 통로가 어디까지 뻗어 있는지 그 끝이 보이지는 않았지만 빛이 꽤 들어오는 것으로 봐서 (어떻게든 꼭대기에 올라갈 수만 있다면) 그 꼭대기에는 바깥으로 나갈 수 있는 입구가 있을 게 거의 확실했다.

그 순간 큰 골짜기에서 이 틈 안으로 들어온 사람은 셋이었는데 그중 동료 앨런이 여전히 보이지 않는다는 게 생각났다. 우리는 당장 왔던 길을 돌아가 앨런을 찾기로 했다. 머리 위로 계속해서 쏟아지는 흙 때문에 위험을 무릅쓰며 오랫동안 수색한 끝에 드디어 동료의 발을 잡았다고, 몸은 도저히 꺼낼 수 없을 지경으로 깊숙이 묻혀 있다고 외치는 피터스의 고함 소리가 들렸다. 곧 나도 그 말이 사실임을 알게 됐다. 물론 그의 목숨은 이미 오래전에 끊긴 상태였다. 우리는 비통한 마음으로 그의 시체를 운명에 맡기고 다시 모퉁이로 돌아갔다.

그 틈새는 폭이 우리가 간신히 들어갈 수 있을 정도밖에 되지 않았다. 한두 번 올라가려고 시도해봤지만 실패하고 우리는 다시 한번 절망에 빠졌다. 앞서 말했듯이 큰 골짜기가 가로지르고 있는 언덕들은 동석 비슷한 무른 암석으로 이루어져 있었다. 지금 우리가 올라가려는 틈새의 사면도 같은 재질이었는데 젖어서 어찌나 미끄러운지 가장 경사가 완만한 곳에서조차 발 디딜 곳을 찾을 수가 없었다. 경사가 거의 수직에 가까운 지점들에서는 당연히 어려움이 훨씬 큰지라, 정말이지 잠시 동안은 절대 올라갈 수 없다는 생각마저 들었다. 하지만 우리는 절망을 떨치고 용기를 냈다. 사냥칼로 무른 암석에 발판을 새기고, 간혹 툭 튀어나와 있는 좀 더 단단한 재질의 조그만 판석 끝부분으로 목숨을 걸고 몸을 날려가며 기어 올라가 마침내 자연적으로 형성된 편평한 단에 다다랐다. 거기서 위를 보니 나무가 빽빽하게 우거진 협곡 끝에 파란 하늘 한 조각이 보였다. 이제 약간 여유를 가지고 지금까지 왔던 길을 돌아보니 사면의 모양새로 볼 때 바로 직전에 형성된 통로가 분명했다. 느닷없이 우리를 덮쳤던 그 충격이 무엇이었건 간에 그게 동시에 이 탈출로도 열어준 거라고 결론 내렸다. 우리는 고군분투하느라 기진맥진한 데다 정말이지 너무 기운이 없어서 일어서거나 말을 할 수조차 없었다. 피터스는 아직 허리띠에 차고 있던 권총을 쏘아 동료들이 구조하러 오게 해야 한다고 했다. 소총과 단도는 깊은 계곡 바닥 흙더미 속에서 잃어버린 터였다. 뒤이어 벌어진 사건들로 밝혀졌지만, 만약 총을 쏘았다면 쓰라리게 후회했을 것이다. 하지만 다행히도 이때쯤에는 뭔가 수상쩍다는 의심이 이미 들었기 때문에 야만인들에게 우리의 소재를 알리지 않기로 했다.

한 시간 정도 휴식을 취한 후 천천히 계곡을 올라가기 시작하는데, 얼마 가지 않아 우레 같은 고함 소리가 계속해서 들려왔다. 마침내 우리는 소위 지표면이라 할 만한 곳에 도달했다. 왜냐하면 편평한 단을 떠나서부터 지금까지 올라온 길은 머리 위 저 멀리 자리한 높다란 바위와 무성한 잎이 아치처럼 가리고 있었기 때문이다. 우리는 극도로 경계하며 좁은 입구로 가만히 다가갔다. 입구를 통해 주변 지역이 훤히 보였고, 그 순간 그 충격의 끔찍한 비밀이 한눈에 밝혀졌다.

우리가 있는 곳은 동석 구릉지에서 가장 높은 봉우리의 꼭대기에서 멀지 않은 곳이었다. 우리 일행 서른두 명이 들어갔던 골짜기가 왼쪽으로 50피트도 떨어지지 않은 곳에 있었다. 하지만 적어도 100야드의 골짜기 바닥은 인공적으로 쏟아진 백만 톤 이상의 흙과 돌더미에 막혀 아수라장이 되어 있었다. 그 엄청난 덩어리가 어떻게 쏟아져 내렸는지는 단순하고도 명백했다. 흉악한 작업의 흔적이 여전히 확연히 남아 있었기 때문이다. 골짜기 동쪽 면(우리는 서쪽 면에 있었다) 꼭대기를 따라 땅바닥 몇 군데에 나무 말뚝이 박혀 있는 게 보였다. 그 부분의 땅은 무너지지 않았지만, 대규모의 흙더미가 무너져 내린 절벽 표면을 죽 따라가며 흙에 남아 있는 발파공 드릴 비슷한 자국으로 보아 우리가 본 것과 비슷한 말뚝들이 절벽 가장자리에서 약 10피트 안쪽 지점을 따라 1야드 정도 간격으로 300피트가량 박혀 있었던 게 분명했다. 아직 언덕 위에 남아 있는 말뚝들에는 단단한 포도덩굴 밧줄이 매여 있었는데, 그 밧줄이 다른 말뚝들에도 매여 있었던 게 분명했다. 이 동석 구릉지의 특이한 단층에 대해서는 이미 말한 바 있는 데다 우리를 생매장 신세에서 벗어나게 해준 깊고 좁은 틈새에 대한 묘사에서 그 성질을 더 잘 이해할 수 있을 것이다. 그런 관계로 자연발생적 진동이 일어날 때마다 땅은 거의 수직단층, 즉 서로 평행한 이랑으로 쪼개질 수밖에 없었고,

인공적인 힘을 적당히 가하기만 해도 같은 목적을 이루기에 충분했다. 야만인들은 이 단층을 이용해 야비한 목적을 달성했다. 연속해 박은 말뚝 때문에 땅바닥 일부가 이미 1~2피트 정도 깊이로 갈라져 있는데, 그때 (말뚝 끝부분에 매여 있고 절벽 가장자리에서부터 이어져 있는) 밧줄 끝을 힘껏 잡아당기면 엄청난 지렛대 효과가 생겨서 신호만 하면 언덕 표면을 통째로 그 아래 아득한 구렁 바닥 위로 내동댕이칠 수 있었던 것이다. 불쌍한 우리 동료들의 운명은 이제 더 이상 알 수 없는 일이 아니었다. 그 어마어마한 파괴의 아수라장에서 탈출한 사람은 우리뿐이었다. 우리는 이 섬에 살아 있는 유일한 백인들이었다.

22장

　지금 우리의 상황은 완전히 생매장당했다고 생각했을 때와 별반 다를 바 없이 끔찍했다. 앞에 놓인 가능성이라고는 야만인들 손에 죽거나 야만인들에게 잡혀 비참한 목숨을 이어가는 것뿐이었다. 물론 야만인들의 눈을 피해 요새 같은 언덕에서, 그리고 최후의 보루로 방금 올라왔던 틈새에서 잠시 동안은 몸을 숨길 수도 있겠지만, 극지의 긴 겨울 동안 추위와 기아로 죽거나 물자를 구하려다 결국 발각될 게 분명하다.

　온 사방에 야만인들이 우글대는 것 같았다. 그중 많은 수는 이제 보니 남쪽 섬들에서 떼거지로 뗏목을 타고 온 자들이었다. 제인 호를 빼앗고 약탈하는 걸 돕자고 온 게 분명했다. 우리 배는 여전히 만에서 고요히 닻을 내리고 있었고, 배 위의 동료들은 자신들에게 닥칠 위험을 전혀 알지 못했다. 탈출을 돕든 방어하다 죽든, 동료들과 함께 있고 싶은 마음이 그 순간 얼마나 간절했는지 모른다! 하지만 도움이 되는 건 고사하고 즉각 죽음을 자초하지 않고서는 위험을 경고할 기회조차 없었다. 권총을 쏘면 무슨 사고가 벌어졌다는 걸 충분히 알릴 수 있겠지만, 그런다 해도 자신들의 안전을 도모할 수 있는 유일한 방법은 즉시 항구를 떠나는 것뿐이라는 것도, 동료들은 이미 다 죽은 마당이니 의리를 지키기 위해 남아야 할 의무도 없다는 것도 알려줄 수 없었다. 총소리를 듣는다 해도 이미 해놓은, 그리고 늘 해왔던 준비 이상의 철저한 대비책을 갖추고 당장 공격해 들어올 적을 상대할 수는 없었다. 그러니 총을 쏴봤자 득이라곤 전무하고 실만 무한히 따를 뿐이라 우리는 깊은 숙고 끝에 그러지 않기로 했다.

다음으로 든 생각은 배 쪽으로 달려가 만 입구에 놓여 있는 카누 네 척 중 하나를 빼앗아서 어떻게든 배에 타는 것이었다. 하지만 이 무모한 작전은 절대 성공할 수 없다는 게 곧 명백해졌다. 배에 들키지 않기 위해 수풀과 언덕 후미진 곳에 숨어 살금살금 움직이고 있는 원주민들이 앞서 말했듯이 온 사방에 문자 그대로 우글대고 있었기 때문이다. 특히 우리 바로 코앞에는 투-윗을 필두로 한 검은 피부의 전사 무리 전체가 바닷가로 갈 수 있는 유일한 길을 막고 진을 치고 있었다. 누가 봐도 제인 호에 공격을 개시하기 위해 증원부대를 기다리고 있는 중이었다. 만 입구에 놓여 있는 카누들에도 야만인들이 타고 있었다. 무장을 하지 않은 것은 맞지만 손 닿는 곳에 무기가 있는 게 분명했다. 그래서 우리는 속절없이 지금 은신처에 그대로 남아 곧 벌어질 충돌의 관객이 되는 수밖에 없었다.

30분 정도 지났을 때, 아우트리거를 단 뗏목 혹은 너벅선 60~70척이 야만인들을 가득 싣고 항구의 남쪽 후미를 돌아오는 게 보였다. 짧은 곤봉과 뗏목 바닥에 놓인 돌멩이들을 제외하고는 무기는 없는 것 같았다. 그 직후 훨씬 더 큰 규모의 분대가 반대 방향에서 비슷한 무기를 가지고 나타났다. 그때 만 입구 수풀 속에서 뛰쳐나온 원주민들이 네 척의 카누에 재빨리 타더니 다른 무리들에 합류하기 위해 신속히 출발했다. 그래서 내가 이 이야기를 하는 데 걸린 시간보다 더 짧은 시간에 제인 호는 어떤 위험을 무릅쓰고서라도 배를 빼앗으려고 혈안이 된 수많은 무법자들에게 마치 마법처럼 둘러싸였다.

 그들이 성공하리라는 것은 전혀 의심할 여지가 없었다. 배에 남아 있는 여섯 사람이 아무리 결사항전을 한다 해도 화기를 제대로 다루기에는 역부족이었고 어느 모로 보나 그렇게 중과부적인 싸움을 감당할 수는 없었다. 그들이 맞서 싸울 거라고는 상상도 못 했는데, 내 생각이 틀렸다. 그들은 곧 주닻줄에 매어놓은 보조닻줄을 당겨 우현 대포를 카누 쪽으로 돌렸다. 그때쯤 카누들은 사격 거리 안에 들어와 있었고, 뗏목들은 바람 부는 쪽으로 거의 4분의 1마일 정도 떨어진 지점까지 와 있었다. 이유는 알 수는 없지만 아무래도 불쌍한 우리 동료들이 명백히 절망적인 처지에 동요해서인지 발포는 완전히 실패했다. 포탄은 카누 한 척도 맞히지 못하고 한 명의 야만인도 부상 입히지 못한 채 그들 앞에 떨어지거나 머리 위를 스치며 날아갔다. 발포의 유일한 효과는 뜻밖의 폭발음과 연기에 야만인들이 깜짝 놀란 것뿐이었다. 어찌나 놀라던지 잠시 동안은 계획을 완전히 포기하고 해변으로 돌아갈 거라는 생각까지 들었다. 동료들이 일제사격에 뒤이어 총을 쏘았다면 야만인들은 정말로 그랬을지도 모른다. 이제 카누들이 바로 코앞에 와 있었기 때문에 틀림없이 몇명은 해치웠을 테고, 그 정도만 했어도 적어도 이 무리들의 전진은 일단 막아놓고 뗏목 군단에도 일제사격을 퍼부을 수 있었을 것이다. 하지만 그러는 대신 그들은 카누 무리가 공황 상태에서 벗어나 주위를 둘러보고 아무런 해도 입지 않았음을 확인하도록 내버려둔채 뗏목들을 상대하러 허둥지둥 좌현 쪽으로 달려갔다.

좌현에서의 일제사격은 그 결과가 엄청났다. 커다란 포의 쌍두사격에 뗏목 일고여덟 척이 완전히 산산조각이 나고 30~40명 정도 되는 야만인들이 즉사했으며 적어도 100명은 물속에 처박혔다. 그 대부분은 심한 중상을 입은 상태였다.

남은 사람들은 공포에 질려 넋이 나간 나머지 사방에서 도와달라고 외치며 헤엄치고 있는 동료들을 건지지도 않고 곧장 황급히 후퇴하기 시작했다. 하지만 이 대성공은 충실한 우리 동료들을 구하기에는 너무 늦은 것이었다. 150명도 넘는 카누 무리가 이미 배에 올라탔고, 그 대부분은 좌현 대포들에 불을 붙이기도 전에 쇠사슬과 승선용 그물을 타고 기어 올라왔던 것이다. 이제 아무것도 그들의 잔인한 분노를 막을 수 없었다. 우리 동료들은 순식간에 제압당하고 짓밟혔고 눈 깜짝할 사이에 갈기갈기 찢겨버렸다.

이를 본 뗏목의 야만인들도 두려움을 이기고 우르르 올라와 약탈에 동참했다. 5분도 지나지 않아 제인 호는 파괴와 거친 폭력으로 처참한 몰골이 되었다. 갑판은 쪼개져 뜯겨 나가고, 밧줄이며 돛, 갑판 위에 있는 움직일 수 있는 물건이란 물건은 몽땅 다 마술처럼 파괴됐다. 배 주위에서도 수천 명이 헤엄치고 있었기 때문에, 그러는 와중에도 놈들은 (닻줄이 풀린) 배를 선미를 밀고 카누로 끌어당기고 배 주위에서 잡아당겨가며 마침내 뭍에 끌고 올라가 투-윗에게 넘겼다. 전투가 벌어지는 내내 능수능란한 장군처럼 사방이 훤히 보이는 언덕 위 안전한 위치를 지켰던 투-윗은 이제 흡족한 승리를 거두고 나자 친히 검은 피부 전사들과 함께 달려 내려와 전리품 약탈에 동참했다.

투-윗이 내려가고 나자 우리도 마음 놓고 은신처에서 나가 틈새 근처 언덕을 정찰할 수 있었다. 틈새 입구에서 50야드 정도 떨어진 곳에서 조그만 샘을 발견해 타들어가는 갈증을 풀었다. 샘에서 멀지 않은 곳에 전에 말한 개암나무가 몇 그루 있었다. 열매를 먹어보니 맛이 괜찮은 데다 향도 보통 영국 개암열매와 거의 흡사했다. 우리는 열매를 모자 한가득 따서 협곡 안에 갖다 놓고 더 따려고 돌아왔다. 부지런히 열매를 따고 있는데 수풀에서 부스럭하는 소리가 들리기에 기함해서 은신처로 돌아가려는 순간, 해오라기과의 커다란 검은 새가 수풀 위로 끼끼대며 천천히 올라왔다. 나는 너무 놀라서 꼼짝도 못했지만, 피터스는 침착을 잃지 않고 새가 도망가기 전에 달려가 목덜미를 붙들었다. 새가 버둥거리며 어찌나 큰 소리로 울어대는지 아직 근처에 숨어 있을지도 모를 야만인들이 그 소리를 들을까 봐 놓아주고 싶은 생각까지 들었다. 하지만 우리는 마침내 사냥칼로 찔러 놈을 잡았고 이제 무슨 일이 벌어지더라도 일주일은 버틸 수 있는 식량을 얻었다고 자축하며 계곡으로 새를 질질 끌고 왔다.

주위를 둘러보러 또다시 밖으로 나가 남쪽 경사를 한참 내려가봤지만 식량이 될 만한 거리는 전혀 발견하지 못했다. 그래서 마른 나무만 좀 주워서 돌아오고 있는데 배의 약탈품들을 이고 지고 마을로 돌아가는 야만인 무리가 보였다. 그자들이 언덕 아래를 지나다 우리를 발견할까 걱정이 됐다.

다음으로 할 일은 우리 은신처를 최대한 안전하게 만드는 것이었다. 그러기 위해서 틈새 안쪽에서 편평한 단까지 올라왔을 때 파란 하늘 조각이 보였던 입구 위에 나뭇가지를 덮었다. 아래쪽에 들킬 위험 없이 만을 볼 수 있을 정도로 아주 작은 구멍만 남겼다. 작업을 마친 우리는 안전한 자리를 만들었다고 자축했다. 이제 언덕으로 나가지 않고 계곡 안에만 있는 한 절대 남의 눈에 띄지 않게 되었기 때문이다. 이 빈 공간에는 야만인들이 들어온 흔적이 전혀 없었다. 하지만 사실 여기까지 온 길이었던 틈새가 반대편 절벽이 무너지면서 좀 전에 생겼을 가능성이 있고 따라서 다른 길로는 이곳에 다다를 방법이 없다는 생각이 들자, 공격으로부터 완전히 안전해진 게 기쁘기보다는 내려갈 방법이 전혀 없을까 봐 두려워졌다. 우리는 좋은 기회가 오면 언덕 꼭대기를 철저히 조사해보기로 결심했다. 그동안에는 엿보기 구멍을 통해 야만인들의 동향을 지켜봤다.

그들은 이미 배를 완전히 박살 내놓았고 이제는 불을 지를 준비를 하고 있었다. 잠시 후 주승강구에서 연기가 뭉게뭉게 올라오더니 순식간에 선수루에서 세찬 불길이 치솟았다. 삭구와 만신창이가 된 돛들에 금세 불이 붙더니 갑판을 따라 불길이 급속히 번져갔다. 그래도 수많은 야만인들은 배 옆을 떠나지 않고 커다란 돌멩이와 손도끼, 포탄으로 볼트와 그 외 철과 구리 부품들을 두드려댔다. 전리품을 가득 지고 내륙과 주변 섬들로 돌아가고 있는 무리를 제외하고도 해변과 카누, 뗏목에는 족히 만 명은 될 원주민들이 배를 바싹 둘러싸고 모여 있었다. 우리는 대참사를 예감했고, 상황은 우리를 실망시키지 않았다. 먼저 (살짝 감전이라도 당한 것처럼 똑똑히 느껴지는) 날카로운 충격이 왔지만 폭발의 징후는 전혀 보이지 않았다. 야만인들은 깜짝 놀라서 잠시 입을 다문 채 동작을 멈췄다. 그들이 다시 하던 일을 계속하려는 순간 갑자기 시커먼 뇌운을 닮은 연기 기둥이 갑판에서 뭉게뭉게 피어나더니 다음 순간 배의 창자에서 나온 것 같은 불기둥이 족히 4분의 1마일은 될 정도로 하늘 높이 치솟아 올랐다. 그러고는 불길이 갑자기 원형으로 퍼져나가더니 순식간에 온 사방이 마법처럼 나무와 쇠, 사람들의 팔다리로 가득 찼고 최후의 맹렬한 충격이 몰아닥쳐 우리를 사정없이 패대기쳤다. 언덕에 폭음이 메아리치고 또 메아리쳤고, 사방에서 깨알 같은 파편들이 소낙비처럼 세차게 쏟아져 내렸다.

야만인들에게 벌어진 참상은 우리 예상을 훨씬 더 뛰어넘어서 이제 그들은 크고 완벽한, 배신의 열매를 거둬들이고 있었다. 폭발로 천 명 정도가 죽었고, 적어도 그 정도의 야만인들이 비참하게 난도질당했다. 몸부림치며 빠져 죽어가는 야만인들로 만 전체가 명실공히 뒤덮였고, 해변 상황은 훨씬 더 참혹했다. 야만인들은 자기들의 계획이 갑자기 철저하게 실패해버린 데 너무 경악했는지 서로 도울 생각조차 하지 않았다. 그러다 마침내 그들의 태도가 완전히 변하기 시작했다. 넋을 놓고 있던 야만인들은 돌연 걷잡을 수 없이 흥분하더니 바닷가 어떤 지점까지 왔다 갔다 하며 사방을 미친 듯이 뛰어다녔다. 그들은 공포와 분노, 극도의 호기심이 뒤섞인 기묘한 표정을 한 채 목소리를 있는 힘껏 높여 "테켈리-리! 테켈리-리!"라고 고함을 질러댔다.

곧 한 무리의 야만인들은 구릉지로 들어가더니 잠시 후 나무 말뚝들을 가지고 돌아왔다. 그들이 사람들이 가장 빽빽이 모여 있는 곳으로 말뚝을 들고 가자 군중이 갈라지면서 이 난리의 진원지가 된 물건이 보였다. 땅바닥에 뭔가 하얀 물건이 놓여 있는 게 보였지만 그게 뭔지는 금방 알아볼 수가 없었다. 마침내 우리는 그게 1월 18일에 우리 배가 바다에서 건져 올렸던 진홍색 이빨과 발톱을 가진 이상한 동물의 사체라는 걸 알았다. 가이 선장이 박제로 만들어서 영국으로 가져가려고 보존해뒀던 것이었다. 섬에 도착하기 직전 선장이 뭔가 지시를 해서 사체가 선실로 옮겨져 어떤 사물함에 보관되어 있었다는 게 생각났다. 그게 폭발로 인해 바닷가에 내동댕이쳐진 것이다. 하지만 야만인들이 왜 그걸 두고 그렇게 난리법석을 떠는지는 이해할 수가 없었다. 그들은 사체에서 약간 거리를 둔 채 주위를 둘러싸고 있었지만 그 누구도 가까이 다가가려 하지 않는 것 같았다. 이윽고 말뚝을 든 야만인들이 군중을 몰아 사체 주위를 돌게 했고, 그게 끝나기 무섭게 엄청난 수의 군중이 커다랗게 고함을 지르며 섬 내륙으로 내달렸다. "테켈리-리! 테켈리-리!"

23장

그 직후 6, 7일 동안 우리는 언덕 위 은신처를 지켰다. 외출은 물과 개암열매를 구하러 아주 가끔씩만 했고, 그럴 때면 철저하게 조심했다. 편평한 단 위에 일종의 옥탑을 만들어, 마른 잎으로는 침대를 만들고 커다란 편평한 돌 세 개를 놓아 난로와 식탁으로 사용했다. 불은 하나는 무르고 하나는 단단한 마른 나뭇조각 두 개를 문질러 어렵지 않게 피웠다. 딱 적절한 시점에 잡은 새는 약간 질기긴 했지만 굉장히 맛이 좋았다. 새는 대양조류가 아니라 해오라깃과로, 깃털은 검정과 회색이 뒤섞여 있었고 덩치에 비해 날개가 작았다. 나중에 계곡 근처에서 같은 종류를 세 마리 더 봤는데, 분명 우리가 잡은 놈을 찾으러 다니는 것 같았다. 하지만 좀처럼 땅에 내려앉는 법이 없어서 잡을 기회는 찾지 못했다.

새고기가 있는 동안은 상황이 전혀 괴롭지 않았지만 고기를 다 먹어치우고 나자 식량을 구하러 나가지 않을 수 없는 상황이 됐다.

개암열매로는 허기를 달랠 수 없는 데다 장을 쥐어짜는 듯한 고통이 따랐고 양껏 먹으면 머리가 깨질 듯이 아팠다. 언덕 동쪽 해안 근처에 커다란 거북이 몇 마리 보였는데, 원주민들 눈에 띄지만 않고 갈 수 있으면 쉽게 잡을 수 있을 것 같았다. 그래서 우리는 한번 내려가보기로 했다.

우선 어려움이 가장 덜해 보이는 남쪽 경사로 내려가기 시작했지만, (언덕 꼭대기에서 본 모습으로 예상했던 대로) 100야드도 못 가서 동료들이 몰살당했던 골짜기의 지류에 막혀 더 이상 전진할 수가 없었다. 그 경계를 따라 4분의 1마일 정도 걸어갔지만 또다시 깎아지를 듯이 높은 절벽에 가로막혔고, 그 가장자리는 따라갈 수 없어서 큰 협곡으로 다시 돌아올 수밖에 없었다.

이제 동쪽으로 넘어가봤지만 상황은 거의 똑같았다. 목이 부러질 위험을 무릅쓰며 한 시간쯤 기어 내려갔지만 바닥에 고운 흙이 깔린 거대한 검정 화강암 구덩이에 불과했고, 유일한 출구는 우리가 내려왔던 험한 길밖에 없었다. 우리는 그 길을 다시 힘겹게 올라가 언덕 북쪽 경계 쪽으로 가봤다. 여기서는 조금만 부주의해도 마을의 야만인들에게 완전히 노출되기 때문에 극도로 조심해서 행동해야 했다. 그래서 우리는 엉금엉금 기어갔고 때로는 심지어 납작하게 엎드려 관목에 의지해 몸을 질질 끌고 가야 했다. 이렇게 조심해가며 전진했지만 얼마 가지도 않아 이제껏 본 중 가장 깊고 큰 계곡으로 곧장 이어지는 구렁과 마주쳤다. 우리가 두려워하던 바는 그렇게 완전히 입증됐다. 우리는 아래쪽 세상으로부터 완전히 차단된 것이다. 지칠 대로 지친 우리는 안간힘을 다해 은신처로 돌아와 잎사귀 침대에 몸을 던지고 몇 시간 동안 단잠에 빠졌다.

이 소득 없는 탐사를 마친 후 며칠 동안은 언덕 꼭대기에 실제로 어떤 자원들이 있는지 알기 위해 구석구석을 다 헤집고 다녔다. 그 결과 몸에 해로운 개암열매와 냄새가 고약한 양고추냉이를 제외하고는 먹을거리라고는 없다는 것을 알게 됐다. 양고추냉이는 사방 4 로드[24]가 좀 안 되는 조그만 땅에 자라고 있어서 곧 다 먹어치울 게 뻔했다. 내 기억이 맞다면, 2월 15일에는 냉이는 잎사귀 하나 남지 않았고 개암열매도 거의 떨어져가서 우리는 더할 나위 없이 비참한 처지에 놓였다.[25] 16일에는 다시 탈출로를 찾아 우리 감옥 주위를 돌아봤지만 아무 소용이 없었다. 혹시나 큰 계곡으로 나갈 길이 있을까 하는 일말의 희망을 품고 우리가 갇힐 뻔했던 틈에도 가봤다. 여기서도 실망할 수밖에 없었지만 그래도 소총을 한 정 발견해서 들고 올라왔다.

17일에는 첫 번째 탐색 때 내려갔던 검정 화강암 구덩이를 더 철저히 조사해볼 결심을 하고 길을 나섰다. 그 구덩이 측면에 있던 틈들 중 하나를 꼼꼼히 살피지 않았던 게 생각이 났기 때문이다. 비록 거기에 통로가 있을 거라는 기대는 전혀 없었지만 그래도 살펴보고 싶은 마음이 간절했다.

---

24   야드파운드법에 의한 길이 단위. 1로드는 약 5미터.

25   [원주] 이날은 앞서 이야기한 바 있는 거대하고 희끄무레한 수증기 소용돌이 몇 개가 남쪽에 보여서 기억에 남는 날이었다.

지난번과 마찬가지로 우리는 구덩이 바닥까지 아무 어려움 없이 내려가 차분하게 꼼꼼히 살펴보기 시작했다. 그곳은 정말로 상상할 수 없이 특이해서 그런 게 전적으로 자연의 작품이라는 게 도무지 믿기지가 않았다. 구덩이는 굽이굽이를 다 감안하면 동쪽에서 서쪽 끝까지 길이가 500야드 정도 됐지만, 동쪽에서 서쪽까지 일직선상으로는 (정확히 조사할 방법이 없는 관계로 추정상) 40 내지 50야드도 채 되지 않았다. 처음 틈 안으로 내려올 때, 그러니까 언덕 꼭대기에서 아래쪽으로 100피트 정도까지는 구렁 양쪽 사면이 서로 비슷한 데가 거의 없었다. 한 번도 붙어 있은 적이 없던 게 분명한 게, 한쪽 면은 동석이었고 다른 쪽은 금속 물질과 알갱이져 뒤섞인 이회토였다. 평균 폭, 그러니까 두 절벽 사이의 간격은 약 60피트였지만 규칙적인 대형을 이루는 것 같지는 않았다. 하지만 앞서 말한 지점 이하로 내려가자 간격이 급격히 좁아졌고 양쪽 사면이 평행을 이루기 시작했다. 그래도 얼마 더 내려갈 때까지는 여전히 표면의 재질도, 형태도 달랐다. 바닥에서 50피트 지점에 이르자 완전한 규칙성이 보이기 시작했다. 양쪽 사면은 이제 바탕과 색, 지선 방향까지 완전히 똑같았다. 재질은 반들반들 윤나는 검정 화강암이고, 양 측면 사이 거리는 마주 보는 모든 지점에서 정확히 20야드였다. 틈의 모양새는 그 자리에서 그린 스케치를 보면 가장 잘 이해할 수 있을 것이다. 다행히 내게 수첩과 연필이 있었기 때문이다. 이후 계속된 오랜 모험 중에도 나는 세심하게 그 수첩과 연필을 간직했고, 덕분에 그렇지 않았더라면 기억에서 희미해졌을 많은 것들을 기록할 수 있었다.

[그림 1]

이 그림(그림 1 참조)을 보면 양 측면에 난 몇몇 조그만 구멍들을 제외한 틈의 전반적 윤곽을 알 수 있을 것이다. 구멍들 맞은편에는 항상 구멍에 딱 들어맞는 돌출부가 있었다. 틈 바닥은 거의 만져지지도 않을 정도의 미세한 분말로 3~4인치 정도 덮여 있고 그 아래에는 검정 화강암이 계속 이어지고 있었다. 오른쪽 아래 끝부분에 조그만 입구가 보일 것이다. 이게 위에서 슬쩍 언급했던 갈라진 틈인데, 이 틈을 전보다 더 세밀히 조사해보는 게 두 번째 방문의 목적이었다. 이제 우리는 앞을 가로막는 가시나무들을 자르고 화살촉 모양 비슷하게 생긴 날카로운 돌들이 수북하게 쌓인 무더기를 치우며 씩씩하게 틈 안으로 들어갔다. 그래도 저 멀리 끝에서 희미한 빛이 들어오는 게 보이자 계속 전진할 용기가 생겼다. 마침내 30피트 정도 간신히 전진해서 보니 그 구멍은 가지런한 모양을 한 나지막한 아치로, 바닥에는 큰 틈에 있었던 것과 같은 미세한 분말이 덮여 있었다. 이제 강한 빛이 쏟아져 들어왔다. 조그만 굽이를 돌고 보니 길쭉한 모양을 제외하고는 모든 면에서 방금 나왔던 곳과 비슷한 또다른 공간이었다. 전체적인 모양은 다음과 같다(그림 2 참조).

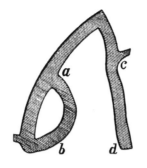

[그림 2]

　a 구멍에서 시작해서 b 커브를 돌아 마지막 d 지점에 이르기까지 틈의 총길이는 550야드다. c 지점에는 그 전 틈에서 빠져나오면서 통과했던 것과 비슷한 조그만 구멍이 있었는데, 이 구멍도 가시나무와 화살촉 모양의 흰 돌로 똑같이 막혀 있었다. 그 구멍을 헤치고 나아가 보니 길이는 40피트 정도 됐고, 세 번째 틈으로 이어졌다. 이 틈도 길쭉한 모양만 제외하면 첫 번째와 정확히 똑같았다. 바로 이런 모양이다(그림 3 참조).

[그림 3]

　세 번째 틈의 총길이는 320야드였다. a 지점에는 너비가 6피트 정도 되고 바위 안으로 15피트 정도 이어지다가 이회토 바닥이 나오면서 끝나는 구멍이 있었는데, 예상과는 달리 그 너머에는 더 이상 새로운 틈이 없었다. 그곳에는 빛이 거의 들어오지 않아 막 나가려는데, 피터스가 막다른 지점 끝의 이회토 표면에 난 일련의 특이한 자국을 보라고 불렀다. 왼쪽, 그러니까 그중 가장 북쪽에 조금 조잡하긴 해도 똑바로 서서 팔을 앞으로 뻗고 있는 사람 모양 자국이 있었는데, 상상력을 그다지 발휘하지 않아도 일부러 새긴 것이라 생각할 만했다. 나머지 자국들도 알파벳 문자들과 약간 비슷했는데, 피터스는 여하튼 그게 사실이라고 무작정 믿을 기세였다.

나는 틈 바닥을 덮고 있는 분말 사이에 조각조각 떨어져 있는 커다란 이회토 조각들을 가리켜 겨우 그게 오산이라는 걸 납득시켰다. 그 조각들은 자국들이 발견된 표면에서 모종의 충격에 의해 떨어져 나온 게 분명한 게, 돌출부들이 자국 모양과 정확히 일치했다. 그러니 그 자국들은 자연히 만들어진 것이 분명했다. [그림 4]가 그 전체 모양을 정확하게 베낀 것이다.

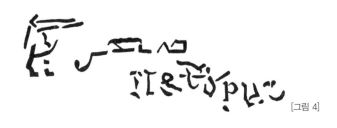

[그림 4]

이 특이한 동굴에는 우리 감옥에서 탈출할 통로가 전혀 없다는 것을 확인하고 나자 우리는 실망하고 낙담한 채 언덕 꼭대기로 돌아왔다. 다음 24시간 동안은 세 번째 틈 동쪽 바닥을 살피다가 사면이 또 검정 화강암으로 이루어져 있는 아주 깊은 삼각형 구멍 두 개를 발견했다는 것 외엔 별다른 일이 없었다. 그 구멍들은 그냥 출구

없는 자연 우물처럼 생겨서 내려가볼 만한 가치가 없다고 판단했다. 원주는 각각 20야드 정도였고, 세 번째 틈을 기준으로 한 위치와 모양은 [그림 5]에 나타나 있다.

[그림 5]

24장

그달 20일, 참을 수 없는 고통만 주는 개암열매로는 더 이상 연명할 수가 없어서 우리는 죽을 각오를 하고 언덕 남쪽 경사를 내려가기로 결심했다. 이쪽 절벽 사면은 아주 무른 동석이었지만 (적어도 150피트는 되는 높이) 내내 경사가 거의 수직을 이루다시피 했고 심지어 아치처럼 움푹 휘어지는 곳도 많았다. 오랫동안 탐색한 끝에 우리는 절벽 가장자리에서 20피트 정도 아래 좁은 단이 툭 튀어나와 있는 것을 발견했다. 손수건을 함께 묶은 밧줄로 어찌어찌 도운 끝에 피터스가 용케 그 위로 뛰어내렸다. 좀 더 어려움이 크긴 했지만 나도 내려왔다. 그리고 나자 언덕이 무너져 매장당했을 때 기어올라왔던 방법, 즉 칼로 동석 표면에 자국을 내어가며 아래쪽까지 내려갈 수 있을 것 같았다. 그게 얼마나 위험한 시도인지는 상상조차 힘들 것이다. 하지만 다른 방법이 없었기 때문에 그렇게 해보기로 했다.

우리가 발을 딛고 서 있는 돌출부에 개암나무가 몇 그루 있어서 그중 하나에 손수건 밧줄 끝을 단단히 맸다. 반대쪽 끝은 피터스의 허리에 묶은 다음 손수건들이 팽팽하게 당겨질 때까지 그를 절벽 가장자리 너머로 내렸다. 이제 그는 편평한 표면에 단단한 쐐기를 총신으로 박아 넣기 위해 머리 위 1피트 남짓까지 바위를 비스듬하게 깎아가며 동석에 (6에서 10인치 깊이의) 구멍을 깊이 파기 시작했다. 그러고 나서 내가 4피트 정도 위로 끌어올리면 아래쪽과 비슷한 구멍을 파고 전처럼 쐐기를 박아 넣어 손을 놓고 발을 디딜 자리를 만들었다. 그 후 내가 관목에서 손수건을 풀어 그 끝을 던져주면 피터스는 그걸 맨 위 구멍의 쐐기에 묶고 전보다 3피트 정도 아래, 즉 손수건 밧줄 길이가 허용하는 최대치까지 살살 내려갔다. 여기서 그는 또 구멍을 파고 쐐기를 박아 넣었다. 그러고는 위로 올라와 방금 판 구멍에 발을 넣고 그 위 구멍에 박은 쐐기를 손으로 잡고 휴식을 취했다. 이제 맨 위 쐐기에 묶은 손수건 밧줄을 풀어서 두 번째 쐐기에 묶어야 했다. 여기서 실수를 저지른 게 드러났다. 구멍들 간의 거리가 너무 넓었던 것이다. 하지만 (왼손으로 버티면서 오른손으로 힘겹게 풀어야 했기 때문에) 매듭을 잡으려고 한두 번 아슬아슬한 도전을 해본 끝에 피터스는 결국 6인치 정도는 쐐기에 묶은 채로 남겨두고 줄을 잘라버렸다. 손수건 밧줄을 두 번째 쐐기에 맨 다음에는 너무 아래까지 내려가지 않도록 주의하면서 세 번째 구멍 아래 지점으로 내려갔다. (나라면 절대 생각지도 못했을 테고 오로지 피터스의 창의성과 결단에 힘입은) 이 방법을 사용해서,

그리고 간혹은 절벽 돌출부에 의지해가며, 내 동료는 결국 무사히 바닥까지 내려가는 데 성공했다.

그 뒤를 따를 용기를 그러모으는 데는 시간이 좀 필요했지만 마침내 나도 도전했다. 내려가기 전에 피터스가 벗어놓은 셔츠와 내 셔츠로 모험에 필요한 밧줄을 만들었다. 우선 틈에서 발견한 소총을 아래로 던진 다음 밧줄을 관목에 묶고 도저히 극복할 수 없는 공포를 힘찬 움직임으로 떨치려고 애쓰며 신속하게 내려갔다. 처음 네다섯 단계 동안은 이 방법이 제법 잘 통했다. 하지만 아직 더 내려가야 할 깊은 낭떠러지와 유일한 버팀목인 불안정한 쐐기와 동석 구멍들을 생각하자 끔찍한 상상이 마구 들기 시작했다. 이런 생각들을 몰아내고 눈앞에 있는 편평한 절벽 표면만 쳐다보려 애썼지만 소용이 없었다. 생각하지 않으려고 기를 쓸수록 상상은 더 강렬하게 생생하고 더 끔찍하게 또렷해졌다. 마침내 그런 상황에서 가장 두려운 상상의 위기, 즉 추락할 때의 느낌—구역질과 어지러움, 최후의 몸부림과 혼미한 의식, 쏜살같이 곤두박질치며 추락하는 최후의 괴로움—을 미리 상상하기 시작하는 위기의 순간이 닥쳤다. 이제 이런 상상들이 자기만의 현실을 만들어내면서 모든 끔찍한 상상이 실제로 내게 몰아닥쳤다. 무릎이 와들와들 떨리고 손가락에서 서서히, 그러나 확실히 힘이 빠지기 시작했다. 귓속이 윙윙 울렸다. "이게 내 조종弔鐘이구나!" 아래를 내려다보고 싶어서 참을 수가 없었다. 절벽만 바라보고 있을 수가 없었다, 그리고 싶지 않았다. 압박으로부터의 해방감과 공포심이 반반 뒤섞인 뭐라 말할 수 없는 기분에 휩싸여 나는 저 아래 심연을 향해 시선을 던졌다. 한순간 내 손가락들은 필사적으로 쐐기를 붙잡았지만, 그러면서도 한편으로는 궁극적 탈출에 대한 실낱같은 희망이 그림자처럼 마음속을 오락가락했다. 다음 순간 떨어지고 싶다는 **열망**이, 절대 억누를 수 없는 욕망과 갈망, 열정이 내 영혼을 온통 휩쌌다. 나는 그대로 잡고 있던 쐐기를 놓고 돌아서서 절벽 표면에 몸을 기댄 채 잠시 비틀거리며 서 있었다. 하지만 순간 머리가 빙빙 돌기 시작했고, 귓속에서 날카로운 환청이 비명을 질렀다. 바로 밑에 어스레한 악마의 형상이 서 있었다. 나는 한숨을 쉬며 터질 것 같은 심장을 안고 쓰러져 그 품 안으로 고꾸라졌다.

나는 기절했고, 떨어지는 나를 피터스가 잡았다. 그는 절벽 바닥에서 내 진행 상황을 지켜보고 있다가 위험을 감지하고 온갖 방법을 동원해 내게 용기를 불어넣어주려고 애썼다. 하지만 머릿속이 온통 뒤죽박죽이 되어버린 나는 그의 말을 듣지도 못했고, 내게 말을 걸었다는 것조차 전혀 의식하지 못했다. 결국 그는 내가 비틀거리는 것을 보고 황급히 올라왔고 적시에 도착해 나를 구했던 것이다. 몸무게를 고스란히 싣고 떨어졌다면 결국 리넨 밧줄이 끊어지고 나는 심연 속으로 곤두박질쳤을 것이다. 하지만 피터스가 용케 충격을 줄여줘서 정신이 들 때까지 안전하게 매달려 있을 수 있었다. 의식이 돌아온 건 15분 뒤의 일이었다. 정신이 드니 공포심은 온데간데없었다. 나는 새사람이 된 기분으로 조금 도움을 더 받아 무사히 바닥까지 내려왔다.

내려와서 보니 그곳은 친구들의 무덤이 된 계곡에서 멀지 않은 곳으로 언덕이 무너져 내린 장소의 남쪽이었다. 그곳 자연은 아주 특이하게 거칠어서 여행자들이 묘사한 타락한 바빌론 터의 황량한 광경이 연상됐다. 북쪽 전망을 어수선하게 가로막고 있는 붕괴된 절벽의 잔해는 말할 것도 없고 다른 모든 방향의 지표면도 거대한 봉분들로 뒤덮여 있었는데, 무슨 거대한 예술물의 잔해처럼 보였지만 자세히 보면 예술과의 유사성은 찾아볼 수가 없었다. 화산암재가 많았고 볼품없는 거대한 검정 화강암 덩어리들이 이회토 덩어리들과 뒤섞여 있었는데[26] 둘 다 철 성분과 함께 알갱이져 있었다. 그 황량한 곳 어느 곳에도 식물은 종을 막론하고 흔적도 보이지 않았다. 엄청나게 큰 화산암재가 몇 개 보였고, 다른 고위도 지역에서는 찾아볼 수 없는 파충류들이 다양했다.

당면한 목표가 음식이었기 때문에 우리는 언덕 위 은신처에서 봤던 거북들을 잡을 생각으로 반 마일도 안 떨어진 해변으로 가기로 했다. 커다란 바위와 화산암재 사이를 헤치며 조심스레 몇백 야드 가서 어느 모퉁이를 도는 순간, 야만인 다섯이 조그만 동굴에서 뛰쳐나오더니 피터스를 곤봉으로 내리쳐 쓰러뜨렸다. 그가 쓰러지자 무리 전체가 그를 잡으려고 덮쳤고, 그 틈에 나는 놀란 가슴을 진정시킬 수 있었다. 내겐 여전히 소총이 있었지만 절벽에서 던졌을 때 포신이 크게 망가졌기 때문에 옆으로 던져버리고 무사히 가지고 있

26　[원주] 이회토도 검정색이었다. 사실 이 섬에서 밝은색 물질은 전혀 보지 못했다.

던 권총들에 의지하기로 했다. 나는 권총들을 들고 적들에게 다가가 연거푸 발사했다. 두 명이 쓰러졌고, 창으로 피터스를 찌르려던 야만인 하나는 목적을 달성하지 못하고 벌떡 일어났다. 그렇게 해서 내 동료는 무사히 풀려났고, 이제 더 이상 어려움은 없었다. 피터스도 권총을 가지고 있었지만, 내가 아는 그 누구와도 비교되지 않는 자신의 막강한 힘을 믿고 신중하게 사용을 자제했다. 그는 쓰러진 야만인의 곤봉을 빼앗아 남은 세 사람의 머리를 날렸고 놈들은 일격에 즉사했다. 우리의 완전한 승리였다.

이 일들이 어찌나 순식간에 일어났는지 실제로 일어난 것 같지도 않았다. 야만인들의 시체를 내려다보며 멍하니 서 있던 우리는 멀리서 들리는 고함 소리에 정신을 차렸다. 야만인들이 총소리를 들은 게 분명했고, 이제 들키지 않을 가능성은 희박했다. 절벽으로 돌아가려면 고함 소리가 나는 방향으로 가야 하는데, 혹여 절벽 아래에 무사히 도착한다 하더라도 들키지 않고 올라가기란 절대 불가능했다. 이런 절대 위기의 상황에서 어느 쪽으로 도망가야 할지 갈팡질팡하고 있는데, 총에 맞아 죽은 줄 알았던 야만인 하나가 벌떡 일어나더니 도주를 시도했다. 하지만 놈은 멀리 가지 못해 우리에게 잡혔다. 야만인을 막 죽이려던 순간, 피터스가 놈을 끌고 탈출하면 도움이 될지도 모른다는 제안을 했다. 그래서 우리는 저항하면 쏴버리겠다는 뜻을 이해시킨 후 놈을 끌고 갔다. 야만인은 몇 분 만에 완전히 고분고분해져서 우리 옆에 붙어 바위들 사이를 지나 해변을 향해 달렸다.

이제까지는 험한 지대를 지나오느라 가끔씩만 바다가 보였는데, 처음으로 바다가 제대로 보여 가늠해보니 약 200야드 정도 떨어져 있는 것 같았다. 전에 봤던 탁 트인 해변으로 나오는데, 경악스럽게도 엄청난 수의 야만인들이 악에 받쳐 팔을 휘두르고 맹수처럼 울부짖으며 마을과 섬 여기저기서 쏟아져 나왔다. 되돌아가 험지의 요새에 숨으려 하는 순간, 바다로 튀어나온 커다란 바위 뒤로 카누 두 척의 뱃머리가 보였다. 이 카누를 향해 전속력으로 달려가서 보니, 지키는 사람도 없었고 짐이라고는 커다란 갈리파고 거북 세 마리와 여섯 명의 노잡이를 위한 노뿐이었다. 우리는 그중 하나를 재빨리 차지해 포로를 밀어 태우고 온 힘을 다해 바다로 끌고 나갔다.

하지만 해변에서 50야드도 채 가지 않아 정신이 어느 정도 들고 보니 우리가 야만인들 손에 나머지 카누 한 척을 두고 오는 커다란 실수를 저질렀다는 것을 깨달았다. 그때쯤 놈들은 우리가 해변에서 멀어진 거리보다 두 배도 채 안 되는 곳에서 맹렬하게 해변을 향해 추격해 오고 있었다. 이제 지체할 시간이 없었다. 성공할 가망은 거의 없었지만 그렇다고 다른 방도도 없었다. 안간힘을 다해도 놈들보다 먼저 돌아가 카누를 차지할 수 있을지는 회의적이었지만, 가능성이 없는 건 아니었다. 성공하면 목숨을 구할 수 있을 테지만 시도조차 하지 않으면 결국 살육에 몸을 내맡기는 것이나 다름없었다.

카누는 이물과 고물이 똑같이 생겨서 배를 돌리는 대신 그냥 노 젓는 위치만 바꾸면 됐다. 이걸 보자마자 놈들은 속도뿐만 아니라 고함 소리도 두 배로 높이면서 믿을 수 없이 빠르게 달려왔다. 하지만 우리는 절박한 심정으로 죽을 듯이 노를 저어, 야만인들이 하나 이상 들이닥치기 전에 경쟁 지점에 도달했다. 이자는 뛰어난 민첩성의 대가를 비싸게 치렀다. 피터스가 해변에 가까이 가면서 권총으로 놈의 머리를 쏘아버렸기 때문이다. 나머지 무리 중 선두주자는 우리가 카누를 잡는 순간 스물에서 서른 걸음 정도 떨어져 있었다. 처음에 우리는 카누를 야만인들 손이 닿지 못할 깊은 곳까지 끌고 가려 했지만, 카누가 너무 단단히 자리 잡고 있는 데다 지체할 시간도 없었기 때문에 피터스가 소총 개머리판으로 한두 번 세게 내리쳐 고물과 한쪽 옆구리 상당 부분을 박살 냈다. 그때쯤엔 야만인 둘이 우리 배를 붙들고 끈질기게 늘어져서 결국 칼로 해치워야만 했다. 이제 우리는 해변에서 벗어나 꽤 바다로 나왔다. 부서진 카누에 도착한 야만인 무리는 분노와 실망을 이기지 못해 소름 끼치는 고함을 질렀다. 사실 이제껏 지켜봐온 바에 따르면 이놈들은 지구상에서 가장 사악하고 위선적이고 앙심 깊고 흉악하고 완전 악마 같은 종족이었다. 놈들 손에 잡혔다면 어떤 자비도 없었으리라는 건 자명했다. 놈들은 부서진 카누를 타고 우리 뒤를 따라오려 했지만 소용없다는 걸 알자 또다시 무시무시한 분노의 고함을 지르며 언덕으로 달려 올라갔다.

그렇게 우리는 닥친 위험에서 벗어났지만 상황은 여전히 충분히 암울했다. 우리는 한때 야만인들이 우리가 지금 타고 있는 카누와 같은 배 네 척을 가지고 있었다는 것은 알고 있었지만, 그중 두 척이 제인가이 호가 폭발할 때 산산조각 났다는 것은 모르고 있었다(나중에 포로에게 확인받았다). 따라서 우리는 적들이 (3마일 정도 떨어져 있는) 배들의 주정박처인 만까지 돌아가기만 하면 또 추격해 올 거라고 추정했다. 우리는 그게 두려워서 섬을 떠나기 위해 안간힘을 다했고, 포로에게도 노를 젓도록 강요해 빠른 속도로 바다로 나아갔다. 약 30분 후 우리가 남쪽으로 5~6마일 정도 갔을 때, 거대한 뗏목 함대가 만에서 추격해 나오는 게 보였다. 곧 그들은 우리를 따라잡는 걸 단념하고 돌아갔다.

25장

이제 우리는 위도 84도 이상의 광막하고 쓸쓸한 대서양 위에서 거북 세 마리 외에는 아무 식량도 없이 허약한 카누에 타고 있었다. 긴 극지방의 겨울도 멀지 않아서 심사숙고해서 항로를 정해야 했다. 같은 제도에 속한 섬들이 약 5~6리그 간격으로 예닐곱 개 있었지만 우린 그중 어떤 섬에도 갈 생각이 없었다. 제인가이 호를 타고 북쪽에서 내려오면서 가장 가혹한 빙하지대는 다 지나왔다. 남극에 대한 일반적 상식과는 전혀 안 맞아 보이겠지만, 그건 경험에서 나온 부정할 수 없는 사실이었다. 따라서 되돌아가는 것은, 특히 이렇게 철 지난 시기에 되돌아가는 것은 어리석은 짓이었다. 희망을 걸 항로는 오로지 하나밖에 없어 보였다. 우리는 과감하게 남쪽으로 배를 몰기로 결심했다. 그쪽에는 적어도 육지를 발견할 가능성이 있었고 날씨도 더 온화할 게 분명했다.

지금까지 본 바로 남극지방은 북극해와 마찬가지로 이상할 정도

로 거센 폭풍이나 엄청나게 험한 파도가 없었지만, 우리 카누는 크
긴 해도 허약한 물건에 불과했기 때문에 없는 형편이나마 있는 것들
로 배를 최대한 안전하게 만들어보려고 부지런히 일하기 시작했다.
카누의 몸체는 그저 나무껍질, 수종을 알 수 없는 나무껍질이었다.
늑재는 용도에 맞게 잘 다듬어진 질긴 버드나무였다. 보트는 길이가
이물에서 고물까지 5피트, 너비는 4에서 6피트 정도, 깊이는 내내 4
피트 반으로, 문명국들에 알려진 남태평양 주민들의 카누와는 모양
이 아주 달랐다. 우린 그 카누가 소유자인 그 무지한 섬사람들이 만
든 것이라고는 절대 믿지 않았고, 며칠 후 포로에게 물어서 그 배들
이 사실은 그 나라 남서쪽에 위치한 제도의 원주민들이 만들었고
이 야만인들의 손에 우연히 들어온 것이라는 사실을 알게 됐다. 배
의 안전을 위해 우리가 할 수 있는 일은 사실 거의 없었다. 배 양쪽
끝 언저리에 커다랗게 찢어진 곳을 몇 개 발견하고 울 재킷 조각들
로 그럭저럭 메웠다. 많이 있는 여분의 노로 뱃머리 근처에 골조 같
은 것을 세웠다. 그쪽에서 들이치는 파도의 기세를 막아 배에 물이
차는 것을 방지하기 위해서였다. 또 노 두 개는 돛대로 만들었는데,
뱃전 끝에 하나씩 서로 마주 보게 세워서 활대가 필요 없도록 했
다. 이 돛대에는 셔츠로 만든 돛을 달았다. 돛 만드는 데 다소 난관
이 있었는데, 다른 모든 작업은 기꺼이 도왔던 포로가 이 일에는 전
혀 도움이 되지 않았기 때문이다. 그 리넨은 야만인에게 아주 이상
한 영향을 미치는 것 같았다. 놈은 무슨 말을 해도 리넨을 만지려고
도, 가까이 가려고도 하지 않았고, 억지로 밀어붙이려 하면 와들와

들 떨면서 "테켈리-리!" 하고 비명을 질러댔다.

카누에 필요한 안전 조치를 마친 후 우리는 당분간 남남동 방향으로 돛을 올렸다. 그러고는 뱃머리를 완전히 남쪽으로 돌렸다. 날씨는 전혀 나쁘다고 볼 수 없었다. 북쪽에서 아주 부드러운 항풍이 불어왔고 바다는 잔잔했고 해는 하루 종일 지지 않았다. 얼음은 전혀 보이지 않았다. 베넷 섬 위도권을 떠난 후로 얼음이라고는 티끌만큼도 본 적이 없었다. 사실 여기 물 온도는 양을 막론하고 얼음이 있기에는 너무 따뜻했다. 가장 큰 거북을 죽여 식량뿐만 아니라 풍부한 물을 확보한 우리는 별 특별한 일 없이 일주일 정도 항해했다. 순풍이 끊임없이 불고 우리가 가는 방향으로 아주 강한 해류가 계속 흐르고 있었기 때문에 그사이 분명 남쪽으로 아주 많이 내려갔을 것이다.

3월 1일.[27] 수많은 특이한 현상들이 지금 우리가 들어가고 있는 지역이 새롭고 놀라운 곳임을 보여줬다. 연회색 수증기가 끊임없이 남쪽 수평선 높이 나타났는데, 그 수증기는 때로는 몇 줄기씩 높이 치솟아 너울거렸고, 어떨 때는 동쪽에서 서쪽으로, 또 서쪽에서 동쪽으로 휙 움직였고, 그러다가는 또 편평하고 고른 꼭대기가 생기기도 했다. 한마디로 오로라의 온갖 다양한 형태가 보였다. 이 수증기의 평균 높이는 우리 위치에서 볼 때 25도 정도였다. 바다의 수온은 일

---

27   [원주] 당연한 이유로 이 날짜들은 완전히 정확한 날짜라고는 할 수 없다. 그 날짜들은 주로 이야기를 명료하게 할 목적으로 내가 연필로 메모해놓은 대로 적은 것이다.

시적으로 올라가는 것 같았고 색이 눈에 띄게 변했다.

3월 2일. 오늘 포로에게 계속해서 질문을 한 끝에 그 살육의 섬과 그곳 주민들과 관습에 대해 여러 가지를 알게 됐지만, 이런 것들로 독자들을 지금 지체하게 해도 될까? 그래도 다음은 말하고 싶다. 그 제도에는 총 여덟 개의 섬이 있고 가장 작은 섬에 살고 있는 찰레몬 혹은 살레몬이라는 공통의 왕이 다스리고 있다는 것, 전사들의 옷을 만드는 검정 가죽은 왕의 궁전 근처 계곡에서만 발견되는 거대한 동물의 가죽이라는 것, 제도 주민들은 납작한 뗏목 외의 다른 배들은 만들지 않아서 카누는 가진 네 척이 다이며 이것들도 남서쪽 큰 섬에서 우연히 얻었다는 것, 자기 이름은 '누-누'이고 베넷 섬에 대해선 아무것도 모르며, 그가 떠나온 섬의 명칭은 '찰랄'이라는 것 정도는 알아냈다. '찰레몬'과 '찰랄'이라는 단어는 긴 치찰음으로 시작되는데, 아무리 노력해봐도 도저히 따라할 수가 없었다. 그 소리는 우리가 언덕 위에서 잡아먹은 검정 해오라기 울음소리와 완전히 똑같았다.

3월 3일. 물의 온도는 이제 정말 놀라울 정도로 따뜻했고 색도 급속히 변해서 더 이상 투명하지 않고 우유 같은 농도와 색을 띠었다. 바로 근처 바다는 카누가 위험해질 정도로 험해지는 법 없이 대체로 잔잔했지만, 오른쪽과 왼쪽 저 멀리 여기저기에서는 바다 표면이 갑자기 크게 들썩여 간혹 깜짝 놀랐다. 관찰해본 결과, 그런 현상이 있기 전이면 어김없이 남쪽 수증기 지대가 심하게 일렁거렸다.

3월 4일. 오늘은 북쪽에서 부는 바람이 눈에 띄게 약해져서 돛을 더 크게 만들기 위해 코트 주머니에서 흰 손수건을 꺼냈다. 누-누가 내 팔꿈치 쪽에 앉아 있었는데, 어쩌다 리넨이 얼굴 앞에서 펄럭거리자 심한 경기를 일으켰다. 그러더니 "테켈리-리! 테켈리-리!" 하고 나지막이 중얼거리며 졸음과 마비 상태에 빠져들었다.

3월 5일. 바람은 완전히 멈추었지만, 강한 해류의 영향으로 분명 우린 여전히 남쪽으로 쏜살같이 항해하고 있었다. 사실 이젠 이런 상황의 변화에 우리가 좀 놀라야 그럴듯해 보일 것이다. 하지만 우린 어떤 감정도 느끼지 못했다. 피터스의 표정에는 놀라는 기미라고는 전혀 없었다. 그래도 가끔 전혀 알 수 없는 표정을 짓기는 했다. 극지방의 겨울이 닥쳐오고 있는 듯했지만, 그 끔찍함은 아니었다. 몸과 마음이 모두 마비된 듯 몽롱한 감각이었지만, 그게 다였다.

3월 6일. 이젠 회색 수증기는 수평선에서 전보다 한참 더 위로 올라왔고 회색기도 점점 더 사라지고 있었다. 물은 손대고 싶지 않을 정도로 뜨거웠고 우윳빛도 훨씬 더 진해졌다. 오늘은 카누 바로 옆에서 바다가 거세게 요동쳤다. 수증기 꼭대기가 심하게 일렁거리고 아래쪽이 일순 갈라지는 현상도 평소와 다름없이 함께 나타났다. 수증기의 일렁거림이 사라지고 바다의 요동이 잠잠해지면서 재 비슷한 (하지만 재는 절대 아닌) 고운 흰 가루가 카누와 넓은 바다 표면 위로 떨어졌다. 누-누는 이제 보트 바닥에 얼굴을 묻은 채 엎드렸고 무슨 말을 해도 일어나려 하지 않았다.

3월 7일. 오늘 우리는 누-누에게 그의 동포들이 우리 동료들을 죽인 이유가 뭔지 물었다. 하지만 녀석은 완전히 공포에 질려 어떤 이성적인 대답도 할 수 없는 상태였다. 그는 여전히 완강히 보트 바닥에 엎드려 있었고, 다시 이유를 묻자 그저 윗입술에 집게손가락을 대고 그 아래 치아를 드러내는 바보 같은 동작만 했다. 그 이는 검정색이었다. 그전에는 찰랄 섬 주민들의 이를 본 적이 없었다.

3월 8일. 오늘은 찰랄 섬 해변에 나타났을 때 야만인들 사이에서 엄청난 소동을 불러일으켰던 하얀 동물 하나가 떠내려왔다. 그 짐승을 집어 올리고 싶었지만 갑자기 그럴 마음이 사라져 그러지 않았다. 수온은 계속 상승해서 더 이상 손을 넣고 있을 수가 없었다. 피터스는 거의 말을 하지 않았고, 나는 그의 무감각함을 어떻게 생각해야 할지 몰랐다. 누-누는 그저 숨만 쉬고 있었다.

3월 9일. 재 비슷한 가루가 이제는 계속해서 우리 주위에 자욱하게 떨어져 내렸다. 남쪽 수증기 지대는 수평선 위로 거대하게 솟아 있었고 이제는 더 뚜렷한 형태를 띠기 시작했다. 아무리 봐도 멀고 먼 거대한 하늘 성벽에서 바다로 조용히 흘러내리는 무한한 폭포 같은 모양새였다. 그 거대한 장막은 남쪽 수평선을 따라 끝없이 이어져 있었다. 소리는 전혀 나지 않았다.

3월 21일. 머리 위에는 음울한 어둠이 맴돌았지만, 우윳빛 바다저 아래에서는 반짝이는 빛이 흘러나와 배 선체를 따라 살며시 올라왔다. 우리 몸과 카누는 소나기처럼 내려앉는 하얀 재에 거의 파묻히다시피 했지만, 그 가루는 바다에 떨어지면 녹아버렸다. 폭포 꼭대기는 먼 거리와 어둠에 완전히 묻혀 보이지 않았다. 하지만 우리는 무시무시한 속도로 분명 그쪽으로 돌진하고 있었다. 간혹 폭포 사이로 한순간 커다랗게 입을 벌린 틈들이 보였고, 불분명한 형상들이 혼란스럽게 날아다니고 있는 그 틈 안에서 강하지만 소리 없는 바람이 휙 불어 나와 타오르는 바다를 찢고 지나갔다.

3월 22일. 어둠은 물질적으로 증가했고, 그 어둠을 덜어주는 것은 우리 눈앞의 흰 장막에 반사된 바다의 빛밖에 없었다. 거대하고 창백한 흰색 새들이 베일 뒤에서 계속해서 날아왔고, 그 새들은 우리 시야에서 멀어져가면서 끝도 없이 '테켈리-리!' 하고 울어댔다. 그 소리에 누-누가 배 바닥에서 움찔했지만, 우리가 건드렸을 때 그의 영혼은 이미 떠난 뒤였다. 이제 우리는 폭포의 품속으로 돌진했고, 그곳에서는 깊은 틈이 입을 벌리고 우리를 맞이할 준비를 하고 있었다. 하지만 우리 앞에 수의를 입은 인간의 형상이, 그 어떤 인간보다 훨씬 더 거대한 형상이 솟아났다. 그 형상의 피부색은 눈처럼 완벽한 흰색이었다.

부록

    최근 핌 선생의 갑작스럽고 슬픈 죽음에 대한 정황은 이미 일간 신문을 통해 대중에게 잘 알려져 있다. 윗글이 조판되는 동안 수정하려고 선생이 가지고 있던 모험담 끝부분 몇 장 분량이 그 사망 사고를 통해 돌이킬 수 없이 사라져버린 게 아닌가라는 우려가 있지만 이는 사실과 다를 수 있으며, 결국 발견될 경우 그 글은 대중에게 공개될 것이다.

    부족한 부분을 수습하기 위해 온갖 방법이 다 강구되었다. 서문에서 언급된 신사가 거기 진술된 내용으로 보아 빈 부분을 메울 수 있을 거라 생각했지만 그 신사는 작업을 거부했다. 충분히 그럴 만한 게, 그 신사가 들은 세부사항들이 전반적으로 부정확하기도 하고 이야기 후반부 전체가 사실이라는 것을 본인이 믿지 못해서이기도 하다. 정보를 줄 수 있을 피터스는 아직 살아 있고 일리노이에 거주하고 있지만, 현재는 만날 수가 없다. 이후 찾게 되면 분명 핌 선생의 모험담을 마무리할 수 있는 이야깃거리를 제공해줄 것이다.

마지막 두세 장章의 분실은 (겨우 두세 장밖에 안 남았기 때문에) 더욱 안타까운 일이다. 분명 거기에는 극 자체 혹은 극 주변 지대와 관련된 내용이 담겨 있을 테고, 그 지역과 관련된 저자의 이야기는 현재 준비 중인 정부의 남극해 탐사를 통해 곧 입증되거나 반박될 것이기 때문이다.

모험담 한 부분에서도 이 이야기가 나올 텐데, 여기서 내가 하는 말이 이제 출판될 이 특이한 이야기에 조금이라도 신빙성을 부여하게 된다면 이 부록의 저자로서도 몹시 기쁜 일이 될 것이다. 찰랄 섬에서 발견된 틈들과 23장에 제시된 그림들에 관한 이야기다.

핌 선생은 틈 그림들을 아무 설명 없이 제시하고 이 틈들의 가장 동쪽 말단에서 발견된 자국들이 알파벳과 별나게 닮았을 뿐이라고, 그러니까 한마디로 절대 알파벳이 아니라고 단호하게 말한다. 딱 잘라서 단언한 데다 너무나 결정적인 일련의 증거(즉 분말 속에서 발견된 조각의 돌출부들이 벽의 자국에 딱 들어맞음)로 뒷받침한 관계로, 글쓴이의 진지함을 믿지 않을 수가 없고 분별 있는 독자라면 이견을 가질 수가 없다. 하지만 (특히 모험담에서 한 진술들과 연관해 생각할 때) 그 모든 그림들과 연관된 사실들이 너무 특이하기 때문에 이에 대해 한두 마디 하는 게 좋을 것 같다. 그 문제의 사실들을 포 선생이 눈치채지 못하고 놓친 게 누가 봐도 분명하기 때문에 이는 더욱 필요한 일이다.

[그림 1]과 [그림 2], [그림 3], [그림 5]를 틈들이 나타난 순서대로

서로 합치고 측면으로 삐져나온 (기억하겠지만, 주 공간들 사이 통로로만 사용되며 전혀 성격이 다른) 조그만 지선이나 호를 없애면 그림자나 어둠을 의미하는 변화형들의 어근인 에티오피아어―'그늘지다'라는 어근 𐌰𐌰𐌰𐌰―가 된다.

[그림 4]에 나오는 "왼쪽, 그러니까 그중 가장 북쪽" 자국의 경우, 피터스의 생각이 맞아서 그 상형문자 모양이 정말로 인공적으로 만들어졌으며 인간의 형상을 의도한 것일 가능성이 크다. 묘사한 그림이 독자들 앞에 있으니 직접 그 유사성 여부를 알아볼 수 있을 것이다. 하지만 나머지 자국들은 피터스의 의견을 강력하게 뒷받침한다. 위쪽에 있는 것은 누가 봐도 '하얗다'를 의미하는 아라비아어 𐌰𐌰𐌰𐌰로, 광휘와 순백을 의미하는 모든 변화형들의 어근이다. 아래쪽은 그렇게 즉각 알아볼 수 있을 정도로 명료하지는 않다. 문자들이 좀 깨지고 흩어지긴 했지만, 멀쩡한 모양이었을 때는 '남쪽 지역'을 의미하는 이집트어 단어 Π&ꙊYPHC였던 게 분명하다. 이 해석들은 "가장 북쪽"의 그림들에 대한 피터스의 견해를 증명하고 있다. 그 팔이 남쪽을 향해 뻗어 있기 때문이다.

이와 같은 결론은 수많은 의견과 흥미진진한 추측을 불러일으킨다. 그 결론은 아마도 모험담에서 가장 모호하게 설명된 사건들과 연관시켜 생각해야 할 것이다. 비록 그 연결 고리가 전혀 분명하게 보이진 않지만 말이다. '테켈리-리!'는 바다에서 건진 흰 동물의 사체를 본 찰랄 섬 주민들이 공포에 질려 지른 비명이었다. 이는 또한 핌 선생이 가지고 있던 흰색 물건들을 본 찰랄 포로가 몸서리치며 지른 고함 소리이기도 했다. 그리고 남쪽의 흰 안개 장막에서 빠른 속도로 날아온 거대한 흰 새들의 울음소리이기도 했다. 찰랄에는 흰색이라고는 찾아볼 수 없고, 섬을 벗어난 이후 항해에서는 흰색이 아닌 것을 찾아볼 수 없었다. 틈들이 있는 섬의 명칭 '찰랄'을 언어학적으로 자세히 고찰해보면 틈 자체 혹은 여러 굽이에 너무나 신비롭게 새겨져 있는 에티오피아 문자들과의 연관성이 밝혀질지도 모른다.

"나는 언덕 안에 그것을, 바위 속 흙에 복수를 새겼노라."

대중문학의 지평을 넓힌 작가
에드거 앨런 포

권진아(서울대학교 강의교수)

"에드거 앨런 포가 사망했다. 그저께 볼티모어에서 사망했다. 이 소식에 많은 사람들이 놀라겠지만, 슬퍼할 사람들은 거의 없을 것이다"로 시작되는 1849년 10월 9일 자 〈뉴욕 트리뷴〉지의 포 사망 기사는 에드거 앨런 포 하면 떠올리게 되는 타락과 광기의 이미지를 구축한 출발점이자 오랫동안 끈질긴 영향력을 발휘한 글이다. "루드비히"라는 가명으로 이 사망 기사를 쓴 사람은 루퍼스 윌못 그리스월드로, 자신이 편찬한 '미국의 시인과 시 선집 시리즈'(1842~1850)의 성공으로 당시 문단에서 큰 영향력을 행사하던 인물이었다. 선집에 들어가는 시와 시인의 선정 기준을 비판한 포—비평가로서의 포는 "토마호크[28]맨"이라는 별명이 붙을 정도로 신랄한 비평을 쓰기로 유명했다—와 불화를 겪었던 그리스월드의 악의적 회상 속에서 포는

---

28   북아메리카 원주민들이 사용한 도끼.

"친구가 거의 없거나 전혀 없"고 "광기와 우울에 휩싸인 채 저주의 말을 웅얼거리며 거리를 배회"하는 기괴한 인간, 남을 무시하기 위한 오만한 야심만 가득할 뿐 "도덕적 감수성이라고는 전혀 없는" 반사회적 인간으로 제시되고, 놀랍게도 이 글과 그 후속격인 〈작가 회상록〉이 이후 수십 년간 포 전기의 준거가 되면서 포를 자신의 기이하고 섬뜩한 작품들과 분리시켜 생각할 수 없는 악마적 광기에 휩싸인 작가로 신화화한다. 물론 부모의 죽음과 입양, 양부와의 불화, 도박, 음주, 미성년 사촌과의 결혼, 현재까지도 진실이 밝혀지지 않은 의문의 죽음에 이르기까지 기본적인 사실들만 놓고 봐도 극적인 일화로 점철된 포의 삶 자체가 이에 좋은 재료가 되어주었다는 것은 부정할 수 없는 사실이다. 결국 그리스월드의 과장과 왜곡을 폭로한 존 헨리 잉그램의 전기가 나온 것이 1875년, 사실에 입각해 제대로 쓴 전기로 현재까지 인정받는 아서 H. 퀸의 《에드거 앨런 포: 비평 전기Edgar Allan Poe: A Critical Biography》(1941)가 나온 것이 포가 사망한 지 거의 백여 년이 지나서였으니 그리스월드의 영향력이 얼마나 컸을지 짐작할 만하다. 포가 미국에서보다 더 큰 인기를 누렸던 프랑스에 포의 단편들을 번역, 소개한 대표적 포 추종자 보들레르 또한 포의 일인칭 화자들을 작가 포와 분리시키지 않는 대표적 "오독"을 한 독자 중의 하나였으니 말이다.

하지만 포에 관한 이러한 "신화적 통념"에서 그리스월드식의 과장이나 날조, 혹은 낭만적 신화화를 걷어내고 보면, 인간적 결함이 없지는 않지만 일찌감치 글쓰기를 자신의 소명으로 삼고 작가로 성공하기 위해 열악한 현실과 싸우며 고군분투한, 의외로 평범한 인물을 만나게 된다. 40세의 나이로 수수께끼의 죽음을 맞기 전까지 20여 년을 작가로 살며 네 권의 시집과 장편소설 한 편, 무려 60편이 넘는 단편, 그 외에도 잡지 편집자로서 무수한 논평과 에세이를 쓴 포는 (본인이 바란 바는 아니었겠지만) 글쓰기로만 생계를 유지한 최초의 미국 작가였다. "사도마조히스트, 약물중독자, 조울증, 성도착자, 병적 자기중심주의자, 알코올중독자라고? 포에게 언제 글 쓸 시간이 있었을까?"라며 포에 관한 속설들을 은근한 유머로 반박하는 포 박물관의 한 포스터 문구에 동의하지 않을 수 없게 만드는 작업량이다.

통념을 깨는 또 하나의 사실은 포의 기괴한 단편들이 당시의 "문학 시장"을 적극적으로 의식하며 쓴 작품이라는 점이다. 랄프 왈도 에머슨, 헨리 데이비드 소로, 월트 휘트먼, 허먼 멜빌, 너새니얼 호손, 에밀리 디킨슨과 함께 미국 문학의 르네상스(1830~1865)를 이끈 작가로 꼽히는 포의 작품들은 예술성과 시장성을 상충되는 개념으로 보는 흔한 이분법의 경계를 흐리게 만든다. 애초 포의 문학적 야심은 단편 작가보다는 시인이 되는 것이었다. 바이런과 셸리, 콜리지 같은 시인이 되기를 꿈꾸며 《테멀레인 외 다른 시들Tamerlane and Other Poems》(1827)과 《알 아라프, 테멀레인 외 다른 시들Al Aaraaf, Tamerlane and Minor Poems》(1829), 《시들Poems》(1831)까지, 시집도 일찍이 연달아 세 권을 내놓았다. 그랬던 포가 1830년대 초부터 갑자기 단편으로 방향을 전환한 것은 순전히 현실적인 이유에서였다. 세 권의 시집이 그에게 어떤 경제적 도움도 가져다주지 못했기 때문이다. 포는 성년이 되고 양부 존 앨런과 불화를 겪으면서부터 죽는 날까지 한 번도 넉넉한 생활을 해본 적이 없었지만, 이 시기에는 특히 지독한 가난에 시달렸다고 알려져 있다. 그는 웨스트포인트사관학교에서 (자청해서) 퇴학당한 후였고, 재혼으로 법적 친자를 얻었을 뿐 아니라 사생아까지 있었던 존 앨런과의 화해(와 유산 상속의) 가능성은 희박했다. 간절한 반성과 화해의 바람을 담은 편지들은 무시당했다. 소속도, 기댈 가족도 없었던 포에게 현실의 문제가 그 어느 때보다 절박했던 시기였다. 잘 팔리면서 예술적 가치도 있는, 즉 "대중과 평자의 취향을 동시에 만족시키는"(《작법의 철학》) 이야기를 쓰기 위한 포의 선택은 당대 인기 대중 장르들의 공식을 적극적으로 수용하는 것이었다. 대중문화 전반에 널리 영향을 미친 장르물의 대가 에드거 앨런 포가 탄생하는 순간이다.

　포를 19세기 당시이건 지금 현재이건 대중에게 가장 각인시킨 장르는 두말할 것도 없이 고딕공포물이다. 포가 단편을 시작하면서 고딕공포물을 택한 이유는 명백했다. 최초의 고딕소설인 호레이스 월폴의 《오트란토 성》(1764)이 나온 이래 고딕공포물은 당시 대서양 양안에서 모두 상당한 인기를 누려온 장르였다. 영국에서는 포가 동경하던 낭만주의 시인들의 시를 싣던 유명 문예지 《블랙우드 에든버러 매거진》에서 꾸준히 지면을 차지하고 브론테 자매나 찰스 디킨스 등의 작가들에게 영향을 미치고 있었고, 미국에서도 고딕은 찰스 브록덴 브라운 등의 작가들을 통해 대중에게 익숙해져 있었다.

특히 미국에서는 고딕의 공포에서 한 걸음 더 나아가 극악한 범죄를 생생하게 묘사한 이야기들을 싣는 '페니프레스'[29]나 아예 범죄의 기록을 담은《미국의 범죄 기록》(1833) 같은 범죄 팸플릿들이 센세이셔널한 자극을 추구하는 대중 사이에서 큰 인기를 끌고 있었다. 포의 작품 속에 거듭 등장하는 죽음, 살인, 부패, 생매장, 신체 훼손 등 섬뜩한 사건들이 포 작품만의 특징이 아니라 당시 쉽게 접할 수 있는 이야기들이었다는 말이다.

하지만 포의 고딕은 폭력의 생생한 묘사로 공포의 스릴을 추구하는 페니프레스의 이야기들과 달리 화자의 내면에 초점을 맞춰 인간 내면의 무의식과 불안, 광기를 탐구하는 계기로 삼음으로써 공포물을 세련된 심리물의 차원으로 끌어올렸다.《기괴하고 기이한 이야기들Tales of the Grotesque and Arabesque》(1839)에 실린 단편들이 지나치게 고딕적이라는 평자들의 비판에 대해 그가 대답했듯이, 포의 고딕공포 이야기들은 통제할 수 없는 극단적 상황에서 "영혼이 느끼는 공포"를 통해 인간의 심리를 탐구하는 이야기들이다. 자신이 겪은 혹은 목격한 공포의 경험을 일인칭으로 전달하는 포의 화자들은 집착과 공포증(〈베르니스〉), 망상과 자기 분열(〈윌리엄 윌슨〉), 자기 파괴적 이상심리(〈심술의 악령〉, 〈검은 고양이〉, 〈고자쟁이 심장〉), 지각 과민과 우울증(〈어셔가의 몰락〉)으로 인해 점차 붕괴되어가는 내면을 종종 기이할 정도로

---

29   6센트인 일반 신문과 달리 1센트라는 낮은 가격을 내세워 전 계층에서 널리 읽힌 저급 신문들.

차분하거나 분석적인 어조로 전달하며 현실과 비현실, 이성과 비이성의 경계를 질문하게 한다. 고딕의 기존 장르 관습은 포의 심리 공포물에 절묘한 객관적 상관물을 제공한다. 로더릭 어셔의 심리적 붕괴와 조응하여 균열이 커져가다 결국 함께 허물어져 내리는 고색창연한 어셔가의 저택, 윌리엄 윌슨과 또 다른 윌리엄 윌슨의 기숙사방을 잇는 종잡을 수 없이 꼬불꼬불한 복도, 이름 없는 화자가 아내와 고양이를 생매장한 축축한 지하실 등은 이야기에 음산함을 더하는 고딕적 배경으로서도 훌륭하지만 주인공들의 자기 분열과 억압, 내면의 어둠을 탁월하게 형상화한 심리적 상징물들이다. 고전어를 전공했고 잡지 편집자로서 온갖 종류의 글을 읽고 평론을 쓰며 그리스 로마 고전에서부터 페니프레스까지 당시 독서 대중의 취향을 두루 파악하고 있었던 포가 탄생시킨, 단순한 오락물로도 최고의 재미를 제공하지만, (포의 단편 이론에서 가장 중요한 요소인) "단일한 효과" 속에 감춰진 다층적 의미를 알아보는 독자들에게 한 차원 높은 독서의 재미를 제공하는 공포물들이다.

포의 고딕은 인간 내면의 어둠을 들여다보는 데만 머물지 않았다. 포와 함께 '어둠'의 작가로 구분되는 동시대 작가 멜빌이나 호손처럼 본격적으로 다루지는 않지만, 미국 역사의 어두운 이면을 외면하지 않는다. "명백한 운명"의 기치를 내세워 서쪽으로 영토를 확장해나가고 자신들이 정복한 미국 원주민들은 보호구역으로 강제로 밀어넣고 있던 19세기 초 미국 역사의 폭력성을 신랄하게 풍자하는 〈아무것도 남지 않은 남자〉가 그 예이다. 포의 기괴한 이야기의 또 하나의 특징인, 부조리에 가까울 정도로 현대적인 블랙유머가 빛을 발하는 이 단편에서 미국의 역사는 미국 원주민 토벌 전투에서 피와 살로 이루어진 "인간성"을 잃고 이를 기술의 힘으로 기괴할 정도로 완벽하게 대체한 스미스 명예준장의 모습으로 재구성되어 섬뜩한 희화화의 대상이 된다.

열기구, 철로, 증기선, 전보, 인쇄술의 발전, 골드러시, 잭슨 민주주의, 심화되는 자본주의적 경쟁, 도시화 등 19세기 초 미국 사회에 불어닥친 급격한 변화들과 이에 대한 양가적 감정도 여러 단편들에서 다루는 소재들이다. 〈군중 속의 남자〉는 타인의 삶을 몰래 훔쳐보는 화자와 혼자 있는 것을 역병처럼 피하는 남자를 통해 익명의 자유와 군중 속의 고독이 공존하는 현대적 도시의 풍경을 그린다. 〈블랙우드식 글쓰기〉, 〈곤경〉, 〈작가 싱엄 밥 씨의 일생〉은 잡지 문학의 관행과 자본주의 시대의 글쓰기를, 〈사업가〉와 〈사기〉는 자본주의적 윤리와 경쟁을 코믹하게 풍자한다. 욥의 고난에 못지않은 시련 끝에 결국 불신자가 어처구니없는 불행한 일들을 관장하는 기묘천사에 대한 믿음을 얻는 〈기묘천사〉는 종교적 믿음이 흔들리는 시대의 초상을 그린 발군의 블랙코미디이다.

하지만 대중문학에 대한 포의 가장 큰 공헌은 뭐니 뭐니 해도 (포 자신은 "추론 이야기tales of ratiocination"라고 부른) 가장 커다란 독자층을 자랑하는 현대의 대표적 장르 문학 중 하나인 탐정물을 만들어 냈다는 것이다. 놀랍게도 《이야기들Tales》(1845)에 실린 세 편의 뒤팽 이야기, 〈모르그 가의 살인〉, 〈마리 로제 수수께끼〉, 〈도둑맞은 편지〉에서 포는 탐정소설의 공식과 탐정의 원형을 처음부터 완벽할 정도로 완성된 형태로 내놓는다. 범죄로 들끓는 대도시에서 은둔자처럼 사는 천재적 탐정과 평범한 지성을 가진 화자로 구성된 이인조, 시인의 상상력과 수학자의 논리로 사건을 해결하는 탐정과 관행과 본능에 기댄 수사로 번번이 사건 해결에 실패하는 경찰 집단의 대조는 아서 코넌 도일의 셜록 홈스 시리즈에서 고스란히 카피되어 현대 탐정소설의 공식으로 자리 잡는다. 밀실 범죄(〈모르그 가의 살인〉)와 암호 해독(〈황금 벌레〉), 영혼의 쌍둥이처럼 탐정과 똑같은 비상한 사고 회로를 가진 숙적(〈도둑맞은 편지〉) 등 추리·범죄소설의 익숙한 장르 관습들까지 포가 고작 세 편의 단편 안에서 모두 선보였다는 사실은 놀라울 뿐이다.

공상과학소설은 사기꾼이 전하는 믿을 수 없는 달나라 모험 이야기를 그린 〈한스 팔의 전대미문의 모험〉과 미래 사회/사후의 미래에서 과거 사회를 돌아보는 〈멜론타 타오타〉, 〈모노스와 우나의 대담〉, 〈에이러스와 차미언의 대화〉 네 편의 단편으로 포가 창시자로 거론되는 또 다른 장르이기는 하지만, 탐정소설처럼 포가 완성시킨 장르라고는 할 수 없다. 현대의 공상과학소설에 대한 포의 공헌이라면, 〈한스 팔의 전대미문의 모험〉의 마지막 부분에서 "과학적 원리를 통한 이야기의 핍진성"을 강조함으로써 공상과학소설이 풍자나 판타지와 구분되는 핵심 지점을 짚어준 것, 그리고 더 중요하게는 쥘 베른이나 H. G. 웰스, 아이작 아시모프 등 걸출한 공상과학 소설가들에게 큰 영향을 줬다는 것이다. 실제로 쥘 베른은 〈한스 팔의 전대미문의 모험〉에서 영감을 받아《지구에서 달까지De la terre a la lune》(1865)를, 아서 고든 핌의 미완의 모험을 이어가 케르겔렌 제도에서부터 남극으로의 여행을 그린《남극의 미스터리Le Sphinx des glaces》(1897)라는 후편을 쓰기까지 했다.

당대 대중의 취향과 관심사를 작품에 적극적으로 반영했던 에드거 앨런 포는 현재까지도 대중에게 가장 많이 읽히며 대중문화에 광범위한 영향을 끼치고 있는 19세기 작가이다. 자신의 문학 세계에 깊은 영향을 준 작가로 포를 꼽는 작가들은 공상과학소설의 대가 쥘 베른, 탐정소설의 대가 아서 코넌 도일, 공포소설의 대가 스티븐 킹, 남부 고딕소설로 고딕의 전통을 잇고 있는 조이스 캐럴 오츠 등 소위 "포의 장르"에서 활동하는 작가들만이 아니다. 실존주의 작가 프란츠 카프카, 포스트모더니즘 작가 존 바스와 호르헤 루이스 보르헤스, 문학을 넘어서서 화가 르네 마그리트의 그림, 포의 시 〈종들〉로 합창 교향곡을 작곡한 라흐마니노프, 포의 이야기와 시를 바탕으로 앨범 〈미스터리와 상상력의 이야기〉(1976)를 낸 영국 록밴드 '알란 파슨스 프로젝트'에 이르기까지 포에게서 영감을 받은 동료 예술가들을 일별해보면, 포의 영향력이 현대 문화 전반에 걸쳐 있다고 해도 과언은 아닐 것이다. 포의 이야기와 시에 대한 취향의 차이나 엇갈리는 평가는 과거에도, 지금도 늘 존재해왔다. 하지만 포처럼 대중문학의 지평을 넓히고 문학을 넘어서서 대중문화 전반에 거대한 영향을 미친 미국 작가를 또 만나기란 쉽지 않을 것이다.

1809 1월 19일 미국 보스턴에서 순회극단 배우 엘
      리자베스 아놀드 홉킨스 포와 데이비드 포
      주니어 사이에서 태어남. 형제자매로는 형
      헨리 레너드 포와 여동생 로절리 포가 있음.

1810 데이비드 포가 가정을 버리고 떠남.

1811 엘리자베스 포가 폐결핵으로 사망하고 데이
      비드 포도 얼마 안 가서 사망. 포와 형, 누이
      는 각각 흩어지고, 포는 버지니아 주 리치먼
      드의 부유한 상인 존과 프랜시스 앨런이 데
      려감. 법적으로 입양된 적은 없지만 이름은
      에드거 앨런 포로 바뀜.

1815 존 앨런이 자신의 사업체 '앨런앤드엘리스'의
      영국 지부를 내면서 가족이 영국으로 이주.
      처음에는 스코틀랜드에서, 후에는 런던에서
      학교를 다님. 런던 근교 스토크 뉴잉턴에서
      다닌 존 브랜스비 목사의 '매너Manor하우스

학교'는 훗날 〈윌리엄 윌슨〉에 등장하는 기숙
학교의 모델이 됨.

1820 존의 사업이 성공하지 못하면서 리치먼드로
돌아옴.

1825 존 앨런의 숙부 윌리엄 갈트가 사망하면서
막대한 유산을 남김.

1826 2월 버지니아 대학에 입학하여 고대어와 현
대어를 공부했지만 도박에 빠져 빚을 지면서
양부와 관계가 소원해짐. 존 앨런이 빚을 갚
아주기를 거부하면서 12월 학교를 그만두고
리치먼드로 돌아옴. 대학에서 첫사랑 세라
엘마이라 로이스터에게 보낸 편지들을 엘마
이라의 부모가 중간에서 가로챈 바람에 다
른 사람과 약혼했다는 것을 알게 됨.

《테멀레인 외 다른 시들》 **1827** 4월 양부와의 불화로 보스턴으로 감. 실명을
밝히지 않고 '보스턴 사람'이라고만 써서 첫
시집《테멀레인 외 다른 시들》을 내지만 거의
주목받지 못함. 5월 '에드거 A. 페리'라는 가
명으로 나이를 속이고 육군에 입대. 〈황금 벌
레〉의 배경인 설리번 섬에서도 잠시 복무함.

1828 원사 계급까지 승진.

《알 아라프, 테멀레인 외 다른 **1829** 2월 양모 프랜시스 앨런 사망. 존이 프랜시
시들》 스의 상태를 알려주지 않은 탓에 포는 장례
가 끝난 후에야 무덤을 찾지만 양모의 죽음
을 계기로 잠시 존과 화해함. 존이 군에서 전
역해 웨스트포인트 육군사관학교에 들어가

고 싶다는 포를 도와주기로 약속. 4월 군에서 전역. 하지만 존 앨런과의 화해는 오래가지 않았고 포는 5월 볼티모어로 가서 할머니와 형 헨리, 고모 마리아 클렘과 사촌여동생 버지니아와 함께 지내게 됨.《알 아라프, 테멀레인 외 다른 시들》출간.

1830 5월 웨스트포인트 육군사관학교 입학. 10월 존 앨런 재혼. 존과 크게 다투고 파양당함.

《시들》 **1831** 1월 군대 생활이 맞지 않다고 일부러 명령에 불복종하고 퇴학당함. 사관학교의 관행과 인물들을 겨냥한 익살스러운 시를 낼 것이라는 기대를 하며 웨스트포인트 동기들이 모아준 돈으로 "미국 사관생도들"에게 헌사를 쓴《시들》출간. 3월 볼티모어로 가서 친가 식구들과 함께 생활. 단편 집필 작업을 시작. 8월 형 헨리 사망.

1832 필라델피아의《새터데이 쿠리어》공모전에 단편을 냈지만 입상하지는 못함. 〈메첸거슈타인〉, 〈예루살렘 이야기〉, 〈오믈렛 공작〉, 〈봉봉〉, 〈호흡 상실〉 다섯 편의 단편이 처음으로《새터데이 쿠리어》에 익명으로 실림. 공모전에 제출된 작품을 자사 것으로 여기는 관행에 따라 포에게 동의를 얻거나 고료를 지불한 것은 아니라고 추측됨.

1833 10월 〈병 속의 수기〉가《볼티모어 새터데이 비지터》공모전에서 입상. 포의 작품을 마음에 들어한 심사위원 중 하나인 존 P. 케네디의 소개로 훗날 리치먼드의 토머스 화이트

가 창간한 새 잡지 《서던 리터러리 메신저》
에서 일하게 됨.

1834 3월 존 앨런이 포에게 유산을 전혀 남기지
않고 사망.

1835 케네디의 소개로 리치먼드로 가서 《서던 리
터러리 메신저》의 편집자로 일하기 시작. 10
월 고모 마리아 클렘과 사촌 버지니아가 리
치먼드로 와서 함께 거주.

1836 5월 13세인 사촌 버지니아 클렘과 결혼.

1837 1월 음주 문제와 화이트와의 의견 차로 《서
던 리터러리 메신저》를 그만두고 가족들과
함께 뉴욕으로 가지만 편집자 일을 구하지
못함. 마리아 클렘이 하숙집을 운영해 가족
의 생계를 꾸림.

《낸터킷의 아서 고든 핌 이야기》 1838 가족과 함께 볼티모어로 감. 7월 《낸터킷의
아서 고든 핌 이야기》 출간. 볼티모어의 《아
메리칸 뮤지엄》에 〈라이지아〉, 〈블랙우드식
글쓰기〉, 〈곤경〉을 발표.

《기괴하고 기이한 이야기들》 1839 필라델피아의 《버턴스 젠틀맨스 매거진》의
편집자가 되고 〈윌리엄 윌슨〉, 〈어셔가의 몰
락〉 등을 발표. 12월 25편의 단편을 모은 《기
괴하고 기이한 이야기들》 출간.

1840 버턴에게서 해고당함. 필라델피아의 《새터데
이 이브닝 포스트》 광고란에 자신의 문예지
《펜》(후에 《스타일러스》로 제목을 바꿈)을

268

창간하겠다는 계획을 발표하고 여러 가지 노력을 하지만 이 계획은 끝내 실현하지 못함. 〈군중 속의 남자〉 발표.

1841 버턴의 잡지사를 사들여 《그레이엄스 매거진》을 창간했던 그레이엄이 1월 포를 편집자로 앉힘. 4월 호에 〈모르그 가의 살인〉, 〈소용돌이 속으로의 하강〉 발표.

1842 3월 존 타일러 대통령 행정부에서 공직을 얻어보려고 워싱턴 디시에 갔으나 술에 취하는 바람에 기회를 날림. 이 시기에도 창작 활동은 계속하여 〈마리 로제 수수께끼〉, 〈구덩이와 추〉, 〈적사병의 가면극〉 등 단편들을 잡지들에 발표. 1월 버지니아가 처음으로 폐결핵 증세를 보이고 이후 계속 병에 시달림. 포는 절망으로 폭음에 빠져들고 5월 《그레이엄스 매거진》을 그만둠.

1843 〈고자쟁이 심장〉, 〈황금 벌레〉, 〈검은 고양이〉 등 단편들을 《파이오니어》를 위시한 잡지들에 발표.

1844 가족과 함께 뉴욕으로 가서 도시 외곽의 포덤에 정착. 10월 《뉴욕 이브닝 미러》에서 일자리를 구함. 〈도둑맞은 편지〉, 〈타르 박사와 페더 교수 요법〉, 〈생매장〉 발표.

《이야기들》 **1845** 1월 《이브닝 미러》에서 발표한 〈까마귀〉가 화
《까마귀 외 다른 시들》 제가 되면서 명성을 얻음. 〈까마귀〉를 어떻게 썼는지 설명한 에세이 〈작법의 철학〉을 발표. 2월 《브로드웨이 저널》의 편집자가 되고, 이

잡지에 많은 시와 단편을 발표. 7월《이야기들》출간. 10월《브로드웨이 저널》의 소유권을 얻음. 11월 시집《까마귀 외 다른 시들》출간. 롱펠로가 표절을 했다는 고발로 논쟁에 휩싸임. 버지니아의 병세가 악화됨. 시인 프랜시스 S. 오스굿과 염문에 휩싸임.

1846 1월 우울증과 재정난으로《브로드웨이 저널》을 폐간.《고디스 레이디스 북》11월 호에 〈아몬티야도 술통〉발표. 프랑스어 번역판 〈검은 고양이〉를 읽은 보들레르가 포의 작품에 매료되어 훗날 포의 작품들을 번역하면서 프랑스에서 굉장한 인기를 누리게 됨.

1847 1월 버지니아가 24세의 나이에 폐결핵으로 사망. 점점 정신적으로 불안정해짐.

《유레카》 1848 금주 서약을 하고 프로비던스의 시인 세라 헬렌 휘트먼과 약혼하지만 한 달 만에 서약을 깬 데다, 이 시기 리치먼드에서 애니 리치먼드에게도 구애했다는 것이 휘트먼의 귀에 들어가면서 약혼이 취소됨. 6월《유레카》출간.

1849 2월 〈절름발이 개구리〉발표. 4월 〈폰 켐펠렌과 그의 발견〉발표. 폭음과 망상으로 나날이 건강이 피폐해져감. 리치먼드에서 9월 17일과 24일 〈시의 원리〉로 두 번의 강연을 함. 어린 시절 첫사랑이자 지금은 부유한 미망인이 된 세라 엘마이라 로이스터를 다시 만나 약혼하고 잠시 포덤의 집으로 돌아갔다가 결혼하기로 약속. 9월 28일 리치먼드를 떠났다가 10월 3일 볼티모어 길거리에서 인사

불성 상태로 발견된 후 의식을 회복하지 못
하고 10월 7일 사망함. 어떻게 그곳에서 발견
되었으며 사인이 무엇인지에 대해서는 논란
이 분분함. 10월 9일 조촐한 장례식과 함께
웨스트민스터홀 묘지에 묻혔다가 1875년 새
로 이장되면서 기념비가 세워짐. 시 〈종들〉과
〈애너벨 리〉가 사후에 발표됨.

옮긴이 권진아

서울대학교에서 영문학을 전공하고 동 대학원에서 〈근대 유토피아 픽션 연구〉로 박사학위
를 받았다. 현재 서울대학교 기초교육원 강의교수로 재직하고 있다. 옮긴 책으로는 조지
오웰의 《1984년》《동물농장》, 어니스트 헤밍웨이의 《태양은 다시 떠오른다》《헤밍웨이의
말》, 로버트 루이스 스티븐슨의 《지킬 박사와 하이드 씨》, 더글러스 애덤스의 《은하수를 여
행하는 히치하이커를 위한 안내서》(공역) 등이 있다.

에드거 앨런 포 전집 4 | 장편소설

낸터킷의 아서 고든 핌 이야기

초판 1쇄 발행일 2018년 11월 23일
초판 3쇄 발행일 2023년 2월 24일

지은이 에드거 앨런 포
옮긴이 권진아

발행인 윤호권
사업총괄 정유한

편집 황경하 **디자인** 김지연 **마케팅** 윤아림
발행처 ㈜시공사 **주소** 서울시 성동구 상원1길 22, 6-8층(우편번호 04779)
대표전화 02-3486-6877 **팩스(주문)** 02-585-1755
홈페이지 www.sigongsa.com / www.sigongjunior.com

ISBN 978-89-527-9489-5 04840
ISBN 978-89-527-9485-7 (세트)

*시공사는 시공간을 넘는 무한한 콘텐츠 세상을 만듭니다.
*시공사는 더 나은 내일을 함께 만들 여러분의 소중한 의견을 기다립니다.
*잘못 만들어진 책은 구입하신 곳에서 바꾸어 드립니다.

에드거 앨런 포 전집 1 _ 추리·공포 단편선
모르그 가의 살인 | 권진아 옮김

추리소설의 기틀을 완벽하게 마련한 세 편의 뒤팽 시리즈 〈모르그 가의 살인〉 〈마리 로제 수수께끼〉 〈도둑맞은 편지〉와, 인간 내면의 불안과 광기를 탐구함으로써 공포물의 차원을 높인 〈검은 고양이〉 〈어셔가의 몰락〉 〈윌리엄 윌슨〉 등 27편의 추리·공포소설 전편 수록

에드거 앨런 포 전집 2 _ 풍자·유머 단편선
타르 박사와 페더 교수 요법 | 권진아 옮김

급격한 시대 변화에 뒤틀려가는 인간성을 코믹하게 풍자한 〈작가 싱엄 밥 씨의 일생〉 〈기묘천사〉 〈사기〉와, 미국 역사의 폭력성을 신랄하게 희화화한 〈아무것도 남지 않은 남자〉, 허를 찌르는 전복이 놀라운 〈타르 박사와 페더 교수 요법〉 등 25편의 풍자·유머소설 전편 수록

에드거 앨런 포 전집 3 _ 환상·비행 단편선
한스 팔의 전대미문의 모험 | 권진아 옮김

공상과학소설의 창시라고 일컬어지는 기상천외한 달나라 모험기 〈한스 팔의 전대미문의 모험〉, 꿈속에서나 볼 법한 환상적인 자연경관을 담은 〈아른하임 영지〉, 죽음과 사후 세계, 무의식을 넘나드는 〈모노스와 우나의 대담〉 등 14편의 환상·비행소설 전편 수록